# 인생을 바꿔라

강준현 장편소설

FUSION FANTASTIC STORY

# 인생을 바꿔라 5

강준현 장편소설

초판 1쇄 찍은 날 § 2016년 7월 27일
초판 1쇄 펴낸 날 § 2016년 8월 3일

지은이 § 강준현
펴낸이 § 서경석

편집책임 § 이창진

펴낸곳 § 도서출판 청어람
등록번호 § 제387-1999-000006호
등록일자 § 1999. 5. 31
어람번호 § 제1-2493호

주소 § 경기도 부천시 원미구 부일로 483번길 40 서경B/D 3F (우) 14640
전화 § 032-656-4452  팩스 § 032-656-4453
http://www.chungeoram.com
E-mail § chungeorambook@daum.net

ISBN 979-11-04-90911-5 04810
ISBN 979-11-04-90783-8 (세트)

인생을

바꿔라

5

강준현 장편소설

FUSION FANTASTIC STORY

도서출판 청람

# 목차

| | | |
|---|---|---|
| 제1장 | 애민애국 | 7 |
| 제2장 | 군에서 | 35 |
| 제3장 | 군에서Ⅱ | 75 |
| 제4장 | 풀려 나가는 일 | 111 |
| 제5장 | 일제강점기로 | 149 |
| 제6장 | 되찾다 | 195 |
| 제7장 | 중국으로 | 233 |
| 제8장 | 중국으로Ⅱ | 271 |

# 제1장

애민애국

경찰, 아니, 국정원의 움직임은 더 이상 없었다. 미행이 붙어 있는 것 같지만 위험한 일은 그만뒀기에 딱히 신경 쓸 이유는 없었다.

다만 약간 걱정되는 게 있다면 그들이 민주를 만나는 것인데, 일단 조심하라고 전해둔 상태였다. 그리고 큰아버지에게 방찬희에 대해 알아봐 달라고 부탁했다.

그 외엔 촬영에, 우당과 KC엔터테인먼트 일에 하루하루 바쁘게 생활하고 있었다.

오늘은 뜻밖의 손님이 방문한다고 해서 KC에 와서 사무실을 지키고 있는 중이었다.

마카오에서 석훈이를 붙잡고 협박을 했었던 범죄 조직 두목을 오히려 역관광(?)시켰던 일을 기억할 것이다.

그때 막상 그 두목을 탈탈 털었지만 빼앗은 돈을 한국으로 가져올 방법이 없었다. 그래서 선택한 것이 투자였다.

마카오에서 현지 코디네이터로 일하던 주국동에게 돈을 몽땅 건네주고 회사를 만들어보라고 권한 후 귀국했었다.

사실 말이 투자지, 처치 곤란한 돈을 떠넘겼다고 보면 됐다.

그래서일까 까맣게 잊고 있었다. 그런데 그가 경과 보고 겸 사업을 위해 오늘 한국에 도착한다고 연락이 온 것이다.

"연락이 언제 올까 이제나저제나 기다리다가 결국 제가 왔습니다. 어떻게 그렇게 큰돈을 맡기고 한 번도 연락이 없으셨습니까?"

회사로 온 주국동은 다소 섭섭하다는 듯한 목소리로 인사를 건넸다.

"회사가 뚝딱 만들어지는 것도 아니고 천천히 만들라는 의미에서 그랬습니다. 괜히 전화를 하면 간섭하는 것 같기도 하고요."

난 적당한 핑계를 대며 그를 맞이했다.

"절대 그렇게 생각하지 않습니다. 그러니 다음부터는 하루에 한 번이라도 괜찮으니 연락 주십시오. 남의 돈으로 사업한다는 것이 이렇게 힘들 줄은 몰랐습니다."

진저리가 난다는 듯 몸을 부르르 떠는 것이 너스레만은 아닌 듯 보였다.

"일단 서류부터 받으십시오. 제 나름대로 만들다 보니 조금 다른 점이 있겠지만 법적으로는 아무런 문제가 없을 겁니다. 일단 주식의 51퍼센트는 제가, 나머지 49퍼센트는 말씀대로 석훈 씨 이름으로 했습니다."

형식상 차용증을 쓰긴 했지만 그냥 들고튀었다고 해도 그를 찾기란 불가능했을 것이다. 한데 그는 마카오에서 말한 대로 착실하게 이행을 한 것이다.

'투자한 대가를 받는 건데 마치 공돈을 받는 기분이군.'

안 그래도 중국 쪽에 믿을 만한 사람이 있었으면 했는데 제 발로 찾아와 선물까지 주니 기분이 좋았다.

"고생하셨습니다."

서류는 온통 중국식 한자로 되어 있어 완벽한 독해는 불가능했다. 다만 설립일이라든지 주주 이름같이 간단한 것은 확인할 수 있었다.

적당히 확인한 난 서류를 한쪽으로 치우며 물었다.

"한데 아까 얼핏 듣기론 사업을 시작하는 데 제 도움이 필요하다고요?"

"중국은 방송국이 각 성마다, 시마다, 군마다 있을 정도로 많다 보니 하루에도 수십, 수백 개가 넘는 크고 작은 연예기획사가 생겼다, 사라졌다 하고 있습니다. 특히 저희같이 규모가 작은 회사의 경우 6개월 이상 살아남는 경우가 드물다고 보면 됩니다. 또한……."

사설이 꽤 길었다.

방송국이 TV, 라디오까지 합치면 수천 개인데 그것도 모자라 위성TV―우리나라로 치면 케이블방송―와 인터넷 방송국까지 꾸준히 늘고 있다는 얘기 따위를 계속했지만 정작 핵심 내용은 나오지 않았다.

결국 듣다 듣다 참지 못하고 한마디 했다.

요즘 여기저기서 이런저런 일이 많다 보니 뭐든 빨리 듣고, 빨리 결정하는 것이 좋았다.

"전 평범한 한국 사람입니다."

"네? 그게 무슨……?"

"굳이 말을 돌릴 필요 없이 본론을 말하시면 된다고 말하는 겁니다."

"아하! 아이고, 죄송합니다. 생각 없이 중국에서 하던 대로 말하고 있었군요. 줄 것 없이 아쉬운 소리 할 땐 구구절절 설명이라도 해서 동정심이라도 얻는 편이 좋다 보니……. 또 말이 길어졌군요. 이젠 고질병이 됐나 봅니다."

"아닙니다. 저라도 그랬을 겁니다. 다만 요즘 제가 이것저것 하는 것이 많다 보니 성격이 좀 급해졌습니다."

"그러시군요. 그럼 바로 말씀드리죠. 자금이 부족한 신생 기획사의 어려운 점은 연예인 확보에 있습니다. 중국의 경우 연예인의 수가 훨씬 적습니다. 그러다 보니 대형 기획사가 아니면 적당한 수준의 배우라 해도 계약을 성사시키기가 불가능에 가깝습니다. 하지만 그렇다고 연예인을 확보할 길이 없는 건 아닙니다. 바로 한국 연예인들과 계약을 하는 겁니다. 김철 씨가 중국의 저희 회사와 중국 활동에 관한 계약을 해주십시오."

"네? 제가요?"

생각지도 못했던 말이었다.

"예, 한국 드라마가 실시간 수준으로 인터넷에서 방송되고, 수입한 한국 드라마를 수많은 방송국에서 시간대별로 내보내다 보니 중국 연예인보다 더 얼굴이 알려진 사람들도 많습니다. 또한 요즘 한류 바람이 불어 한국보다 중국에서 인기를 얻을 사람들도 많고요."

"음……"

"솔직히 요즘은 한국 연예인을 확보하는 것도 점차 어려워지고 있는 게 현실입니다. 어느 누가 이름도 없는 소속사와 계약을 해주겠습니까? 그래서 시작의 물꼬를 김철 씨가 터주시면 어떨까 해서 이렇게 부탁드리는 겁니다."

고민에 빠졌다.

차라리 돈이 더 필요하다고 했으면 지금보다 쉽게 결정했을 것이다.

대한민국의 미래를 바꾸는 일이 끝나면 KC엔터테인먼트는 이민기 상무에게, 우당은 허종욱과 큰아버지께 맡기고 유유자적 살아갈 생각이었다.

KC엔터테인먼트를 석훈에게 맡겨볼까도 생각했었지만 아버지가 물려준 걸 말아먹게 만들 순 없다는 생각에 건물 두 개로 퉁 치려 했던 것이다.

한데 이번 일이 잘되면—마침 주식도 석훈의 이름으로 되어있고—괜찮겠다 싶었다. 또한 부탁할 것도 있어서 가급적 협조하고 싶었다.

'욕심이야. 국내 일도 버거운 판국에 외국에서 일이라니……'

몇 번을 다시 생각해 봐도 무리였다.

입을 열려는 순간 내 고민이 무엇인지 안다는 듯 그가 먼저입을 열었다.

"중국은 이제 외국이라 생각하면 안 됩니다. 비행기를 타면부산보다 빨리 갈 수 있는 곳이 중국입니다. 드라마를 찍어도한국 드라마보다 더 여유롭게 찍을 수 있고요. 중국도 이제 1일생활권이나 다름없습니다."

어불성설이었다.

부산도 비행기를 타고 가면 금방이다.

"미안합니다. 간혹 서포트를 한다면 모를까 중국에서 활동은 아무래도 무립니다. 부탁할 것이 있어 가급적 들어드리고싶지만 지금은 불가능합니다."

"아… 그, 그렇습니까? 이해합니다."

이해를 한다면서도 주국동은 실망한 표정을 감추지 않았다. 사실 그도 그럴 만한 것이 돈을 쥐어주며 회사를 만들라고 등을 떠민 것은 나였다.

그의 입장에선 기껏 열심히 회사를 만들어놓으니 모른 척한다고 생각할 수도 있는 일이었다.

그래서 말을 더했다.

"대신이라기엔 뭐하지만 혹시 중국에 진출하길 바라는 이들이 있으면 소개시켜 드리겠습니다. 아니면 A급은 아니라도 중국에서 활동하면 괜찮을 것 같은 연예인이 있다면 연결시켜 줄 수도 있고요."

"저, 정말이십니까!"

"물론입니다. 제 말대로 열심히 해주셨는데 모른 척하는 건 도리가 아니죠."

이민기 상무는 싫어하겠지만 일은 그에게 맡길 생각이었다.

물론 그는 내 일을 자신에게 떠맡긴다고 생각하겠지만 절대 그런 이유 때문은 아니었다. 나중 회사를 경영할 때를 대비해 해외시장에 대해 알아두는 것도 좋지 않은가.

"마음에 두고 있는 사람이 있긴 한데… 염치가 없어서."

주국동은 나 말고도 생각해 둔 연예인이 있었는지 조심스레 말했다.

내 입장에서 보자면 나만 아니면 됐고, A급 연예인도 바라는 것 같지 않았기에 기분 좋게 말했다.

"말씀하세요. 가능하다면 열심히 돕겠습니다. 그 사람이 누굽니까?"

"그게……. 여지민 양입니다. 지금 중국에서도 꽤 인기가 많은 편이거든요. 사전 접촉을 해봤는데 여러 방송국에서 데려오기만 하면 주요 예능에 출연시켜 주겠다고 했습니다."

"…그렇습니까?"

"하하하! 절대 여지민 양과 계약하기 위해 김철 씨를 먼저 언급한 건 아닙니다. 그저 어디까지나 마음에 두고만 있다는 거고……."

"……."

"저, 정말입니다!"

이건 대놓고 그랬다고 말하는 것과 진배없었다.

기분이 나빴다. 물론 그가 처음부터 솔직하게 말하지 않은 것이 기분 나쁜 거지, 절! 대! 여지민과 비교돼서 기분이 나쁜 것이 아니었다.

내 눈치를 보며 이런저런 핑계를 늘어놓는 주국동을 난 계속 말없이 바라볼 뿐이었다.

눈빛으로 얼굴이라도 뚫겠다는 듯.

＊　　　　＊　　　　＊

따악!

배트에 맞은 공이 시원하게 하늘을 가로질러 날아올랐다.

공을 던진 투수도, 수비를 보던 수비수들도, 언제든지 뛰려고 준비하던 주자들도 일제히 공을 바라보았다.

터엉!

공이 날아오지 않을 것이라 생각하고 운동장 끝에 세워둔 차 지붕에 공이 떨어졌다.

"호옴러언~!"

심판은 놀라움을 담은 목소리로 홈런을 선언했고, 그 순간 우리 측 더그아웃—빈 공간에 의자 몇 개를 갖다놓은 것이 다지만—에서 일제히 환호를 터뜨리며 자리에서 일어났다.

5 대 2로 지고 있던 7회 말 2사 만루의 상황에서 터진 홈런.

난 배트에 공이 맞았을 때의 후련함과 쭉쭉 뻗어 나가는 공을 볼 때의 시원함, 역전을 해서 극적으로 이겼다는 짜릿함을 짧은 순간 동시에 느끼고 있었다.

그리고 그 희열들이 가득 차다 못해 목으로 터져 나왔다.

"우아아아아아!"

사람들이 왜 스포츠에 열광하고 빠져드는지 알 수 있는 순간이었다.

나도 모르게 팔을 번쩍 든 채로 그라운드를 한 바퀴 돌았다. 홈 플레이트를 밟자 기다리고 있는 것은 나만큼 기분이 좋은지 환하게 웃으며 한 손을 들고 있는 동료들이었다.

"축하해요, 형!"

"빌어먹을 놈! 5년 동안 야구를 해도 쳐본 적 없는 만루 홈런을 만날 땡땡이치던 니가 치다니!"

"네가 한 방 해낼 줄 알았다. 이런 미친 새끼! 아마추어 야구에서 장외 홈런을 치다니… 이거, 반칙이다."

칭찬인지 욕인지, 하이파이브인지 폭력인지 정신없이 듣고, 맞다 보니 그제야 비로소 흥분이 좀 가라앉았다.

"하아~"

한꺼번에 너무 많은 아드레날린이 분비되었다가 사라져서인지 의자에 앉자마자 힘이 쭈욱 빠졌다.

"야! 김철! 만루 홈런 쳤다고 지금 거만 떠냐? 인사해야지!"

"네, 네!"

백 퍼센트 시기심에 하는 말이 분명했다.

여전히 좀 전의 흥분이 남아 있긴 했지만 선배들을 기다리게 할 수는 없었기에 자리에서 일어났다.

"수고하셨습니다. 운이 좋았습니다."

마주 보고 서서 상대팀과 인사를 하고 한 명, 한 명 돌아가며 인사를 했다.

"겸양은 됐다. 속은 쓰리긴 한데, 멋졌다."

오늘의 상대 팀 또한 연예인 팀이었는데, 대부분 나이든 방송 경력으로든 나와는 비교도 안 될 만큼 대선배들이었기에 최소한 예의를 차려야 했다.

물론 오랫동안 야구를 해왔던 희희낙락의 감독 겸 선수인 이정기는 달랐다.

"푸하하! 오늘은 저희가 이겼습니다. 자, 자! 얼른 시원한 맥주에 치킨을 쏘시지요!"

"아~ 자식, 안 그래도 시키려고 했다. 한데 그리 기쁘냐?"

"그럼요! 운동을 끝낸 후에 마시는 시원한 생맥주에 치킨은 진리죠! 하지만 그 앞에 '공짜'라는 말이 붙으면 맛이 두 배, 아니, 열 배는 더 맛있다는 거 아닙니까?"

"…젠장! 부인할 수가 없네. 우리가 그동안에 얻어먹었던 만큼 듬뿍 시켜줄 테니까 배 터지게 먹어라."

"푸헤헤헤! 감사히 잘 먹겠습니다!"

인사를 끝낸 희희낙락 팀원들과 상대 팀원들은 일제히 나무 그늘에 앉아 휴식을 취했다. 그리고 잠시 후 배달되어 온 시원한 맥주를 건배와 함께 단숨에 들이켰다.

"캬아!"

절로 탄성이 터져 나왔다.

'이렇게 사는 것도 참 괜찮은데 말이야…….'

옛일 땐 살아가는 데 필요한 에너지를 얻기 위해, 혹은 짧은 시간에 쉽게 얻을 수 있는 쾌락만을 좇았고, 지금은 미래를 바꾸기 위해 하루하루 아등바등 살고 있었다.

오늘도 이정기가 강제로 끌고 오지 않았다면 사무실 의자에 앉아 고민을 하고 있었을 것이다.

지금까지 딱히 죽음에 대해 생각해 본 적이 없었다. 죽음은 언제나 내가 아닌 타인의 일이었고, 나는 그저 소량의 에너지를 얻기 위해 그들을 살리려 애썼었다.

한데 김철이 된 후, 차츰 인간처럼 생각하고 행동하게 된 지금 죽음은 많은 생각을 하게 만들었다.

물론 죽지 않기 위해 애쓰겠지만 만일 피할 수 없는 운명이라면 굳이 아등바등 살 이유가 있을까?

괜히 이런저런 생각들이 머리를 어지럽힌다.

이때, 머리가 깨지는 듯한 고통이 일어나며 잡다한 생각을 일거에 날려 버렸다.

'윽! 아, 알아! 미래를 바꾸는 것이 내 일이라는 걸!'

잠깐 딴 맘을 먹었다고 금세 영혼의 금제가 가해졌다.

"어? 어디 속이 안 좋냐?"

내가 인상을 찌푸리자 옆에 있던 선배가 걱정스럽게 물었다.

재빨리 변명을 했다.

"아뇨, 공짜 치킨이 너무 맛있어서 다음에도 먹어야겠는데 아무래도 다음엔 질 것 같아서 걱정하고 있었습니다."

"하하하! 얘 말하는 것 좀 봐. 은근이 마음에 드는데? 너, 우리 팀에 올 생각 없냐? 그 팀에 있어봐야 몇 년에 한 번 먹을 수 있을걸?"

"…거, 솔깃한 제안인데요. 아! 잠시만요."

전화가 왔다.

'우동희?'

여행을 다녀온 후 민종수는 몇 번 통화를 하고 만났기도 했었는데 딱히 주식을 권하거나 하진 않았었다. 그래서 윤호진이 연락해 올 거라 생각하고 기다리고 있는데 그 역시 깜깜 무소식.

한데 생각지도 않은 우동희에게 연락이 온 것이다.

난 반갑게 인사했다.

"여~ 잘 지냈나, 친구?"

─나야 항상 그렇지. 한데 너, 오늘 시간 좀 되냐?

"글쎄다. 오늘 선배님들과 술 한잔할 것 같은데… 급한 일이면 내가 있는 곳으로 와. 잠깐이라도 보자."

─…아니, 얘기가 길어질 것 같으니 내일 보자.

"그래, 그럼 술 한잔해야 하니 일곱 시쯤 볼까?"

─그러자. 아버지 일도 있으니 내가 한잔 살게.

그가 무슨 일 때문에 보자는 건지 궁금했지만 어차피 내일이면 알 게 될 일. 선배들이 부르는 소리에 의문을 접고 술자리가 벌어지고 있는 그늘로 갔다.

＊　　　＊　　　＊

"여기야. 들어가자."

우동희가 아는 집이라고 안내한 곳은 흔히 한복을 입은 아가씨들이 있는 '기생집'이라고 불리는 곳이었다.

"어서 오세요."

고운 한복을 입고 허리를 숙이는 마담—창모(娼母)—을 보고 있자니 문득 술에 만취해 정신을 잃은 조선시대 청년에게 빙의해 들어갔을 때가 떠올랐다.

자세한 시대도 기억나지 않고, 모든 것이 어렴풋했지만 사람에 대한 그리움이라는 건 알 수 있었다.

'뭐지? 지금까지 이런 적이 없었는데…….'

사실 기생집에 온 것은 이번이 처음은 아니었다. 한데 오늘과 같은 느낌은 처음이었다.

혹시 마담에게 뭔가 있나 싶어 뚫어지게 봤지만 전혀 떠오르는 건 없었다. 그리고 정체를 알 수 없는 그리움은 곧 씻은 듯이 사라졌다.

"흠흠! 동희라는 이름으로 예약하신 분들이시죠? 방으로 안내해 드리겠습니다."

아는 집이라는 말이 무색하게 마담은 우동희를 전혀 모르는 눈치였다. 그녀는 내가 뚫어지게 쳐다보는 게 민망했는지 헛기침을 하며 주위를 환기시킨 후 방으로 안내했다.

"굳이 이런 곳에 올 필요 없이 감자탕에 소주 먹어도 되는데……."

기생집도 등급이 있었다. 일인당 수십만 원 하는, 기생집이라기보다는 한복을 입고 코스프레하는 느낌이 드는 곳부터 격조가 높다라면 우습겠지만 어쨌든 수준이 있어 하룻밤에 수백만 원 하는 곳까지 다양했다.

우동희가 데려온 곳은 후자였는데, 그가 어떻게 사는지 들었기에 부담스러웠다.

"네가 준 공사거리를 얻으려면 건물주한테 이 정도 서비스는 당연히 해야 하고, 공사 대금 중 일부는 뒷돈으로 챙겨줘야 하는 경우도 있어. 그러니 부담 갖지 마. 그리고 나도 돈 있어."

자존심을 건드린 건지 우동희의 목소리가 살짝 높아졌다.

"그러냐? 그렇다면 부담 느끼지 않고 잘 먹을게."

그의 자존심을 상하게 만들 생각은 없었기에 재빨리 수긍하고 자리에 앉았다.

음식과 술이 들어오고 술 한 주전자가 비워질 때까지 쓸데없는 정치 얘기만 오갔다.

꺼내려는 말이 부담스러운 얘기인가 싶어 결국 내가 대수롭지 않은 듯 언급했다.

"무슨 얘기기에 이렇게 뜸을 들이는지 몰라도 이제 슬슬 말해봐. 한복 입은 아가씨들 자태도 봐야 할 거 아니냐?"

"으, 응, 그래야지……. 근데 담배 피워도 되냐?"

"누가 들으면 내가 니 상사인 줄 알겠다. 괜찮으니까 마음껏 피워."

우동희는 담배를 빼어 물고 나서야 조심스레 입을 열었다.

"혹시 말이야… 돈 있으면 좀 빌려주면 안 되겠냐?"

"얼마?"

힘들게 꺼낸 말이라는 걸 알았기에 망설임 없이 물었다.

"…많으면 많을수록 좋아. 이자는 넉넉하게 줄 테니 한두 달만 쓸게."

"이자는 필요 없어. 대신 뭐 때문에, 정확히 얼마나 필요한 지 말해봐."

돈을 빌려주는 건 문제가 없었다.

다만 돈을 빌려주었다가 오랜만에 만난 친구를 영원히 못 보는 수가 있었다.

그러니 돈을 빌려줄 때는 빌리려는 이유를 알고 못 받는다 고 해도 상관없을 정도의 돈을 그냥 준다는 생각으로 빌려주 는 것이 좋았다.

"그게……. 말하기가 좀 그래."

"어디 사채라도 썼냐?"

"아니, 옛날에 아버지가 사채를 썼다가 어떻게 됐는지 빤히 아는데 그럴 순 없지."

"그럼? 생활비가 떨어졌냐?"

"생활비가 없다면 내가 널 이런 곳에 데려왔겠냐?"

우동희는 말하기 곤란하다고 했지만 어차피 내가 조용히

입 다물고 있으면 말할 것이 분명했다. 그 때문에 날 만난 것 아닌가.

다만 그가 좀 더 편하게 얘기하라고 말을 시키고 있는 것뿐이었다. 그리고 그는 잠시 후 돈이 필요한 이유를 말했다.

"사실······. 여행 갔다 온 다음에 호진이를 만났어. 그래서 장난 반 호기심 반으로 그가 얘기해 준 회사에 돈을 좀 투자했어."

"근데? 반 토막 난 거야?"

"아니, 오히려 이득을 봤어. 벌써 세 배나 올랐거든."

주식이 세 배나 올랐음에도 돈을 빌리러 왔다는 건 왕창 투자해서 팔자 한번 펴보겠다는 뜻이었다.

주식하던 사람의 기억을 읽은 적이 있어 그가 현재 어떤 생각을 하고 있는지 알 것 같았다.

1,000만 원을 주식에 투자했는데 상한가를 쳤다고 생각해 보자. 그럼 15%의 이익, 150만 원을 벌게 된 것이다. 한 달 뼈 빠지게 일해야 300만 원 남짓 벌던 사람이 하루에 150만 원을 벌게 되면 어떻게 될까?

아무리 여윳돈을 이용해 가벼운 마음으로 시작한 사람들도 눈이 돌게 마련이었다.

무한정 상한가만 친다면 정말 행복하겠지만 오를 때가 있으면 결국 떨어질 때도 있다.

그럼 그때부터 서서히 일상이 무너지기 시작한다. 일은 손에 잡히지 않고 주식의 변동에 온 정신을 뺏기게 되는 것이다.

주식은 합법적인 도박이다. 그리고 도박의 끝은 언제나 비슷하다.

패가망신만 한다면 다행이지만 때론 극단적인 선택을 하는 사람도 있게 마련이었다.

가령 1억을 가진 사람이 주식 투자로 1억을 벌었다면 인생이 얼마나 바뀔까?

단지 약간 풍요로워질 뿐 크게 바뀌지 않는다.

하지만 1억을 잃게 된다면? 인생은 크게 바뀌게 될 것이 분명했다.

한 가지 예를 들어보자.

'좋은 땅이 있으니 투자할 생각이 없느냐?'라는 전화를 받아본 적이 있을 것이다. 그리고 그런 전화를 받은 대부분의 사람들은 '그렇게 좋은 땅이면 당신이 사시오'라고 생각하거나 직접 말하고 전화를 끊어버릴 것이다.

한데 주식은 다른가?

주변 사람이 말한다뿐이지 둘 다 다를 바 없는 말이었다.

각설하고 주식이 세 배나 오르는 걸 이미 눈으로 확인한 그에게 내가 생각하는 바를 아무리 얘기해 봐야 소용이 없었다. 그저 할 수 있는 말은 간접적으로 경고를 해주는 정도였다.

"혹, 작전주 아냐?"

"상관없어. 적당히 오르면 팔아버리면 돼."

헤어진 지 한 달도 되지 않았는데 사람이 이렇게 변할 수도 있구나 싶을 정도로 그는 주식에 빠져 있었다.

"그렇게 하기 쉽지 않아. 지금이라도 팔아버리고 손 터는 게 돈 버는 일이야. 일단 떨어지기 시작하면 그땐 두 손 놓고 당할 수밖에 없어. 그러니 정 하고 싶으면 우량주를 사두고 길게 봐."

"난 너처럼 부자가 아냐. 기회를 잡지 못하고 한 푼, 두 푼 모아서는 평생 지금처럼 찌질하게 살 수 밖에 없어. 그리고 그냥 빌려달라는 거 아냐. 집을 담보로 할 생각이야."

스스로 느끼지 못하는 이상 쇠귀에 경 읽기.

몇 번 더 말해봤지만 그는 요지부동이었다.

결국 난 포기했다.

"집의 가치는 대략 4억쯤 될 것 같은데……. 얼마나 해줘?"

"4억이라도 해줘. 장담하건대 한 달이면 충분할 거야."

"5억. 상환 기간은 6개월. 이자는 필요 없다."

관을 봐야 정신을 차린다면 보는 게 나았다. 또한 빌려주지 않으면 분명 사채라도 쓰려고 할 터. 차라리 빌려주는 편이 속이 편했다.

"고맙다."

"…글쎄다. 과연 잘하는 짓인지 모르겠다. 어쨌든 고맙다는 인사는 나중에 듣기로 할게."

나 때문에 괜스레 우동희가 말려든 것 같아 기분이 좋지 않았다.

'이렇게 나온다 이거지? 민종수, 네놈이 어떤 무대를 꾸미고 있는지 모르겠지만 원한다면 올라가 줄게.'

가만히 내버려 두면 주변 사람들이 휩쓸릴 것 같았다.

＊　　　＊　　　＊

"허 비서, 혹시 주식에 대해 잘 아나?"

"명색이 경영대학원까지 나왔으니 어느 정도는 안다고 봐야 하지 않을까요? 많이는 아니지만 적당히 투자해서 용돈 벌이 정도는 하고 있어요."

말은 겸손했지만 말투엔 굉장한 자신감이 느껴졌다.

"그럼, 신선제약에 대해서 좀 알아봐주겠어? 가능하면 사소한 것까지 몽땅."

"알겠습니다. 한데 이사장님께 부탁드리고 싶은 게 있습니다."

"허 비서의 부탁이라면 거절할 수 없지. 말해."

"동생인 석훈 씨 좀 어떻게 해주세요. 사람을 어찌나 귀찮게 하는지 너무 스트레스예요."

"내숭은……."

"네?"

"아, 아무것도 아냐. 말은 단단히 일러둘게."

'열심히 하라고 말이지.'

석훈이 녀석이 열심히 하고 있는 모양이었다.

"꼭 부탁드려요. 정말 이사장님 동생만 아니었으면 경찰에 신고했을 겁니다."

"꽤 좋은 녀석이니 너무 나쁘게만 생각하지 말고 찬찬히 살펴봐. 혹시 알아? 좋은 관계로 발전할 수 있을지도 모르잖아."

"제 눈에 흙이 들어와도 그런 일은 없을 겁니다. 석훈 씨는 절대 제 스타일이 아니에요."

"진경 씨 스타일은 어떤 남잔데?"

"글쎄요? 여자에게 무신경하고, 쓸데없이 정의롭고, 여자를 밝히는 나쁜 남자 스타일이라고 할까요?"

"…취향 참 독특하네. 그 정도면 나쁜 남자가 아니라 나쁜 놈 아냐?"

"그렇죠, 나쁜 놈이죠. 아! 이제 슬슬 가서야 할 시간입니다."

"벌써 그렇게 됐나? 말 나온 김에 지금 일어나지."

큰아버지를 소개할 겸 해서 열리던 이사회는 큰아버지에게 갑자기 일이 생기면서 미뤄졌는데, 그날이 바로 오늘이었다.

회의실로 들어가자 큰아버지와 허종욱은 물론 모든 이사가 모여 있었다.

가볍게 인사를 하고 자리에 앉자 고문이사가 대표로 말을 걸어왔다.

"허허허! 이러다 얼굴 잊어버리겠습니다, 이사장님."

"이제부턴 그만 봤으면 할 만큼 자주 보게 될 겁니다."

"기대가 되면서도 나이 든 저희가 따라갈 수 있을지 걱정이 됩니다."

"너무 걱정 마십시오. 이사님들께선 지금처럼만 일해주시면 되니까요. 아직 시간이 남았지만 다 오셨으니 바로 회의를 시작해 볼까요?"

10분 전이었지만 앉아 있어 봐야 쓸데없는 소리만 오갈 터, 바로 시작하는 편이 좋았다.

"오늘 제가 여러분을 모이라고 한 건 세 가지 이유에서입니다. 한 가지는 이미 짐작하고 계시겠지만 새로운 이사님을 소개하기 위함이고, 나머지 둘은 우당의 새로운 사업에 관한 것입니다."

난 가타부타 사족을 달지 않고 바로 본론으로 들어갔다.

"그럼 일단 새로운 이사님을 소개하겠습니다. 지검장을 역임하고 현재 제일로펌에 재직 중임에도 불구하고 기꺼이 우당의 이사직을 맡아주신 김장성 이사님입니다. 큰 박수로 환영해 주시기 바랍니다."

짝짝짝짝!

큰아버지에 대한 이사들의 반응은 나쁘지 않았다.

따지고 보면 몇몇과는 같은 대한 동문이거나 혹은 검찰 선

후배였고, 공통분모가 없는 이사라 해도 끼리끼리 어울린다고 한 다리 건너면 아는 사이일 가능성이 높았다.

그러니 굳이 내외할 필요가 없다고 생각하고 있는지도 몰랐다.

단, 나와의 관계를 말하기 전까지만 말이다.

"참고로 개인적으로는 제 백부님 되십니다."

"……."

이사들은 꽤 당황하는 듯 보였고 서로를 쳐다보며 눈빛을 교환했다.

그리고 한 사람이 총대를 멨는지 말을 했다.

"커험~ 전 이사장님의 형님이시라고요? 조카는 이사장인데 백부가 이사를 하면 사람들 시선이 곱지 않을지도 모릅니다."

돌려 말했지만 말한 의도는 가족 경영에 대한 일침이었다.

"타인의 시선은 저도, 백부님도 신경 쓰지 않습니다. 제가 부족해 도움을 청해 모셨으니 이사님들은 따뜻하게 맞이해 주십시오."

"험! 이사장님이 그리 말하시는데 당연히 그래야죠."

"그러겠습니다……."

대답들을 했지만 결코 호의적이라 생각되진 않은 반응들이었다.

난 그들의 반응을 무시하고 큰아버지를 보며 말했다.

"김 이사님, 한 말씀 하시죠."

큰아버지는 나의 돌발적인 고백에도 얼굴 표정 하나 바꾸지 않고 있다가 자리에서 일어나 말했다.

"소개받은 김장성입니다. 환대해 주셔서 감사합니다. 그리고 앞으로 많은 지도 편달 부탁드리겠습니다. 이상입니다."

큰아버지다운 사무적이고 정나미 뚝뚝 떨어지게 하는 소개였다.

이사들이 어떻게 생각하든 무시한 난 다음 안건으로 넘어갔다.

"말씀들은 회의가 끝나고 천천히 나누시고 다음은 우당의 신사업에 대해 말씀드리겠습니다."

"지금까지 임대업이 주력이었던 우리 우당에 어떤 새로운 활력을 불어넣을 사업을 생각해 오셨는지 자못 궁금합니다. 허허허!"

"이사님이 말씀하시는 사업과 제가 말하는 사업엔 차이가 있어 보입니다."

"설마? 사회사업을 말씀하시는 겁니까?"

"당연합니다. 우당의 설립 이념을 생각해 보면 간단하지 않습니까? 마침 재단 보유금도 넉넉하니 별다른 문제가 없을 것이라 생각합니다만?"

"언제까지 임대 수입에 의존해……."

"무슨 사업인지 들어볼 수……."

고문이사와 허종욱이 동시에 말을 하다 소리가 겹치자 말을 멈췄다.

한데 두 사람의 묻는 의도는 판이했다.

고문이사는 사회사업이라는 말에 불만 어린 목소리였다면 허종욱은 못미더워하는 목소리였다.

"특별할 것도 없습니다. 지금까지 국내의 독립운동가와 그 자손을 위해 일했다면 앞으로는 세계 각지에 있는 이들을 위해 일하겠다는 얘깁니다."

"아!"

"북한에 있는 사람들이야 어쩔 수 없지만 중국이나 미국, 혹은 다른 나라에 있는 분들은 충분히 찾을 수 있을 겁니다. 그와 더불어 시신도 가급적이면 찾을 생각입니다."

"…많은 시간과 엄청난 돈이 필요할 겁니다."

허종욱은 수긍한 반면 고문이사는 여전히 마음에 들지 않는 모양이었다.

"100년이 걸리든, 200년이 걸리든 상관없습니다. 조국을 위해 목숨을 바친 분들을 위해서 후손 된 도리로서 최소한 해야 할 도리는 해야 하지 않겠습니까? 그럼 이견이 없는 걸로 알고 다음 얘기로 넘어가죠."

난 이견을 용납하지 않겠다는 태도로 말을 이었다.

# 제2장

군에서

"여기가 집은 아닌 것 같고 무슨 일로 왔어요?"

"광고 촬영이요."

"오! 또 찍어요? 무슨 광고인데요?"

"화장품이요."

"광고비는 얼마나 받았어요? 나오면 한잔 쏘는 거 알죠?"

"……."

내 대답이 점점 짧아진다는 걸 알았으면 그만 물을 때도 됐을 텐데 눈치가 없는 건지 질문이 끊임없이 계속되고 있었다.

류성은은 약속을 지켰다.

여기저기 광고를 물어다 줬고 마지막으로 창천화학의 화장품 광고까지 나에게—정확하게 나와 여지민에게—맡겼다.

"오빠! 오셨어요?"

화장을 하고 있던 여지민이 내가 들어가자 인사를 했다.

"이야! 말 안 했으면 넌 줄 몰라봤겠다."

여지민은 볼 때마다 달라지고 있었다. 특히 오늘은 화장품 광고까지 찍는다고 머리부터 신발까지 전신 성형에 가깝게 치장을 하고 있으니 완전히 다른 사람처럼 보였다.

"…괜찮아요?"

"장담하건대 웬만한 여배우도 네 앞에선 고개를 숙여야 할 거다. 참! 이쪽은 리얼 군대 버라이어티 '전우'의 오민하 PD님."

"아! 안녕하세요, 오 PD님."

오민하와 인사를 한 여지민은 화장을 위해 옆에 앉자 궁금한 듯 물었다.

"한데 오빠, 군대 가요?"

"응. 군대 갔다 온 남자라면 한 번쯤 꿈꾸는 재입대를 빌어먹게도 현실에서 이루어냈다."

"보통 군대를 싫어하지 않아요?"

이번 질문의 답은 떠들기 좋아하는 오민하가 했다.

"호호호! 반어법이에요. 참! 지민 씨, 혹시 가능하다면 나중에 김철 씨와 같이 입대하는 이들을 위해 응원 한마디 부탁해도 될까요?"

"그럴게요. 한데 방송은 언제 돼요, PD님?"

"한 달 후에 방송될 거예요. 근데 지민 씨, 이렇게 화장하니까 너무 예쁘다. 다음 앨범에 지금처럼 성숙한 분위기로 해도 될 것 같아요. 그럼 남자 팬들이 아주 죽을 거예요."

"감사해요. PD님도 너무 예쁘세요. 누굴 엄청 닮았는데…… 아! 최정연 선배님이랑 많이 닮으셨어요."

"…호호홍~ 그래요? 그런 소리 한 번도 들어본 적이 없었는데……. 아무튼 기분 좋네요."

시끄러웠다.

딱히 틀린 말을 하진 않았지만 서로를 칭찬하기에 여념이 없는 두 여자의 모습에 기가 질렸다.

수도하는 기분으로 메이크업을 받고 있는데, 한 사람의 등장으로 방 분위기가 순식간에 바뀌었다.

류성은이 들어온 것이다.

결단코 지금까지 그녀의 등장이 이토록 반가운 적은 없었다.

오민하 PD는 언제 사라졌는지 모르게 없어졌고, 여지민은 그녀의 눈빛에 기가 눌렸는지 조용히 메이크업만 받았다.

"고맙다."

"약속을 지킨 것뿐이야. 나중에 혹시나 네 말대로 잘되면 중국용 TV 광고도 줄 수 있어."

광고에 고마워하는 줄 착각한 모양이었지만 굳이 바로 잡진 않았다.

괜히 광고주의 기분을 상하게 하면 촬영이 괴로울 수 있었다.

"어쨌든 고마운 건 고마운 거니까. 한데 광고 찍는 걸 보러 온 것 같진 않고 할 말 있음 해."

"내가 너한테 얘기하러 왔다고 어떻게 확신하는데……?"

슬금슬금 내 눈치를 보며 뭐 마려운 강아지처럼 구는데 모르는 게 이상했다.

"아님 말고."

"…자리 옮겨서 커피나 한잔해."

"하여간 자존심은……. 가자."

나한테만 그러는지, 모든 사람들에게 똑같이 대하는지 모르겠지만 어지간히 툴툴거리고 딱딱하게 굴었다.

모르는 사람들은 그런 그녀를 무서워하거나 상종하기 싫어할 것이다. 그러나 난 어린 시절의 그녀를 알기에 그저 귀엽게만 보였다.

나름 놀리는 재미도 있고.

"이상한 놈."

날 빤히 보고 있던 류성은이 알 수 없는 말을 중얼거렸다.

"응?"

"아무것도 아냐. 한 가지 묻고 싶은 게 있어."

류성은은 단도직입으로 본론을 꺼냈다.

"커피는? 한잔하자며?"

"…기다려."

입꼬리를 실룩이던 그녀는 밖에 나갔다 캔 커피를 가지고 들어왔다.

"난 원두가 아님……."

"침 섞인 원두커피를 먹고 싶지 않으면 닥치고 드시지?"

"눼에~눼에~"

역시 귀여움 따윈 버린 지 오래였다.

난 그녀를 조금 약 올리기 위해 천천히 캔을 따서 몇 모금 마신 후에야 입을 열었다.

"물어봐."

"난 네 말을 믿고 중국에 화장품 매장을 준비 중이야. 물론 책임은 결정한 나에게 있다는 건 의심할 여지가 없어. 다만……. 마지막으로 한 번 더 확인하고 싶을 뿐이야. 정말 성공할 수 있을까?"

최정연에게 류성은이 내 말대로 화장품 사업을 시작했다는 말을 듣고 언젠가 이런 날이 다시 올 거라고 예상하고 있었다.

그래서 기억을 뒤져서 좀 더 보완을 해둔 상태였다.

"품질만 확실히 유지해. 그리고 직원들을 한 명, 한 명 메이크업 교육을 시키고. 그럼 성공할 거야. 나에게 투자를 하라고 한다면 할 수 있어."

"정말? 투자를 하겠다고?"

"물론이지!"

난 확신을 주기 위해 강하게 말했고, 그런 나를 한참 동안 뚫어지게 바라보던 류성은의 굳은 얼굴이 서서히 펴졌다.

한데 그 순간, 온몸이 지하로 쑥 하고 꺼지는 듯한 느낌이 들었다.

'뭐, 뭐야? 설마 천기누설을 해서 이러는 건가?'

곧 그런 느낌이 사라지긴 했지만 두 번 다시 겪고 싶지 않은 기분 나쁜 느낌이었다.

그러나 다음부턴 천기누설 따위는 하지 말아야겠다고 생각하며 대수롭지 않게 넘겼다.

이때까지는 몰랐다.

지금 내가 류성은에게 한 말이 미래에 어떤 영향을 미쳤는지.

또한 한 아이의 일그러진 가치관이 어떤 결과를 만들어냈는지.

\*             \*             \*

오후 4시부터 시작된 촬영은 11시가 넘어서 끝났다. 사진 촬영만 해서 이 정도였지 방송 광고용이었다면 하루로 부족했을 것이다.

"많이 피곤해 보이는데 오늘 촬영은 여기까지 할까요? 짐 싸는 장면은 셀프로 찍어도 상관없으니 내일은 다니는 헬스장에서 운동하는 것과 머리 자르는 것을 찍기로 해요."

"헬스장은 안 다닙니다. 집에서 하는데 그것도 셀프카메라로 찍어도 된다면 찍어드리죠."

호흡법 덕분인지 웬만해선 피곤한 적이 없었다. 한데 오늘은 왠지 지쳤다. 그래서 오민하 PD의 호의를 순순히 받아들이기로 했다.

"대박! 헬스장을 안 다니고 혼자 운동해서 그만한 몸매를 만들 수 있나요?"

"쩝! 누가 들으면 제가 몸매를 보여줬다 오해하겠습니다."

"인터넷에 김철 씨 이름을 치면 얼마나 많은 몸매 사진이 나오는지 모르세요? 어쨌든 그런 몸매를 트레이너 없이 만들다니 대단하네요."

"타고난 마른 체질 덕분이죠. 굳이 직접 찍어야 한다면 내일 시간을 내죠."

"아뇨, 직접 찍어서 주세요. 카메라 사용법을 간단히 설명드릴게요. 여긴 배터리 들어가는 곳이고, 여긴 메모리가……."

오민하 PD는 내가 숙지할 수 있을 때까지 카메라 사용법을 설명했고, 집에 도착했을 땐 셀프카메라를 찍을 수준은 되었다.

"형, 미안한데 두 분 다 목적지까지 모셔다드리고 퇴근해 주세요. 내일은 점심 먹고 오면 될 겁니다."

매니저인 석도민에게 오민하 PD와 촬영기사를 데려다주라고 부탁했다.

"걱정 마라. 쉬어라."

"네, 내일은 점심 먹고 오시면 될 겁니다. 수고들 하셨습니다. 내일 뵙죠."

작별 인사를 한 후 집으로 들어갔다.

"다녀왔다."

불이 켜져 있는 것을 보아 석훈이 퇴근을 한 모양인데 아무런 반응이 없었다.

딱히 빈집에 들어가는 걸 쓸쓸해하진 않지만 사람이 있을 땐 들어오고 나갈 때 인사 정도는 해야 한다고 생각했다.

"쯧! 이 녀석, 또 인터넷 방송 보나 보군."

아니나 다를까 석훈의 방이 가까워지자 자지러지는 웃음소리와 함께 마치 누군가와 대화라도 하듯이 중얼거리는 소리가 들려왔다.

얼마 전 기생집에서 본 기생처럼 한복을 입은 BJ를 보며 행복해하는 석훈을 보니 뒤통수를 때려주고 싶었고, 망설임 없이 실행했다.

"자! 오빠가 쏜……! 악! 혀, 형님! 언제 오셨습니까?"

"쏘긴 뭘 쏴? 내가 작작 좀 하랬지?"

"조금 전에 퇴근해서 이제 겨우 30분쯤 봤을 뿐입니다."

"허어~ 이게 누굴 컴맹으로 아네? 로그인 시간 확인해 볼까?"

"…1시간 반, 아니, 두 시간 좀 넘었습니다. 죄송합니다."

"성인인 네가 몇 시간 컴퓨터 한다고 뭐라 하는 거냐? 너, 솔직히 말해. 저 그림의 떡(?)한테 얼마나 갖다 바쳤냐?"

"어, 얼마 안 됩니다."

"거짓말이면 맞는다."

"정말입니다! 믿어주십시오, 형님!"

석훈은 거짓말에 서툴렀다.

평소에 말대꾸도 타박타박 잘하는 애가 거짓말을 할 때는 쩔쩔매면서 믿어달라는 말을 사용했다.

"비켜."

"네?"

"의자에서 비키라고."

난 석훈을 의자에서 쫓아내고 대신 자리에 앉았다. 그리고 독수리 타법으로 BJ에게 귓말을 보냈다.


[수양아, 오빠가 이번 달에 얼마나 응원했지?]

[왜? 오늘 월급 탔어?]

[응!]

[그렇구나. 이번 달엔 응원이 좀 부족했네. 오만 개 조금 안 돼.]

[그랬구나. 그럼 최고를 기록했을 땐 몇 개였어?]

[두 달 전에 20만 개. 너무 무리하지 마. 난 그냥 오빠가 들어오는 것만으로도 만족해. 내 맘 알지?]

수양이라는 BJ는 무리하지 말라는 말로 무리하게 만들고 있었다.

[그래? 그럼 알았어. 난 네가 만족하는 것으로 충분하니까.]
[…….]

BJ가 순간 표정이 딱딱하게 굳는 것을 보고 자리에서 일어났다. 그리고 석훈을 살짝 노려보며 말했다.

"적당히 해라."

내가 준 건물과 차를 제외하고도 석훈에게 몇천쯤은 취미 생활을 위해 쓸 수 있는 돈이 있었다.

단, 취미 생활이 인생을 망가뜨리는 경우가 있으니 때로 주의를 환기시키는 정도는 해줘야 했다.

"…예, 형님. 근데 오늘 무슨 안 좋은 일 있으셨습니까? 표정이 영 안 좋습니다."

"군대 가게 됐다."

"네? 무슨 군대를 또……?"

"그런 게 있다. 너의 수향이가 돈 달라고 춤춘다. 넌 그거나 봐라."

석훈은 좋다구나 자리에 앉아 헤드셋을 쓰곤 다시 모니터로 빠져들었고, 나는 그런 그를 보고 혀를 몇 번 차곤 방에서 나왔다.

유독 피곤한 날이라 침대에 눕고 싶었지만 저녁 호흡법과 운동을 촬영 때문에 못 했으니 자기 전에 잠깐이라도 보충해야 했다.

딩동! 딩동!

운동을 해 땀이 살짝 날 때 누군가가 왔다.

"이 시간에 누구야? 석훈아, 나가봐라! 아! 헤드셋 쓰고 있지……."

석훈이를 부르다가 생각해 보니 그는 들을 수 없는 상태였다. 어쩔 수 없이 운동을 멈추고 거실로 나가 인터폰으로 향했다.

오민하 PD였다.

손을 들어 뭔가를 보여주는 걸 보니 빼먹은 게 있는 모양이었다.

"여분의 배터리를 안 줬더라고요."

"내일 주면 될 걸 오셨습니까? 지금 시간이 몇 신 줄 알아요?"

"마무리를 안 하면 잠이 안 오는 체질이라서요."

"어쨌든 수고하셨습니다. 택시 불러 드릴 테니 타고 가세요."

"됐어요. 택시보다… 배고픈데 라면 있어요?"

특이한 여자인 줄 알았지만 대담하기까지 한 줄은 몰랐다.

"우리 집은 라면 가게가 아닙니다만."

"제 말이 무슨 말인지 이해를 못 한 건 아닌 것 같은데……?"

"무슨 의미인지 아주 자알~ 알고 있습니다. 어디에서 무슨 소문을 들었는지 모르지만 그때와 지금은 많이 다릅니다."

"어떻게 다른데요? 제 입장에선 얼마나 큰 용기를 내서 한 말인 줄 알아요? 사귀자는 게 아니잖아요. 그냥 쿨하게 하룻밤 자자는데 그게 힘들어요? 아님 제가 못나서인가요?"

부끄러움 따위 없는 건지 오민하 PD는 얼굴을 들이밀며 쉴 새 없이 몰아붙였다.

내가 그녀를 거부한 것은 별로 생각이 없다는 것도 한몫했지만 다른 이유가 있어서였다.

"이유는 오 PD님이 더 잘 알 텐데요. 전 막장 전개는 싫어합니다."

"…도무지 무슨 말을 하는지 모르겠네요. 거절하려면 그냥 싫다고 말하세요. 그럼 그런 줄 알고 이만 가볼게요."

돌아서기 직전에 그녀의 표정이 살짝 굳는 걸 놓치지 않았다.

돌아서서 가는 그녀에게 외쳤다.

"뵙고 싶다고 전해주십시오."

"휴우~ 이해할 수 없는 사람이네요. 내일 봐요."

"오늘 일을 정연이에게 말할 겁니다. 오 PD님이 유혹해서 어쩔 수 없이 뜨거운 밤을 보냈다고 말이죠."

"······!"

"그럼 내일 뵙······."

"언제 알았죠?"

오민하 PD는 결국 뒤돌아섰다.

"광고 촬영장에서 의심을 했었죠. 성은이를 보고 왠지 피한 다는 느낌을 받았었거든요. 그러다 방금 라면 먹자고 할 때 확신을 했고요."

"나름 메소드 연기였는데 티가 났나요?"

"아뇨. 라면 가게를 차리고 싶을 정도였습니다. 솔직히 어느 남자가 그런 상황에서 거부할 수 있겠습니까? 다만 눈매와 눈 빛이 정연이랑 똑같더군요. 그래서 독이 든 사과가 아닐까 생 각하게 됐고요."

"혀가 입안의 사탕처럼 매끄럽네요. 어쨌든 저의 완패예요. 김철 씨 예상처럼 할아버지의 부탁을 받았어요."

"제가 오케이하면 어쩌려고 했습니까?"

"정말 라면만 먹고 나오려고 했죠. 강제로 여자를 취하는 그런 남자는 아니잖아요?"

"그야 모르죠. 어쨌든 당신 할아버지와 만나고 싶은데 도움 을 주시죠. 아니면 정연이에게······."

"알았어요! 노력해 볼게요. 그러니 이모한테는 절대 비밀로 해줘요."

"에에~ 정연이 사촌이 아니라 조카?"

"나이는 한 살 차거든요. 한데 방금 전 그 놀람은 뭔가 기분 나쁜데요!"

솔직히 최정연보다 오민하가 더 나이 들어보였다. 난 화제를 돌렸다.

"한데 만약 절 테스트하기 위해 '전우'에 출연시키는 거라면 취소시켜 주십시오."

"미안하지만 그건 제가 한 게 아니에요."

"그렇습니까? 어쩔 수 없죠."

혹시나 싶었는데 아닌 모양이었다.

난 오민하 PD를 택시에 태워 보낸 후 다시 집으로 돌아왔다.

＊    ＊    ＊

고작 2년도 되지 않는 군 생활이 힘들고 억겁처럼 느껴지는 것은 새로운 사람과 환경에 선택의 여지가 없이 강제적으로 적응해야 한다는 것 때문이 아닐까.

그렇게 따지자면 두둑이 출연료 받지, 5일 촬영 후 이틀은 집으로 돌아와 쉴 수 있지, 전날 출연자끼리 모여 저녁 겸 술을 마시며 통성명도 했지, 이번 입대는 피크닉이나 다름없었다.

그럼에도 불구하고 차에서 내리는 이들의 얼굴 표정은 가히 좋다고 말할 수 없었다.

우리보다 먼저 '전우'를 거쳐 간 이들이 개고생하는 걸 봤기 때문이리라.

"오셨어요, 형? 이거 드세요."

아침 일찍 도착해 있던 난 선배인 장학수가 차에서 내리는 것을 보고 커피를 건네며 인사했다.

"아~ 속 쓰려. 넌 좀 괜찮냐?"

어제 많은 술을 마셔서 하는 말이었다.

"저도 죽겠습니다."

"엄살은… 너, 술 마시는 거 보니까 내가 늙었다 싶더라. 옛날엔 아무리 마셔도 뒷날 말짱했는데, 이젠 이러다 죽겠구나 싶다."

'전우'에 출연하게 된 이들은 모두 일곱. 나이는 40대 초반부터 20대 초반, 직업은 배우, 가수, 개그맨, 방송인, 레퍼 등 다양한 나이대와 다양한 직업을 가졌지만 같이 군복을 입고, 같은 계급장을 달게 되는 것만으로 우린 친해졌다.

"오와 열을 똑바로 못 맞춥니까? 지금 놀러 왔습니까! 계속 이런 식이면 오늘 밤새 해야 할 겁니다."

간단히 입소식과 소개를 마치고 제식훈련을 시작했다.

집단으로 통일성을 갖추어야 하는 군인에게 절도와 규율을 가르치는 것이 목적인 제식훈련은 내 기억 속 유격, PRI와 더불어 3대 짜증 유발 훈련 중 하나였다.

열심히 해도 딱히 돋보이지 않으면서 어영부영하면 금방 눈에 띄는 이상한 훈련이었는데 참을 수 없는 건 끝이 정해지지 않은 훈련이라는 점이었다.

특히 제식훈련을 시키는 사람의 마음에 따라 훈련이 될 수도, 혹은 얼차려가 될 수도 있었다.

지금 우리의 경우는 '앞으로 내 말에 토 달지 말고 무조건 따라라'를 주입하기 위한 제식훈련이라고 생각하면 됐다.

"왼발! 왼발! 왼발! 뒤로 돌아 가! 거기 1번 훈련생! 발이 틀렸습니다. 거기 7번 훈련생은 손과 발이 같이 올라갑니다. 정신들 안 차립니까! 손은 어깨보다 더 높이 올립니다!"

"1번 훈련생 장학수! 제대로 하겠습니다."

"7번 훈련생 에릭! 시정하겠습니다."

"좋습니다. 제식동작은 마음에 들지 않지만 목소리는 마음에 듭니다. 모두 10분간 휴식! 몇 분간 휴식?"

"10분간 휴식!"

우리는 훈련을 받으며 처음으로 완벽하게 목소리를 일치시켰다.

잠깐이라도 쉬고 싶다는 열망이 만들어낸 결과였다.

"20분간 휴식하겠습니다. 이상!"

20분간 휴식이라는 말을 다시 복명복창한 후에야 우리는 휴식을 취할 수 있었다.

"영진이라고 했나? 카메라 좀 꺼라. 씨발, 담배라도 하나 피워야겠다."

아무리 리얼리티 프로그램이라 해도 개인적인 시간은 주어졌다. 특히 남녀 불문하고 담배 피우는 사람들이 많다 보니 담배를 피우는 동안은 카메라를 껐다.

우리는 교육 중 배웠던 대로 총을 거치하고 담배를 피우는 사람이나 피우지 않는 사람이나 카메라에서 벗어나 한쪽 구석으로 갔다. 그리고 나이에 상관없이 담배를 꺼내 물었다.

어제 술을 마시며 담배를 튼 것이다.

"이 PD의 말발에 당해 이게 뭐하는 짓인지 모르겠다. 후우우~ 나이가 들긴 들었나 보다. 몸이 생각대로 따라주질 않네."

"나이 때문만은 아닌 것 같습니다. 제가 형보다 더 못하잖아요."

장학수의 신세 한탄에 한때 유명 아이돌이었지만 지금은 가수라기보단 방송인에 가까운 전진해가 위로를 했다.

"전 이 프로그램이 문제가 아니라 진짜 군대에 갈 걸 생각하니 앞이 깜깜합니다."

레퍼인 스탠—실제 이름은 지호동이었다.—도 단 하루 만에 인생의 쓴맛을 느꼈는지 착잡한 목소리로 말했다.

"연예병으로 가면 돼. 거긴 군대를 소속사로 두고 행사 뛴다고 생각하면 맞을 거야."

나와 비슷한 시기에 제대한 개그맨 이상곤이 그의 어깨를 토닥이며 말했다.

이렇게 담배를 피우며 원숭이가 서로의 이를 잡아주듯이 서로의 불만과 착잡한 마음을 돌아가며 위로했다.

"전 물이나 가져오겠습니다."

담배를 피우지 않는 사람은 나밖에 없었다.

"제가 가져올게요, 형."

"누가 가져오든 무슨 상관이냐. 담배나 피워라."

막내인 아이돌 가수 에릭이 빠릿빠릿하게 움직이려 했지만 괜찮다는 손짓을 보낸 후 내가 가져왔다.

담배와 물로 휴식을 취한 우린 다시 원래 자리에 앉아 휴식을 취했는데, 이번엔 카메라가 돌아가고 있었기에 욕과 부정적인 말 대신에 훈련에 대한 소감을 한 마디씩 얘기했다.

"할 만합니다. 그 힘들다는 해병대를 제대한 제가 이 정도에 힘들어할 리가 없죠. 그때 생각도 나고, 앞으로의 훈련이 기대가 됩니다."

"이제 시작인데요. 파이팅하겠습니다!"

"나중에 군에 갔을 때 오늘 일이 많이 도움이 될 것 같습니다."

방금 전 우리끼리 얘기할 때완 말과 행동이 판이하게 달랐다. 그러나 그들의 모습에서 가식보다는 삶의 애환이 느껴졌다.

'하긴 연예인도 직업이니까……'

일견 화려해 보이는 삶을 사는 것 같지만 사는 방식은 일반인들과 크게 다르지 않았다.

20분이던 휴식 시간이 촬영 때문에 30분이 넘어서야 끝이 났고, 우리는 다시 제식훈련을 시작했다.

\*              \*              \*

'전우'의 성공 요인 중 하나를 꼽으라면 진정성일 것이다.

진짜로 구르고, 진짜로 고통스러워하고, 진짜로 웃고 울고. 힘이 들어 가식을 떨 생각도 나지 않으니 당연히 표정에서 진심이 나올 수밖에 없었고, 사람들은 그런 모습을 공감하며 좋아했다.

그런 면에선 난 '전우'에 맞지 않는 캐릭터였다.

웬만한 것은 조교만큼 쉽게 해내니 혼날 일이 없었고, 설령 꼬투리를 잡혀 얼차려를 받는다고 해도 그마저도 쉽게 해버리니 무슨 재미가 있겠는가.

난 군대 체질이라는 끔찍한 별명을 얻고 한 주 촬영을 마쳤다. 그리고 오민하 PD편으로 최정연의 할아버지가 만나자는 연락을 해왔다.

"얼굴이 까매지니 더 매력적이네. 할아버지도 좋아하실 거야."

최정연은 내 긴장을 풀어주려는 듯 아까부터 잡고 있던 손에 힘을 주며 말했다.

그녀가 내 마음을 알면 서운할는지 모르지만 사실 전혀 긴장하고 있지 않았다.

그러나 굳이 내색할 이유는 없었다.

"그러길 바라야지. 근데 이건 뭐야?"

촬영을 끝내자마자 오느라 선물을 준비하지 못했는데 최정연이 예상했다는 듯 준비해 왔다.

"침향. 보약은 돌아가실 때 힘들다고 안 드시거든."

"…침향이 보약보다 더 비싸지 않나?"

"헤헤! 오늘은 특별한 날이라 무리 좀 했어."

특별한 날이라······.

왠지 들떠 있는 듯한 최정연을 물끄러미 바라보았다. 만약 2017년에 죽지 않는다면 최정연이랑 함께해도 나쁠 것 같지 않았다.

"여기야?"

으리으리한 현대식 건물이나 99칸 기와집을 생각했는데, 겉으로 보기엔 건물 두 채가 다인 한옥이었다.

다만 나이 많은 집주인을 위해 문턱이 없고 휠체어로 모든 곳을 이동할 수 있게 바닥 정비가 잘되어 있었다. 유일한 사치

라면 마당의 한쪽에 위치한 정원 정도가 다였다.

"꽤 단출하지? 명절 때 가족이 모이면 좁은 방에 여러 명이서 같이 지내야 할 정도야. 할아버진 그게 가족 간의 정을 만든다고 믿고 계셔. 뭐, 그 덕분인지 모르지만 실제 가족끼리 꽤 친한 편이고."

"청렴한 선비 같은 분이시구나?"

"맞아! 그 표현이 딱이다. 그래서… 사실 할아버지께서 친일을 했다는 걸 믿을 수가 없어. 아무쪼록 좋게 잘 해결되었으면 좋겠다."

"나도 그러길 바라."

독립운동가를 지원하는 것도 중요하지만 억울한 사람이 발생하지 않게 하는 것도 그만큼이나 중요했다.

우당은 최대한 그 두 가지가 조화롭게 하기 위해 노력하고 있었지만 완벽할 수는 없었다.

"여기서 잠시 기다리시겠습니까? 어르신께 오셨다고 전해드리겠습니다."

대문에서 툇마루 앞까지 안내했던 여집사가 살짝 고개를 숙이며 양해를 구한 후 창호지가 발라진 고풍스러운 문을 가볍게 두드리며 우리가 왔음을 알렸다.

"정연 아가씨와 우당의 이사장이 왔습니다."

"정자에 다과상을 차리게."

듣기에 아흔넷이라는 게 믿기지 않을 만큼 정정한 목소리가 방에서 흘러나왔다.

"알겠습니다. 두 분은 정자로 가서 기다리시죠."

엄청난 저택도 아니고 밖에서도 다 들리는데 굳이 집사를 통해 말하는 것이 다소 우스꽝스럽긴 했지만 내가 그가 싫어하는 우당의 이사장이라는 사실을 상기하곤 두말 않고 정원 옆에 있는 정자—말이 정자지, 오두막 수준으로 네 사람이 앉으면 꽉 찰 정도로 작았다—로 걸음을 옮겼다.

"잠시 앉아 계십시오. 어르신은 준비가 되는 대로 나오실 겁니다."

내가 정자로 올라가지 않고 있자 집사가 말했다.

"괜찮습니다. 그리고 환영받지 못하는 손이라도 연세 지긋한 분을 위에서 맞이할 수는 없지 않겠습니까?"

"…알겠습니다. 그러는 것이 편하다면 그렇게 하십시오."

집사는 내 말에 의외라는 표정을 잠깐 짓다가 예의 무표정한 얼굴로 안채 쪽으로 되돌아갔다.

"할아버지께선 연로하셔서 하체를 거의 못 움직이셔. 그러니 네가 이해해."

"괜찮아. 정자로 안내했다는 건 할아버지께서 그래도 날 손님으로 생각한다는 뜻이니까."

"그래? 그런 뜻이 있다는 건 어떻게 알아?"

"내가 좀 올드하거든. 근데 정원이 정말 멋지다."

나중에 가정을 꾸민다면 이런 마당과 정원이 있는 곳에서 살고 싶어졌다.

얼핏 보면 그냥 별것 없는 작은 정원이었지만 자세히 보면 돌 하나, 작은 정원수 하나 허투루 놓인 게 없었다.

조금 과장해서 말하자면 마치 대자연을 작은 정원에 옮겨 놓은 듯했다.

한참 홀린 듯이 정원을 바라보고 있을 때 휠체어를 타고 최정연의 할아버지가 다가왔다.

"처음 뵙겠습니다. 김철입니다."

"…반갑진 않지만 오느라 고생했네. 올라가서 얘기함세."

한기가 풀풀 풍길 줄 알았는데 의외로 담담한 목소리였다.

정자로 올라가 다과상을 사이에 두고 마주 앉았다. 그가 먼저 입을 열 것 같진 않았기에 내가 가벼운 주제로 입을 열었다.

"정원을 어떤 분이 꾸미셨는지 모르지만 작은 정원 안에 대자연을 담아둔 것 같습니다."

"노인네가 심심할 때 구경하는 작은 정원에 큰 의미를 두지 말게나. 날 보자고 했다는데 할 말 있음 하게."

'참, 사람 민망하게.'

이래서 먼저 입을 열면 손해였다.

입바른 소리가 듣기 싫다는 뜻으로 들렸기에 바로 본론으로 들어갔다.

"어르신이 우당의 처사에 불만이 많다는 얘기를 들었습

니다."

"불만? 내 평생의 치욕을 불만이라는 단어로 표현하는 겐가?"

정정하다지만 아흔을 훌쩍 넘긴 노인의 모습은 지금 당장 쓰러진다고 해도 이상하지 않을 정도였다. 한데 민감한 얘기를 꺼내자 눈빛이 살아나며 지금까지 본 어떤 사람보다 강력한 기운을 뿜어냈다.

'정말 아닌가?'

그의 모습에 친일파가 아니라는 그의 말이 사실일지도 모른다는 생각이 얼핏 들었다.

내가 얼핏이라고 한 이유는 거짓말도 평생 하다 보면 스스로 그것이 진실이라고 착각하는 수도 있었기 때문이었다.

"어르신의 마음을 어찌 알겠습니까마는 오해라는 단어를 쓰기에도, 그렇다고 분노라는 단어를 쓰기에도 모든 것이 우당의 탓으로만 생각되는 것 같습니다. 그렇다고 '그것'이라고 지칭하기에도 무리가 있고요. 어르신 생각엔 어떻게 표현하는 게 좋겠습니까?"

난 귀찮게 다른 표현을 찾기보단 그에게 떠넘겼다.

아무리 그의 기운이 강하다고 해도 날 억누르기엔 불가능했다.

"······."

그는 한참을 노려볼 뿐, 말이 없었다.

"부모를 잘 만나 이사장 자리에 오른 건 아니군."

"우당의 이사들도 어르신만큼 눈이 좋았으면 좋았을 텐데 안타깝군요. 칭찬 감사합니다."

"잘난 척할 정도는 아니네. 불만이라는 표현으로 계속 말해 보게."

'농담이 통하지 않을 거라고는 알았지만 그렇다고 정색까지 할 것까지야……'

그가 날 어떻게 생각하나 알아보기 위한 말이었고, 우당에 적대적이긴 하지만 나름 이성적인 사람이라고 판단할 수 있었다.

"그러겠습니다. 어르신은 친일을 하지 않았다고 하시는 거고, 우당은 여러 가지 증거를 토대로 친일을 했다고 말하는 것이 불만의 원인이라고 알고 있습니다."

"…그렇다. 일제강점기 때 회사를 운영했던 것은 사실이지만 독립운동 자금과 위안부로 팔려 나가는 여자들을 공장에 취직시켜 구했다. 그리고 해방이 된 후 이러한 사실 때문에 무사할 수 있었다."

"남아 있는 증거가 어르신의 말씀밖에 없다는 것이 문제죠."

나름 우당의 자료를 보며 객관적으로 판단하려고 노력했다.

그리고 자료만 보고 내린 나의 결론은 우당과 마찬가지로 그가 친일파라는 것이었다.

만일 그가 말한 증거가 하나라도 남아 있었다면 분명 우당의 잘못일 것이다.

그러나 어디에도 증거가 없었다.

그는 분통을 터뜨렸다.

"어디 그게 내 잘못인가! 광복은 됐지만 혼란스러운 시대였네! 또한 연이어 터진 6.25로 기록까지 사라져 버렸지. 한데 자네라면 40년이 훨씬 지나 친일을 하지 않았다는 증거를 내놓으라면 어쩌겠는가!"

"억울할 겁니다. 한데 어르신이 구해줬다는 사람들 중 살아 있는 분은 없습니까?"

"그들을 어찌 일일이 기억하겠나. 그러나 기억이 나는 몇몇은 이미 사람을 풀어 찾아봤네. 하지만 동란(動亂)에 죽고, 나이 들어 죽고……. 살아 있는 이가 없더군. 하긴, 생각해 보면 이 나이까지 살아 있는 내가 이상한 게지. 그러고 보면 인생이란 참 덧없는 것을……."

죽음을 얘기하면서부터 그의 눈빛은 처음 봤을 때처럼 평범하게 돌아왔다. 아니, 모든 걸 달관한 듯한 눈빛이라 해야 할 것이다.

그는 말하는 것도 잊고, 차를 마시는 것도 잊고 오로지 정원을 바라보고 있었다.

"저쪽에 보면 새로 심은 나무들이 보일 걸세. 내가 찾는 사람들이 죽었다는 소식을 들으면 한 그루씩 심었다네."

정자에서 조금 떨어진 곳에 얼핏 봐도 서른 그루가 넘는 분재가 있었는데, 크기가 제각각인 걸 보아 오래전부터 최근까지 그가 자신의 오명을 벗고자 노력한 세월의 흔적이 보였다.

'과거로 가봐야 하는 건가?'

사실 누군가를 죽이지 않는 이상 염의 에너지는 1년이 되어야 채워졌다. 물론 착한 일을 한다면 조금 달라지긴 하겠지만.

어쨌든 5년의 시한부라고 생각하면 오늘 처음 본 사람을 위해 과거로 간다는 건 미친 짓이었다.

한데 태생 때문일까? 미친 짓이라는 걸 알면서도 그를 위해 과거로 가야 한다고 심장이 말하고 있었다.

내가 이성과 감성 사이에 고민하고 있을 때 그는 계속 말했다.

"…지금 생각해 보니 다 부질없는 짓이었어. 그깟 친일인명사전에 이름이 올라갔다고 아등바등하다니. 나만 떳떳하면 되는 것을… 세월이 아깝구나."

정자에 앉아 대오 각성을 한 건지 모든 것이 부질없다고 중얼거리는 그.

그 모습에 한편으로는 과거로 가지 않아도 된다는 안도가 들면서도 다른 한편으로는 내 심장이 아플 만큼 슬퍼 보였다.

"정연이, 네가 할아비 고집 때문에 마음고생 많았다 들었다. 이제부턴 김 군과 사귀든지 결혼을 하든지 이 할아비는 더 이상 상관하지 않겠다."

"할아버지……."

"자네한테는 두 가지만 말함세."

"말씀하십시오."

"우당의 이사장! 니들 맘대로 하라! 난 더 이상 니들이 뭐라 짖든 상관하지 않을 터이니!"

그는 나를 통해 우당을 크게 꾸짖었다. 그리고 한 번의 꾸짖음으로 모든 기운을 토해냈는지 담담한 목소리로 말을 이었다.

"…김철이라고 했나? 내 손녀 마음 너무 아프게 하지 말게. 이상이네. 허허허헛… 콜록콜록! 쿨럭! 쿨럭!"

그는 이사장으로 부를 땐 한을 날려 버리듯이 쩌렁쩌렁한 목소리로, 김철이라고 부를 땐 마치 기억엔 없는 할아버지처럼 다정하게 말했다.

그러곤 숨이 넘어갈 정도로 기침을 했다.

"더 이상 무리하시면 안 됩니다. 두 분은 이만 돌아가 주시기 바랍니다."

집사는 사람을 불러 서둘러 최정연의 할아버지를 데려가려 했다.

급해졌다.

그리고 결정을 내려야 했다.

결국 팽팽하던 이성과 감성의 저울은 감성 쪽으로 기울었다.

과거로 간다고 해도 증거를 만들어 온 이후에 그에게 알릴 생각이었다. 한데 저러다 죽으면 천추의 한이 될 것 같아서 서둘러 말했다.

"잠깐만요! 어르신, 제가 증거를 찾아보겠습니다. 하신 말씀이 사실이라면 분명 찾을 수 있을 겁니다."

"자… 네가, 쿨럭! 왜?"

"어르신이 노력한 만큼 저희 우당도 어르신께서 친일을 했다고 증거를 찾는 데 노력했나 생각해 봤습니다. 결론은 '아니다'였습니다. 저희 쪽에 과거 자료를 기가 막히게 찾는 사람이 있으니 기대하셔도 좋으실 겁니다. 한데 그러려면 어르신에 대해 자세히 알아야 합니다."

"……."

그는 반신반의가 아니라 사기꾼을 보듯 쳐다봤다. 그러나 모든 걸 체념했다고 하면서도 완전히 버리진 못했는지 순간 갈등하는 듯했다.

"쿨럭! 아, 알았네. 좀 진정이 된 후에 다, 다시 얘기하지. 사랑방으로 안내해 주게."

'어쩌면'이라는 희망이 그의 눈빛에 다시 싹을 틔웠다.


\*        \*        \*

최정연의 할아버지, 최만수를 만난 후 하루 동안 쉰 후 다시 군으로 들어갔다.

지난번에 들어간 곳은 사단 수색대대로 기본 훈련과 산악 특수부대로 가기 전 기초를 다졌다고 보면 됐다.

"아구구구! 허리야… 이틀 내내 잠만 잤는데도 죽겠다, 죽겠어."

군용 트럭의 맨 안쪽에 자리한 장학수가 연신 앓는 소리를 냈다. 그리고 다른 사람들도 비슷한 상탠지, 아님 수색대 교관과 조교에게 들은 악명 때문인지 아무 말 없이 죽상을 하고 있는 건 마찬가지였다.

여느 부대보다 을씨년스럽다는 점을 빼면 산악 특수부대도 다른 곳과 비슷했다.

다만 대대급이라고 해도 소수 정예부대라서 그런지 인원이 적었다.

"반갑습니다. 머무는 동안 여러분의 안전과 훈련을 책임질 상사 조세현입니다. 촬영에 들어가면 여러분들을 제가 데리고 있는 소대원들과 똑같이 대하게 될 겁니다. 다소 거칠게 몰아붙여도 사적인 감정으로 하는 것이 아닌 평소와 똑같이 해달라는 제작진의 요청으로 하는 것이니 이해해 주시기 바랍니다."

젊어 보이면서도 늙어 보인다라면 이상한 표현이지만 조세현 상사의 첫인상은 실제로 그랬다.

나와 비슷한 나이인데 30대 중반으로 보인달까.

아무튼 힘든 훈련 속에 피부 관리를 제대로 하지 못해 그런 것이라 생각하니 나름 멋져 보였다.

"이곳에 계시는 동안 주의 사항 몇 가지를 말씀드리겠습니다. 하나, 장난으로라도 부대 담 밖으로 가지 마십시오. 독사들과 산짐승들이 많아 혹시 위험하실 수 있습니다. 둘, 잠시 후에 소대원들을 보게 될 텐데 가급적 육체적 장난은 치거나 뒤에서 갑자기 말을 걸지 말아주십시오."

"…말도 걸지 말라는 말씀입니까?"

장학수가 그의 말이 이상하다는 듯 물었다.

"갑자기! 뒤에서! 앞에서 말을 거는 건 상관없습니다. 지난 토요일에 한 달간의 야생 생존 훈련을 마친 후라 상당히 예민해져 있습니다. 반드시 기척을 충분히 낸 후에 접근하기 바랍니다. 셋……."

조세현 상사의 잔소리는 끊임없이 이어졌다. 하품이 나올 때쯤 비로소 마지막이라는 말이 나왔다.

"…마지막으로 오늘 일정은 평소 우리 부대에서 하는 훈련으로 오전에는 특공 무술을, 오후에는 대련이 있겠습니다. 말씀대로만 따라 주신다면 한 명도 다치지 않고 무사히 촬영을 마칠 수 있을 겁니다. 자! 더 하면 잔소리가 될 테니 이만 끝내고 머무는 동안 지낼 소대로 이동하겠습니다."

이미 오래전부터 잔소리에 불과했다는 걸 조세현 상사만 모르는 것 같았다.

시작하기도 전에 잔뜩 겁을 줘서인지 일행은 잔뜩 굳은 얼굴로 그의 뒤를 따랐다.

간간이 촬영팀이 보이지 않았다면 당장 이 지랄 같은 곳을 도망갈 분위기였다.

"촬영이라는 걸 아는데도 왜 이렇게 긴장되냐?"

장학수는 작은 소리로 옆에 있던 나에게 속삭였다.

그에 난 전혀 위안이 되지 않는다는 걸 알면서도 한마디 해 주었다.

"어차피 사람 사는 곳입니다. 그리고 앞으로 오 일만 버티면 되니 힘내십시오."

"과연 그날이 오겠냐?"

"하하하! 당연히 오겠죠."

낮은 목소리로 말했음에도 들리는지 조세현 상사는 흘낏 우리 쪽을 바라보았다.

"부대 차렷! 충성! 2소대 정비 중!"

소대로 들어가자 선임으로 보이는 한 명이 일어나 경례를 했다.

눈빛이 날카롭다는 걸 제외하면 딱히 특별할 것이 없는 평범한 내무반. 하지만 카메라나 다른 사람들이 느끼지 못하는 걸 느낄 수 있었다.

'휴우~ 훈련이 끝난 지 얼마 되지 않았다더니 살기가 엄청 나네……'

그랬다.

등줄기를 서늘하게 만드는 살기가 내무반에 가득했다. 그러나 살기에 몸이 상하는 건 책 속에나 나오는 일. 그저 지금 일행처럼 왠지 모르게 위축되는 게 다였기에 신경 쓸 필요 없었다.

"충성! 앞으로 오 일간 여러분과 지낼 후임들이 왔다. 비록 오 일이지만 많이 가르쳐 주고, 잘 대해주기 바란다. 1시간 후에 특공 무술 연습이 있을 때까지 인사들 나누도록."

소대장인 조세현 상사가 나가고 카메라를 앞에 두고 통성명 시간을 가졌다.

"안녕하십니까? 선임분대장 중사 배기택입니다. 훈련을 할때를 제외하곤 내무반에선 모두 자유롭게 생활하니 너무 긴장하지 않으셔도 됩니다."

몸에서 살기가 줄줄 흘러나오는 걸 제외하곤 지난 주 수색대대의 선임병장보다 훨씬 부드러운 목소리로 말했다.

배기택 중사는 자신의 소개를 마친 후 소대원들을 소개시켜 줬다.

보통 스무 명이 한 소대인데, 방송을 위해 다섯 명만 자리하고 있다는 얘기도 살짝 귀띔하듯이 알려줬다.

"충성! 하사 장학수 외 육 명. 선임분들께 인사드립니다!"

"충성!"

분위기가 좋다고 신고까지 허투루 할 수는 없는 일. 격식을 갖춰 경례를 한 후, 한 명씩 자신을 소개했다.

선임들 입장에선 연예인을 보는 것을 마냥 신기해하며 좋아했는데, 너무 허물없이 대하는 바람에 담당 PD가 무게를 잡아달라고 부탁할 정도였다.

그러나 배기택 중사는 단호했다.

"훈련이 힘든데 내무반 생활까지 힘들면 못 버티는 법입니다. 대신 훈련할 땐 우리 부대가 어떤 곳인지 확실하게 보여드릴 테니 지금은 이대로 두십시오."

그리고 1시간 후, 그가 말한 바를 확실하게 알 수 있었다.


"아직도 못 외웠습니까? 다음 자세는 바로 이겁니다! 저기 골대가 보이십니까? 오리걸음으로 다녀옵니다. 실시!"

"하사 에릭! 실시!"

특공 무술을 몇 번 보여주고 몇 번 따라 하게 한 후 그다음부터 틀리면 무조건 오리걸음으로 30미터 정도 되는 골대까지 왕복이었다.

실제 그들이 받는 훈련에 비하면 훨씬 약하게 하는 것이라 했지만 우린 군인이 아니라 일반인이었다.

처음 한두 번 하고 말겠지 생각하던 우리는 곧 장난이 아님을 알게 되었다. 기억을 하지 못하면 계속 오리걸음을 해야 한다는 두려움은 머리 회전을 극도로 빠르게 만들어 습득 능력을 상승시켰다.

물론 이번에도 난 예외였다.

비상한 순간 기억력 덕분에 단번에 합격해 나무 그늘 밑에서 쉬고 있었다. 동료들에게 다소 미안하긴 했지만 살 사람은 살아야 하지 않겠는가.

"동기들이 저렇게 고생하는데 혼자만 쉬고 있으니 마음이 어떻습니까?"

내가 너무 편하게 있는 게 교관인 조세현 상사의 눈에 거슬렸을까, 그는 묘한 어투로 물었다.

"하사 김철! 동기들도 얼른 외워서 쉬었으면 하는 바람입니다!"

"가슴은 안 아프십니까?"

"시키는 조교님과 교관님만큼 아프겠습니까?"

무슨 의도로 묻는지 모르겠지만 왠지 아프다고 하면 연대 책임을 들먹이며 나 역시 시킬 것 같아 최대한 어정쩡한 대답을 했다.

아니나 다를까 조세현 상사는 꽤 아쉽다는 투로 말했다.

"…머리가 꽤 좋으십니다. 한데 동작을 보면 격투기에 꽤 실력이 있어 보이던데 배운 것이 있습니까?"

"역시 교관님의 눈썰미는 대단하십니다. 종합격투기를 조금 배웠습니다."

아부하는 데 돈 드는 거 아니었다.

"오! 그렇습니까? 오후에도 얼마나 잘할지 기대가 됩니다."

"어? 오후 훈련은 대련이라고 했는데 설마 저희도 참석하는 겁니까……?"

"3명 정도는 나서는 게 좋지 않겠습니까? 그중 경험이 있는 김철 하사는 참여하는 게 당연합니다. 참! 그리고 대련 상대 인 1소대와 우리 소대완 앙숙 관계입니다. 혹 지게 된다면 지 금 오리걸음 하는 저들이 부러울 겁니다."

"…아까 건들지도 말라고 하신 것 같습니다만?"

"훈련일 땐 괜찮습니다. 그리고 군대는 거시기로 밤송이를 까라고 해도 까야 하는 곳입니다. 싫다면 저들과 함께 오리걸 음을 해도 됩니다."

어떤 수를 써서라도 나에게 오리걸음을 시키겠다는 의지가 느껴지는 말이었다.

'담당 PD? 아님 오민하 PD의 농간인가!'

그림이 안 나와서 제작진에게 사주를 받은 것 같았다.

동기들과 고통을 함께한다는 뜻에서 오리걸음을 할 수 있 었다. 분명 꽤 괜찮은 그림이 나올 테고, 좋은 이미지를 얻을 가능성이 높았다.

하지만 진정성을 추구하는 방송에서 조작이라니! 말도 되 지 않았다.

난 버티기로 했다. 절대 땡볕 밑에서 오리걸음을 하기 싫어서도, 온몸을 나른하게 만들어주는 시원한 바람을 계속 쐬고 싶어서도 아니었다.

　오로지 진정성을 추구하는 방송 콘셉트에 맞추기 위함이었다.

**제3장**

군에서 II

　나중에 받을 오리걸음은 그때 가서 생각하면 될 일이었다. 그래서 오전에 편하게 쉰 대가로 격투기 한판이면 손해 보는 것은 아니라고 생각했다.

　BU에서 종합격투기를 배우면서 대련을 좋아하게 된 것도 한몫했다.

　한데 경기 방식이 내가 생각하는 것과 달랐다. 7 대 7 단체 전으로 승자가 계속 대결을 하는 방식이었다.

　"이 PD 진짜 미친 거 아냐? 저런 사람들과 대련을 하라 니……. 하아~ 오리걸음 당첨이네."

　1번으로 출전하게 된 장학수는 우리를 향해 비릿한 웃음을 짓고 있는 1소대원들을 보고 탄식을 터뜨렸다.

"그러게 말입니다. 사실 전 유치원 때 빼곤 누구랑 싸워본 적도 없습니다."

막내라서 2번으로 당첨된 에릭 또한 장학수와 마찬가지로 모든 걸 포기한 얼굴이었다.

두 사람의 고민과 달리 난 여기서 내 실력을 내보여야 하나 말아야 하나를 고민 중이었다.

지고 싶지는 않았지만 이겨봐야 딱히 득 될 것도 없는 이벤트성 대련에 아등바등하는 것도 우스웠다. 그리고 이기면 연속 일곱 명과 싸워 이겨야 한다는 소린데 그럴 바에야 오리걸음이 더 나았다.

다만 오전의 오리걸음으로 완전히 녹초가 되어 점심도 제대로 먹지 못한 동기들이 과연 오후의 오리걸음을 버틸 수 있을지가 걱정이었다.

"1번 선수 나와주십시오."

이러지도 저러지도 못하고 고민 삼매경에 빠져 있을 때 오후 대련이 시작되었다.

"꽥 소리는 하고 죽겠습니다!"

보호구로 무장한 장학수는 카메라를 보고 호기롭게 한마디 하고 걸음을 뗐다. 하지만 본능적인 두려움 때문에 발이 잘 떨어지지 않는 모양새였다.

내 눈엔 그의 모습이 마치 죽음을 예감한 도살장의 소처럼 보였다.

사실 상대편의 근육질 몸과 구릿빛 피부, 살벌한 눈빛 때문에 두려운 거지, 아마추어와 싸우는 것보다 훨씬 안전했다.

또한 매트리스 바닥은 업어치기를 당해도 푹신함을 느낄 정도로 두툼했고 손에는 맞아도 안마를 받는 듯한 느낌이 들 만한 장갑이, 머리엔 벽에 박치기를 해도 될 만큼 튼튼한 보호구를 쓰고 있었다.

다만 다친다면 마음이 다칠 가능성이 높았다.

'비참하게만 지지 마십시오.'

어차피 우리 연예인들이 보여줄 것은 최선을 다했다는 정도.

화려함과 멋짐 따윈 군인들의 몫이었다.

"시작!"

주의 사항을 간단히 설명한 심판 3소대장은 멋진 동작과 함께 경기의 시작을 알렸다.

퍼퍼퍼퍼퍼퍼벅!!

"쿠엑! 저, 졌습니다."

장학수는 그가 호언한 대로 꽥 소리는 하고 졌다.

일방적으로 맞고, 일방적으로 바닥에 뒹굴고, 일방적으로 당했지만 그는 최선을 다했다. 내가 볼 때 유효타도 한두 개는 있었다.

"현재 기분은 어떻습니까?"

"솔직히 정신이 없습니다. 아무것도 보지 못하고 그저 눈앞에 뭔가 어른거리기만 했습니다. 정말 특수부대라더니 아무나 오는 곳이 아니구나 싶었습니다."

지고 들어온 장학수에게 위로의 말을 건네기도 전에 그의 담당 PD와 촬영기사가 붙어 그에게 이것저것 묻고 있었다.

내가 볼 때 연예인들이 가장 불쌍할 때가 지금과 같은 순간이 아닌가 싶다.

기분이 더러운데 아무렇지도 않은 듯 카메라를 향해 웃으며 말해야 하는 그의 기분은 어떻겠는가.

그도 남자였고, 아들을 둔 아버지였고 감정을 지닌 사람이었다.

혹자는 그만큼 버니 감수해야 한다고 말할 수도 있었다. 물론 틀린 말은 아니었다.

다만 같은 계통에 종사하는 사람의 입장에서는 잠깐이라도 그가 마음을 진정시킬 수 있는 시간을 줬으면 했다.

"적당히들 하시죠?"

"응?"

"어차피 나중에 개별 인터뷰 할 때도 지금 일을 물으실 거 아닙니까. 그러니 잠깐 쉴 틈을 주자고요. 방금 무슨 일이 있었는지 직접 보고 카메라에 담지 않았습니까? 그러니 지금은 시간을 좀 주십시오."

"왜 그래? 나 괜찮아!"

내가 정색해서 제작진에게 말하는 것에 장학수가 놀란 모양이었다.

"괜찮은 줄은 압니다. 다만 제가 좀 그렇습니다."

"…자식이 시키지도 않은 일을 하냐."

"죄송합니다."

PD와 촬영기사는 결국 물러났다. 그리고 내가 말한 바를 이해했는지 에릭이 장학수처럼 지고 들어왔을 땐 멀쩍이서 촬영만 할 뿐이었다.

내 차례가 되었다.

"우리 대신 한 대만이라도 보기 좋게 때려다오."

"화이팅하십시오!"

두 사람을 이긴 상대가 체력 회복을 위해 잠깐 휴식을 취하는 동안 장학수와 에릭은 패배의 충격에서 벗어났는지 밝은 목소리로 응원을 해줬다.

"연예인도 강하다는 걸 보여주고 오겠습니다."

그들의 응원에 화답했다.

"시작도 전에 정신이 나간 거냐? 강효동 형이 와도 저 중사는 못 이긴다."

"괜히 자극하지 마시고 최대한 적게 맞을 생각을 하시지 말입니다."

"……"

그냥 멘탈이 붕괴가 되든지, 쪽팔려 죽든지 내버려 둘 걸

괜히 PD에게 밉보이면서까지 나섰다는 생각이 머리를 스쳤다.

"항복은 상대방 몸이나 바닥을 세 번 치면 된다. 보호구를 했다지만 절대 무리하지 말도록."

3소대장은 당연히 질 것이라 생각했는지 주의 사항을 나를 향해서만 들려주었다.

'이놈이나 저놈이나…….'

더 이상 고민은 없었다.

누차 얘기하지만 '전우'는 진정성이 중요했고 난 출연자로 진정성을 시청자에게 보여줄 의무가 있었다.

"조심하십시오. 주먹엔 눈이 없습니다."

상대인 1소대 중사는 날 얕잡아 보는 정도가 아닌 아예 무시하는 눈빛을 하고 있었다. 다만 카메라를 의식해서인지 날 걱정해 주는 말을 한마디 했다.

"그 말을 그대로 돌려 드리겠습니다."

"훗! 주먹이 입만큼 세길 바랍니다. 김철 하사."

이미 두 번이나 그가 싸우는 걸 봤다.

시작하는 자세는 특공 무술의 기수식을 취하고 있지만 폭풍 같은 주먹질을 볼 때 복싱을 배운 자가 분명했다. 거기에 부대원과의 대련으로 단련되었는지 발차기와 그라운드 기술도 나쁜 편은 아니었다.

'꽤 강한 자. 단, 자만심이 없다는 전제하에!'

경기가 시작됐다.

상대는 잽으로 탐색을 했다. 무시했다. 솔직히 그가 단검 같은 무기를 들고 있다면 조금 긴장했겠지만 맨손은 전혀 두렵지 않았다.

잽을 전혀 피하지 않고 맞고 있으니 예상대로 장학수와 에릭을 처음 다운시켰던 왼쪽 훅이 날아왔다.

빨랐다. 그러나 멋있게 보이려고 동작이 다소 컸다. 갑자기 날아와도 긴장만 하고 있으면 피할 수 있는 것을 맞을 이유가 없었다.

살짝 고개를 숙여 피하고 자만 때문에 가드마저 느슨한 그의 턱을 향해 아래에서 위로 어퍼컷을 날렸다.

덜컥!

그의 목이 순간적으로 뒤로 크게 젖혀졌다가 원래대로 돌아왔다.

아무리 두툼한 장갑을 끼고 보호구를 쓰고 있다 해도 약간의 스피드와 정확한 타격만 있다면 쓰러뜨리기에 충분한 힘을 발휘할 수 있었다.

"……!"

사위가 조용해졌다.

당연히 이길 것이라 생각해 긴장감 없이 즐겁게 웃고 떠들던 1소대도, 힘내서 망신만 당하지 말라고 소리 높여 응원하던 2소대도, 남의 일이라고 흥미롭게 보고 있던 3소대와 제작진들도 일제히 입을 벌린 채 서서히 앞으로 쓰러지고 있는 중사를 바라보았다.

털썩!

와아! 2소대, 특히 동기들의 입에서 환호성이 터져 나왔다. 1소대를 제외하곤 갑작스레 일어난 이변에 놀라움과 감탄을 금치 못했다.

"…그, 그만! 2소대 승! 넌 코너로."

3소대장의 판정이 내려지고 카메라가 잘 찍을 수 있도록 2소대가 있는 곳으로 천천히 걸어갔다.

"형 말씀대로 한 방 때렸습니다."

"우와! 이 미친 자식! 정말 해낼 줄이야. 정말 넌 못하는 게 뭐냐?"

"유머?"

"지랄하네, 방금 그 말이 제일 웃겼다. 빌어먹을 놈!"

장학수가 와락 안기며 홈런을 치고 온 동료를 축하하듯 나를 때렸다. 그리고 다음은 에릭이, 그 다음엔 동기들이, 그 다음엔 2소대 전체가.

'젠장. 축하받다가 쓰러지겠네.'

간혹 엄청난 강도의 축하 인사 겸 폭력이 몸에 느껴졌지만 솔직히 기분은 그리 나쁘지 않았다.

1소대가 이겼을 때보다 휴식 시간은 길었다.

축제와 같은 분위기를 제작진이 그냥 두고 볼 리 만무했고 여기저기 인터뷰를 하며 현재의 상황을 최대한 이용하려 했다.

"러키펀치는 여기까지. 이제 마음껏 맞고 와라. 넌 네 역할, 아니 우리 몫까지 이미 해냈다."

"형. 피해 다니다 적당히 항복하십시오. 상대팀 눈빛이 안 좋습니다."

"행운을 계속 기대하진 말게."

있던 기운도 사라지게 만드는 응원을 듣고 두 번째 상대가 서 있는 중앙으로 나갔다.

"긴장해야 할 겁니다."

두 번째 상대는 첫 번째 상대와 달리 꽤 신중한 표정을 지은 채 중얼거렸다.

'쯧! 보통 두 번째 상대는 우연이라고 생각하다가 당하고, 세 번째 상대는 설마 하다가 당해야 하는 거 아닌가?'

각설하고 두 번째 상대는 전체적으로 떡 벌어진 몸에 목이 두껍고 손마디가 굵었다. 그리고 귀가 만두처럼 생긴 것이 유도 선수 출신이거나 비슷한 운동 경력이 있어 보였다.

"중사님도 긴장하십시오."

내 말에 상대의 눈썹이 꿈틀댔지만 그뿐이었다. 흥분을 했다면 좋았겠지만 아니어도 처음부터 지고 들어갈 필요 없다는 소기의 목적은 달성했다.

"시작!"

유도 선수들을 덩치만 보고 느릴 거라고 생각하는 사람들이 있을 것이다. 그러나 그들의 순간 빠르기는 권투 선수들의 잽과 맞먹었다.

특히 일단 잡히면 거미줄에 잡힌 벌레처럼 될 가능성이 높았다.

지이익!

입고 있던 회색빛 반팔 티가 상대에게 잡혔다. 그래서 몸을 떼어내려고 몸을 비틀자 종이로 만든 옷마냥 찢어졌다.

'역시 유도.'

생각하는 와중에도 그의 손놀림은 빨랐다. 안전을 위해 깐 두툼한 매트리스가 지금은 움직이는 데 방해가 되었다.

그는 바지며 팔목이며 잡을 수 있는 곳이라면 잡으려 했고 결국 나는 허리띠를 잡히고 말았다.

"하압!"

그는 허리띠를 잡자마자 몸을 비틀며 팔에 힘을 모았고 날바닥에 패대기치려 했다.

유도 시합이었다면 방법이 없었을 것이다. 하지만 지금은 종합격투기처럼 어떤 기술이든 자유롭게 쓸 수 있는 군대 격투였다.

난 끌려가는 힘을 거부하지 않았다. 대신 왼쪽 무릎을 굽혀 허리까지 들어 올렸다.

"컥!"

숨이 막힌 듯한 외마디 비명은 나의 입이 아닌 상대의 입에서 터져 나왔다.

날 패대기치려던 힘이 고스란히 내 무릎에 실려 그의 옆구리에 박혔기 때문이었다.

만일 그가 날 안쓰럽게 생각해 넘기는 정도로 힘을 썼다면 별 의미가 없는 방어용이었겠지만 동료의 복수라도 하려는 듯 강한 힘을 줬기에 오히려 그가 큰 타격을 입은 것이다.

그래도 대단한 것은 무릎을 꿇을 정도로 강한 충격을 받고도 허리띠에서 손을 떼지 않았다는 것이다. 하지만 그 말은 여전히 공격 의사가 있다는 뜻이기도 했다.

내 공격은 바로 이어졌다.

상체를 오른쪽으로 젖혔다가 휘둘렀다. 조금 전 첫 번째 상대가 나에게 쓴 훅이었다.

퍼억!

목이 두껍다는 건 그만큼 충격에도 강하다는 뜻. 한 방으로 그의 손이 떨어지지 않았다. 이미 상황을 제대로 인지하지 못한 듯 멍하니 있는 그를 향해 팔을 재차 휘둘렀다.

'둘! 셋! 네⋯⋯.'

네 번째 주먹이 닿기 전 그는 앞으로 쓰러졌고 나의 공격은 멈췄다. 그러나 여전히 그의 손은 내 허리띠를 잡고 있었다.

"당신은 최선을 다했습니다."

쓰러진 그를 토닥이며 말했다. 하지만 그는 손을 놓지 않았다.

"…뭐 하나? 기절한 사람이 알아들을 리가 없잖나?"

"역시나. 허리띠를 벗어야겠군요."

난 허리띠를 풀고 바지를 움켜잡은 채 2소대가 모여 있는 곳으로 돌아갔다.

다들 못 볼 것이라도 본 사람들처럼 나와 쓰러진 상대를 번갈아 보고 있었다.

"그렇게 멍하니 보지만 말고 허리띠나 좀 주십시오."

"으, 응. 내 거 줄게. 한데… 어떻게 된 거냐? 저 중사님은 왜 갑자기 쓰러진 거야?"

"무릎차기에 당했습니다."

전혀 믿는 눈치는 아니었지만 상황을 간단히 설명해 줬다. 근데 조용해서 그냥 그러려니 하고 있는데, 뒤늦게 제작진과 부대 측이 소란스러워졌다.

산악 특수부대의 강함을 보여줘야 하는데, 오히려 연달아 두 번이나 지게 되자 전체적인 스토리가 이상해진 것이다.

"…그래도 이건 무조건 내보내야 해! 카메라 돌려봐. 세상에! 누가 보면 연출이라고 할 만큼 완벽하잖아?"

제작진은 제작진대로.

"아무리 약해 보이더라도 절대 방심하지 말라고 했어, 안 했어! 이 새끼들이 부대 망신시키려고 작정을 했나! 부대장님이랑 다른 소대들이 우릴 어떻게 생각하겠어? 하여간 끝나고 보자."

부대는 부대대로 묘한 기류가 흘렀다.

그리고 그런 묘한 기류 속에 세 번째 경기가 준비됐다.

세 번째 상대는 늘씬한 몸매에 팔다리가 길었는데, 한눈에 보기에도 타고난 격투가의 몸이었다.

'합기도? 가라데?'

다리를 조금 넓게 벌리고 살짝 무릎을 구부린 상대는 발차기보다 손을 주로 사용하는 격투기를 배운 모양새였다.

경기가 시작되고, 그가 어떤 식으로 나올지 지켜보는데 상대도 더 이상 방심을 하지 않겠다는 듯 쉽게 공격하지 않았다.

'그렇다면 이번엔 내가 먼저!'

언제까지 눈치만 보며 빙글빙글 돌 수는 없는 일.

상대가 살짝 발을 옮길 때, 재빨리 다가갔다.

바짝 다가선 난 그의 명치를 향해 장갑을 낀 주먹을 날렸다.

한데 방금 전까지 눈앞에 있던 상대가 꺼지듯이 사라졌다. 그리고 두 발이 어깨를 감싸는 게 느껴졌다.

'이 기술은……!'

예전에 여연호를 죽일 때 경호를 하고 있던 방찬희가 썼던 기술이었다.

이 기술 때문에 BU에서 종합격투기의 그라운드 기술을 배우게 됐는데, 어떻게 잊겠는가.

그때는 당할 뻔했지만 지금은 파훼법만 열 가지가 넘었다. 또한 방찬회에 비하자면 한참 어설펐다.

그때의 추억(?)을 살려 상대의 의도대로 딸려갔다. 대신 다른 점은 살짝 몸을 뒤틀어서 바닥에 떨어졌다는 정도. 사실 이 정도만으로도 상대의 기술은 반쯤 깨진 상태였다.

무릎을 꿇고 일어나며 그의 기술을 무력화한 후, 그동안 배운 그라운드 기술로 그에게 역습을 가했다.

"아악!"

텅텅텅텅!

다리를 못 움직이게 잡고 발목을 살짝 반대로 꺾자 상대는 비명을 지르며 항복했다. 버티면 아킬레스건까지 끊어질 수 있는 수법이었기에 항복 소리가 들리자마자 놓아주었다.

세 번째 상대마저 제압하고 나자 이제는 할 만큼 했으니 져야 하는 게 아닌가 싶었다.

지금처럼 계속 이기다간 남은 5일간 정말 지옥을 볼 수도 있을 것 같았다.

적당히 맞아주고 끝낼 생각으로 시작된 네 번째 시합. 한데 네 번째 상대 역시 세 번째 상대와 마찬가지로 똑같은 기술을 걸어왔다.

'뭐지?'

난 얼떨결에 이겨 버렸다.

게다가 다섯 번째 상대 역시 똑같은 기술을 걸어왔고, 그 순간 뭔가 잘못되었다는 생각이 들었다.

다섯 번째 상대를 제압함과 동시에 1소대 쪽에 서 있는 사람들을 한 명 한 명 훑어보았다.

'저, 저자는!'

모자를 눌러쓴 채 나를 뚫어지게 쳐다보고 있는 사내와 눈이 마주쳤다.

눈에 띄는 얼굴은 아니었지만 불과 얼마 전에 인상 깊게 본 사람을 못 알아볼 리 없었다.

나와 눈이 마주친 그는 의미심장하게 웃더니 옆에 서 있는 상사와 뭔가를 얘기했다. 그리고 잠시 후 아주 긴 휴식 시간이 주어졌다.

＊　　　　＊　　　　＊

"…날 군대로 오게 만든 장본인이 당신이겠군요?"

난 방찬희와 얘기하길 원했고, 그 역시 나랑 얘기하길 바랐는지 둘만의 만남이 이루어졌다.

아무것도 꾸며지지 않아 썰렁하기까지 한 사무실로 들어가 그의 맞은편에 앉으며 물었다.

"하사가 상사에게 경례도 안 하고 바로 자리에 앉습니까?"

그는 상사 계급장을 달고 있었다.

"…당장 때려치우고 민간인이 될 수도 있습니다."

"하하하! 농담입니다. 이미 제대한 주제에 하사 계급장을 보니 장난기가 발동해서. 어쨌든 질문에 대한 답은 '맞습니다'입니다!"

"이미 협조도 했고, 정식 약속만 한다면 만나 드린다고 했었는데……. 꽤 이상한 방법을 쓰셨군요? 솔직히 기분이 많이 나쁘군요."

솔직히 한 대 쳐버리고 싶을 만큼 기분이 나빴고, 그 사실을 숨기지 않았다.

"죄송합니다. 한데 김철 씨는 괜찮은지 모르겠지만 당신 비서는 전혀 그럴 생각이 없어 보이더군요. 몇 번 연락을 했는데 전해주겠다는 말뿐이었습니다. 그래서 다른 방법을 쓰려고 했는데, 나 같은 국정원 과장 직책을 가진 사람이 우당의 이사장님을 만나기가 여간 힘들어야 말이죠."

비꼬는 투에 인상을 썼지만 그는 개의치 않고 말을 이었다.

"결국 다소 치사하지만 배우 김철을 이용한 겁니다. 다른 곳은 몰라도 이곳 군에선 제가 배경이 좀 있는 편이거든요. '전우' 제작진이 조금 특별한 곳을 촬영하기 바라는 걸 알게 되었고 그 조건으로 김철 씨를 합류시켜 달라고 부탁한 거죠."

'여하튼 끈질긴 인간이라니까…….'

사실 방찬회가 나에게 접근해 오는 걸 막은 건 허진경의 의지가 아닌 나의 의지였다.

지난번 그가 다녀간 후 그와 그가 속한 조직에 대해 조사했었다.

철저히 비밀에 감춰진 곳인 줄 알았는데, 국정원에 다니는 방찬희라는 정보를 주자 너무나도 손쉽게 그에 대해 알 수 있었다.

국정원에 나를 잡기 위한 특별수사대가 만들어져 유지되고 있음을, 최근 해체되려다 내가 송경수를 죽임으로써 다시 명맥을 유지하게 되었다는 걸 알게 되었다.

누군가가 내 뒤를 캔다는 건 불쾌한 일이었다. 특히나 내가 무고한 것도 아니지 않는가.

그래서 난 국정원에 그런 특별수사대가 존재하고 있다는 사실을 언론에 살짝 흘렸다.

딱히 박명수 대통령을 죽인 범인이 아직 잡히지 않았다는 것은 밝히지 않았음에도 언론은 알아서 의심의 눈길을 보내는 건 당연했을 것이다.

그리고 그러한 사실이 기사화는 되지 않았지만 언론에 떠도는 것을 이대신 임시 대통령이나 신대건 대선 후보가 좋아할 리가 없었을 것이고 말이다.

아무튼 난 그가 날 찾아온 이유에 대해 물었다.

"솔직히 이런 식으로 날 보려 했다는 건 굉장히 기분이 나쁩니다. 하지만 이렇게까지 날 만나고자 한 이유가 있을 터. 일단 들어보기로 하죠."

"여전히 자신감이 넘치는군요? 뭐, 좋습니다. 저 역시 당신이 순순히 대화에 응할 거라 생각하고 계획한 것이니까요. 솔직히 말하죠. 내가 속한 수사대는 곧 해체될 겁니다. 어떤 놈인지 모르지만 수사대에 대한 얘기를 언론에 흘리는 바람에 더 이상 존속할 수 없게 되었죠."

"저런! 안타깝게 되었군요."

사실 만세를 부르고 싶었지만, 겉으론 영혼 없는 아쉬움이라도 표해야 했다.

"진정성이 전혀 느껴지지 않는군요. 어쨌든 너무 안심하진 마십시오. 언젠가는 다시 수사가 진행될 겁니다."

인정하기 싫은 듯 자신 있게 말했지만 쓸쓸한 표정까지 지우진 못했다.

아마 확신이 없어서이리라.

"당연히 그렇게 되겠죠. 한데 취업을 부탁하러 온 것은 아닐 테고……?"

"잘리는 건 아닙니다만……."

"아, 그렇습니까? 미안합니다."

"괜찮습니다. 안 그래도 그만둘까 생각하고 있었으니까요. 어쨌든 오늘 여기에 온 건 제 얘기나 좀 하러 왔습니다."

"고해성사라면 저보단 신부님이 낫지 않겠습니까?"

그가 이죽거렸던 것에 대한 복수로 한 말이었는데 뜻밖의 대답이 돌아왔다.

"…이미 했습니다. 한데 들어주시긴 하셨지만 전혀 믿는 눈치가 아니었습니다. 절 마치 미친놈처럼 보더군요."

"도대체 무슨 말을 했기에 신부님께서……?"

"내가 생각하기에도 미친 얘깁니다. 그러나 왜 당신이 범인인지를 설명하려면 꼭 해야 하는 일이기도 하죠."

내 관심을 끌기 위한 수작이라면 통했다.

그가 무슨 말을 할지 궁금했다.

방찬희는 고해하듯 자신의 얘기를 시작했다.

"…우리 팀의 프로파일러는 두 명인데, 그중 한 명은 전문가가 아니면서도 꽤 프로파일링에 소질이 있죠. 한데 좀 괴짜입니다. 간혹 엉터리 프로파일링을 하죠. 얼마나 엉뚱하냐 하면 대통령 암살 사건의 범인이 미래에서 왔거나 미래를 볼 수 있는 능력이 있다더군요."

"…특이한 사람이긴 하군요."

"신부님은 이 부분에서 표정이 굳어졌는데, 김철 씨는 꽤 담담하군요?"

겉으로만 담담하지, 속으론 꽤 놀라고 있었다. 프로파일러 —내가 보기엔 같이 왔었던 김완주인 듯—가 그렇게 유추했다는 것보다 어이없다는 듯 말하면서도 방찬희가 그 말을 믿고 있다는 것에 더 놀랐다.

"직업이 직업인지라. 그런 유의 드라마도 꽤 많지 않습니까?"

"왠지 아니라고는 말 못 하겠군요. 하여튼 그런 프로파일링이 가능했던 이유는 여연호를 죽일 때 범인이 그가 미래에 저지를 일에 대해 언급을 했다는 점 때문이었습니다. 아! 이건 모르는 얘기겠군요? 그날 범인이 범행을 저지를 때 먼저 침입했었던 도둑이 옆 옷장에 숨어 있었습니다."

"…범인이 들었으면 기겁할 일이었겠군요?"

뜨끔했지만 침착하게 대답했다.

"딱히 그래 보이진 않습니다. 그것 말고도 연쇄살인범들이 한동안 반병신이 되어 스스로 자수한 사건이 있었는데, 그 또한 자세히 조사하다 보니 미래를 모른다면 불가능한 일이었습니다. 사실 이런 증거들이 있음에도 믿지 못했습니다."

"제가 방찬희 씨라고 해도 믿지 못했을 겁니다."

그는 내 맞장구를 들은 척도 하지 않고 말을 이었다.

"미래를 볼 수 있다면 혼자 잘 먹고 잘살 것이지 왜 쓸데없는 짓을 하고 다니는지 이해를 못 했거든요. 한데 내게 이상한 일이 일어난 후엔 '어쩌면'이라는 생각으로 바뀌게 되었습니다."

"이상한 일?"

방찬희는 잠시 말을 멈추곤 담배를 꺼내 살짝 들어 보이는 것으로 양해를 구하곤 불을 붙였다. 그리고 길게 몇 모금 빤 후에 자신이 겪은 이야기를 들려주었다.

잠을 자고 일어났는데, 삶은 물론 기억마저 바뀌었다는 얘기였다.

'맙소사! 바뀐 과거를 기억하는 사람이 있다니……'

대경실색해 순간적으로 논리적인 사고를 할 수가 없었다. 내 존재와 능력도 정확하게 설명하지 못하는데, 방찬희에게 일어난 일을 어떻게 설명한단 말인가!

난 너무 놀라 지금까지와 달리 표정 관리를 할 수가 없었다.

"이번엔 많이 놀란 표정이군요. 신부님도 지금 김철 씨와 같은 표정을 지으셨죠."

"노, 놀랄 수밖에 없잖습니까! 다만 너무 꿈과 같은 얘기인지라……"

정신을 수습하기 위해 노력했다.

쉽진 않았지만 계속 노력하자 텅 비어 있던 머릿속에 '별거 아냐!'라는 생각이 떠올랐다. 그리고 서서히 이성의 톱니바퀴가 다시 움직였다.

'그래, 별거 아냐. 고작 한 번이잖아? 게다가 그의 말을 듣는다면 백이면 백 어이없어할 것이고, 설령 귀 기울여 듣는 사람이 있다 치더라도 그저 흥미에 관심을 가지는 것뿐이야.'

난 스스로를 세뇌시키듯이 중얼거렸고, 효과를 발휘했는지 점차 안정을 되찾았다. 그리고 안정을 되찾자 그제야 비로소 그가 하는 말이 다시 귀에 들어왔다.

"…그래서 범인은 미래를 볼 수 있는 것이 아니라 시간을 여행하듯이 다닐 수 있는 능력이 있는 것은 아닐까 생각해 보았습니다. 과거에 없던 단체가 갑자기 만들어진 것을 보면 아주 허황되진 안잖습니까?"

어떻게 반응할지는 정해져 있었다.

"하하하! 이제 보니 방찬희 씨, 정말 재미있는 분이군요? 국정원 요원보다는 오히려 소설가가 되었으면 더 좋았을 텐데요. 그럼 분명 유명해졌을 겁니다."

"…제가 꿈을 꾸었다고 생각하는 겁니까?"

"굳이 비교하자면 장자의 호접몽과 비슷하지 않습니까? 뭐, 본인이 아니라고 한다면 어쩔 수 없는 일이긴 하지만 그렇다고 현실이 바뀌는 건 아니지 않습니까?"

"…그렇긴 하죠."

방찬희는 내 말에 수긍하는 듯 말했지만 표정은 여전히 자신의 생각을 바꿀 뜻이 없어보였다.

"…난 왠지 당신이라면 다른 말을 할 줄 알았는데 말입니다."

"제가 시간여행자라도 된다고 말할 줄 알았습니까?"

"시간여행자라… 괜찮은 표현이군요. 솔직히 말하자면 그렇습니다. 지난번 자원봉사 활동 할 때, 완주와 절 연인 관계로 착각하지 않았습니까?"

"…그랬습니까?"

"바뀌기 전의 기억엔 그렇게 보였을지 모르지만 바뀐 후엔 제가 분명 와이프라고 소개를 했었는데 말이죠."

뜨끔했지만 이미 이성을 회복한 후였기에 내색하지 않고 말했다.

"제가 하루에 몇 명에게 사인을 해주는 줄 아십니까? 그때 감독님한테 국정원 직원이라는 말을 듣지 못했다면 두 분을 전혀 기억하지 못했을 겁니다."

"잘도 빠져나가는군요."

"휴우~ 무슨 말을 해도 믿지 않을 거라면 왜 얘기를 나누자고 한 겁니까? 그리고 그런 꿈같은 얘기로 절 범인으로 확신하는데, 도저히 더 이상 들어줄 수가 없군요. 수사대가 해체된다니 다시 만날 일은 없겠지만, 다음에 만난다면 그땐 웃는 얼굴로 봅시다."

더 이상 얘기하기 싫다는 듯 일어났다.

사실 그가 나를 범인으로 지목했다고 해서 그를 미워하진 않았다. 그는 그의 일에 최선을 다하고 있는 것이고, 난 스스로를 보호하기 위해 최선을 다할 뿐이었다.

"…기다려."

막 돌아서 가려 할 때 방찬희가 중얼거렸다. 그리고 벌떡 일어나 내 멱살을 움켜잡고 외쳤다.

"이 빌어먹을 자식아! 네놈이 범인이 맞잖아!"

"……"

"지금은 어쩔 수 없이 놓아주지만 내가 무슨 일이 있더라도 널 감옥에 처넣고 말겠어. 기억해 둬! 우린 반드시 다시 만나게 될 거야. 그리고 그땐 반드시 죗값을 치러야 할 거야."

방찬희는 그의 할아버지를 닮은 게 분명했다.

큰아버지가 구해주신 자료에는 국정원 특별수사대에 관한 것뿐만 아니라 그에 대한 자세한 자료 또한 첨부되어 있었다.

거기에는 우당도시락의 단장이 그의 아버지라는 것과 그의 할아버지가 죽을 때까지 내가 죽인 자 중 한 명을 계속해서 고소할 정도로 증오했다는 사실까지 적혀 있었다.

"오히려 당신은 범인에게 고마워해야 하는 거 아닙니까?"

"뭐?"

그가 되물었지만 대답을 할 의무는 없었다. 난 내가 할 말을 계속했다.

"솔직히 모두 죽어 마땅한 자들 아닙니까? 당신 입장에선 꼭 사람을 죽여야 나쁜 놈이고 죽일 놈입니까? 수많은 국민을 위한다는 탈을 쓰고 오로지 자신의 이익을 위해 가진 자들만 보호하는 자들입니다. 또한 국가의 미래를, 아이들의 미래를 위태롭게 한 자들입니다. 그들은 과연 무죄입니까?"

그를 볼 때마다 하고픈 말이었고, 점점 인간의 죄의식을 알아가는 내 자신에게 하는 말이었다.

"미친… 놈, 뚫린 입이라고……!"

"그리고 한마디만 더 하죠. 당신 말대로 내가 범인이라고 칩시다. 그럼 과연 내가 당신에게 잡히는 게 빠를까요, 아님 당신이 아무것도 아닌 존재가 되는 게 빠를까요?"

"…무슨 소리야?"

"당신이 국정원 직원이 아닐 수도, 김완주 씨가 당신의 아내가 아닐 수도, 배 속에 있는 아이가 존재하지 않을 수도 있는… 현실. 시간여행자라면 그런 현실을 만들기 어려울까요?"

"너……!"

방찬희는 내 말에 발끈해서 주먹을 치켜들었다. 그러나 그뿐이었다. 잠시 파르르 떨다가 주먹을 쥔 손도, 멱살을 잡은 손도, 그리고 고개까지 힘없이 떨구었다.

"…네가 이겼다. 그러니 바꾸지 마. 제발……."

발끈해서 속 시원하게 말했다고 생각했는데 축 처진 그의 모습을 보고 있자니 쓸데없는 소릴 지껄인 것 같았다.

'아! 우당도시락 단장님!'

방찬희를 홀로 두고 밖으로 나와 대련장으로 걸음을 옮기는데, 문득 단장이 낯익었던 이유를 알 수 있었다.

그는 예전에 비닐하우스에 사는 게 안타까워 비자금 건물에서 돈을 꺼내 줬었던 이였다. 그때 추운 비닐하우스에 자고 있던 아이 중의 한 명이 방찬희였다니 꽤나 끈질긴 인연이었다.

'그러고 보니 미래에 빙의했던 대학생이 그와 같은 방씨였군.'

이래저래 인연이 깊은 모양이었다.

　　　　　*　　　　　*　　　　　*

"군대 밥은 맛있던가요?"

"군대가 맛집이야? 정 궁금하면 허 비서도 입대해서 먹어보든가."

"사양할게요. 우리 이사장님 까칠한 것 보니 엄청 고생하셨나 보네요. 들어가 보세요. 지난번에 말씀하셨던 자료는 정리해서 책상 위에 뒀어요."

진정성 찾다가 힘들어 죽을 뻔했다.

대련에 이길 때까지는 동료들도 기뻐하고 제작진도 좋아했는데, 군대라는 조직이 뭔가를 순순히 인정할 만큼 마음 넓은 조직이 아님을 간과했다.

대련에서의 패배는 어쩔 수 없지만 훈련에서는 승리하겠다는 건지 정말 최선을 다해 우릴 굴렸다.

오죽했으면 마지막엔 기뻐했었던 동료들조차 모든 게 나 때문이라며 비난을 했겠는가.

승자는 오직 제작진밖에 없었다.

남은 힘들어 죽겠는데, 좋은 장면을 촬영했다고 시시덕거리는 꼴이라니.

끝나고 돌아오는데 한 번 더 출연할 수 없냐는 말에 멱살을 잡을 뻔했었다.

"커피 향 좋다……."

허진경이 사다놓은 커피의 향이 사무실을 가득 채우고 있었다.

2주간 입대하면서 아쉬운 것이 많았지만, 가장 아쉬운 것을 꼽으라면 이 커피일 것이다.

인터폰으로 그녀에게 고마움을 표한 후 커피를 마시며 책자만큼 두꺼운 신선제약에 대한 자료를 살폈다.

복잡한 용어는 간단히 풀어서 옆에 적어두고, 개인적인 의견은 별도의 서류로 마련해 뒀다.

두 시간에 걸쳐 꼼꼼히 읽었다.

결론은 간단했다.

주식이 회사 규모와 매출에 비해 과대평가되고, 현재 개발되었다는 신약 또한 거짓일 가능성이 높다는 것. 즉 작전 세력이 붙었다는 얘기였다.

"혹시 이런 회사에 돈을 투자해서 벌 수 있는 방법이 없나?"

난 비서실 문을 열고 허진경에게 물었다.

"투자가 아니라 투기죠."

"뭐가 됐든."

"작전 세력의 파는 타이밍을 모른다면 필패예요."

"타이밍을 안다면?"

"정확하다면 그 전에 빠지는 정도로 벌 수 있겠죠. 한데 이사장님이 굳이 할 이유가 있나요? 회사 전체를 통째로 사도 이사장님의 자산의 10분의 1도 되지 않는 규모예요. 그것도 지금 거품이 잔뜩 낀 상태에서요. 그리고 굳이 가치로 따지자면……."

"따지자면?"

"쓰레기예요."

"그래?"

아무래도 민종수에 대한 복수는 다음으로 미뤄야 할 모양이었다.

"무슨 일인지 모르겠지만 제가 손해는 안 보게 해드릴 수 있어요. 솔직히 이득을 볼 자신도 있지만 확답은 못 드리겠네요."

"정말? 손해를 봐도 뭐라 하지 않을게. 대신 작전 세력 놈들도 손해를 봐야 해."

"음, 그럼 좀 더 복잡해지는데. 좋아요! 대신 이득을 보면 제 소원 한 가지만 들어주세요."

"그만둔다는 얘기만 아니면 뭐든."

"남아일언!"

"중천금."

"그럼 일을 하기에 앞서 왜 하려는지 말해주세요. 정확하게 알아야 정확하게 놈들을 골탕 먹이죠."

난 잠깐 망설이다가 민종수에 대해 그가 내 재산을 노린다는 것까지만 얘기했다. 어차피 나에 대해 잘 아는 그녀였기에 하나 더 안다고 해서 달라질 건 없었다.

"그 자식! 옛날부터 재수가 없었어. 그래서 친구를 잘 사귀어야 한다는 애기가 나오는 거예요."

민종수의 이야기가 나오자 허진경은 흥분하여 잔소리를 했다.

"어쨌든 이번 기회에 단단히 혼을 내주죠."

"뭐야, 민종수를 알고 있었어? 도대체 언제부터 날 감시하고 있었던 거야?"

"오래전부터요. 그리고 감시가 아니라 보호관찰이었다고요."

"누가 누굴 보호한다고……. 필요한 돈은 부이사장님께 말해둘 테니 먼저 쓰고 후 보고해."

"알겠습니다."

"아! 오늘 일정표가 없던데 뭘 하면 되지?"

"오늘은 쉬시라고 아무것도 잡지 않았어요. 피곤하시면 집에 들어가 쉬셔도 됩니다."

간혹 위아래를 헷갈린다는 걸 제외하곤 정말 완벽한 비서였다. 요즘엔 그 단점마저도 친근함으로 느껴지고 있었지만 말이다.

"좀 이르지만 그럼 점심이나 같이할까?"

"이사장님으로서 권하시는 건가요, 아님 개인적으로 말하는 건가요?"

하여간 정상적이진 않은 여자다.

그녀가 말한 둘의 차이점을 생각해 봤지만 딱히 다른 것 같지 않았다.

"편한 대로 생각해."

"알겠습니다. 그럼 후자로 생각하죠. 내가 아는 곳이 있는데 그리 갈래? 너도 분명 좋아할 거야."

"……."

한순간의 실수로 못된 망아지의 고삐를 풀어준 격이 되어버렸다. 그러고 보니 예전에 회사 일이 끝나면 자신을 비서가 아닌 한 개인으로 생각해 달라는 말을 들은 것 같기도 했다.

허진경 자체로 대하는 건 어렵지 않았다. 다만 반말로 해야할지 높임말로 해야 할지 헷갈렸다.

"그럴까… 요?"

말을 텄는데 다시 높이려니 참 어색했다.

"그냥 편하게 해도 돼. 내가 특이한 거지, 네가 이상한 게아냐. 자! 그럼 갈까?"

"으, 응……."

턱하니 팔짱까지 끼는 그녀. 자신이 특이하다는 걸 알고 있으니 그나마 다행이었다.


뭐가 그리 즐거운지 밥 먹는 내내 웃던 허진경과 헤어진 후집으로 가던 발길을 돌려 KC엔터테인먼트로 향했다.

한데 회사 밖은 물론 안까지 선남선녀들로 북적이고 있었다.

"아! 오늘이 공개 오디션 하는 날이구나."

연습생 모집을 한다는 건 알고 있었지만 그게 오늘인지는 잊고 있었다.

연신 뭔가를 중얼거리고, 춤을 추고, 목을 가다듬는 이들로 잠식당한 복도를 지나 안으로 들어가자 지원자들을 관리하던 직원 중 한 명이 인사를 했다.

"고생한다."

그녀는 스타일리스트였는데 회사 규모가 작은데 많은 이들이 몰리다 보니 동원된 것 같았다.

"괜찮아요. 상무님이랑 팀장님들은 3층 연습실에서 오디션 중이세요. 오셨다고 알려 드릴까요?"

"내가 그리 권위적인 사람이었던가? 하하하! 그냥 내가 올라가서 보지, 뭐. 끝나고 오늘 고생한 것에 대한 보상은 할게. 좀 더 수고해라."

기운을 북돋고 3층으로 올라갔다.

오디션장 앞은 내 매니저인 석도민이 지키고 있었다.

"오늘 우당에서 일하는 거 아니었어?"

한동안 사무실에선 높임말을, 밖에서는 반말을 쓰더니 요즘은 그냥 편하게 말을 놓고 있었다.

"할 일이 없어 왔어요."

"심사 보려고?"

"제가 누군가를 심사 볼 정도로 안목이 좋은 건 아니잖아요. 그냥 얼굴 마담 겸 구경이나 할까 해서요."

"여지민을 알아본 사람이 누군데 겸손은. 지금 심사하는 애 나오면 그때 들어가면 돼. 아! 나온다. 지금 들어가."

뭔가 뜻대로 안 됐는지 나오는 소녀는 눈물을 펑펑 쏟고 있었다.

"일일이 신경 쓰지 마. 여기 온 애들치고 절박하지 않은 사람이 몇 명이나 있겠냐?"

내가 안쓰럽게 쳐다보자 석도민이 별일 아니라는 듯 한마디 했다.

"하긴, 모두 연예인으로 만들어줄 수 있는 능력도 없으니까요."

오늘 오디션을 보러 온 이들을 모두 연습생으로 뽑을 것 아니면 어설픈 동정심은 금물이었다.

"합격!"

"불합격! 너무 말을 듣지 않게 생겼어."

내가 안으로 들어가자 석훈과 이민기 상무가 인사를 심사로 대신했다.

"…고생하는 줄 알았더니 놀고들 있었군요? 전 조용히 구경이나 할 테니 신경 쓰지 말고 계속 노세요."

나 역시 농담으로 인사를 대신하고 심사 위원석보다 조금 뒤에 있는 의자에 앉았다.

이민기 상무는 다음 오디션 지원자가 들어오기 전까지 약간의 짬을 이용해 물었다.

"군대는 잘 다녀오셨습니까? 어째 얼굴이 더 좋은 것이 군대 체질인가 봅니다."

"덕분에 자~알 다녀왔습니다. 아주 편하더라고요. 그래서 올 여름 회사 단합 대회는 해병대 캠프에서 할까 하는데 어떻습니까?"

"…사장님의 인복이지 어찌 제 덕이겠습니까? 그리고 지금까지 하지 않았던 단합 대회를 굳이 바쁜 여름에 하신다고."

"바쁘더라도 회사 단합 차원에서……."

"아! 다음 지원자가 들어오는군요."

이민기 상무는 재빨리 화제를 돌리며 내가 한 말을 씹었다.

어찌 보면 그가 날 은근히 압력을 줬기에 마지못해 다녀온 군대였다. 그래서 그에게도 비슷한 선물(?)을 해줄 작정이었다.

한 마디 더 해줄까 하다가 지원자가 소개하는 소리에 입을 닫았다.

"안녕하세요. 31번 문수윤입니다. 올해 스물여섯으로 가수와 배우를 지망하고 있습니다."

문수윤은 나이에 비해 한참 어려 보였고, 이미 아이돌 포스가 흐르는 것이 연습생이었거나 데뷔를 했었던 중고 신인처럼 보였다.

아나나 다를까 석훈이 이젠 제법 팀장처럼 말했다.

"유명 기획사 두 곳에서 연습생 생활만 근 10년을 했군요. 그만둔 이유를 들어볼 수 있을까요?"

"그게… 처음 회사에선 퇴출되었고요, 두 번째 회사에선 몸

무게 스트레스가 너무 심해서 그만뒀습니다. 원형탈모증에 약까지 먹자 부모님께서……."

"그런 스트레스는 어느 회사나 있습니다. 우리 회사의 경우는 현명하신 사장님 덕분에 몸무게를 딱히 신경 쓰지 않는다는 게 다른 회사랑 다르긴 합니다만, 스스로 하지 않으면 기회가 없다는 점에선 다르지 않습니다."

이민기 상무는 해병대 체험 캠프가 싫었는지 평소 하지도 않던 아부를 섞어가며 말했다. 그리고 날 힐끗 쳐다보는 걸 잊지 않았다.

난 피식 웃곤 문수윤에게 말했다.

"자, 일단 들어보기로 할까요? 파이팅!"

과거가 어찌 되었든 현재가 중요했고, 용기를 내 찾아온 지원자를 선택할 권리는 우리에게 있지만 그녀의 행동에 대해 왈가왈부할 권리는 없었다.

## 제4장

풀려 나가는 일

"네! 그럼 시작하겠습니다."

내 말에 힘을 얻었을까. 심사 위원들의 말에 약간 주눅이 들어 있던 그녀는 춤과 노래를 시작했다.

노래도 잘하고, 춤도 잘 추고, 인물도 빠지지 않는데 단 한 가지, 잡아끄는 매력이 없었다.

물론 판단은 이민기 상무와 석훈이 포함 세 명의 팀장의 몫이었다. 난 그들이 추려놓은 명단을 보고 최종 심사를 하고 결정을 내리기로 했었다.

한데 심사 위원들의 채점표를 어깨너머로 보니 나와 생각이 비슷한 모양이었다.

"수고하셨습니다. 합격하면 연락을 드리겠습니다."

"…잘 부탁드리겠습니다."

그녀도 심사 위원들의 분위기를 느낀 것 같았다. 그러나 인사 말고는 할 수 있는 게 없었다.

"다 좋은데 매력이 없네."

"그러게요. 얼굴도 제법 고친 것 같아서 더 손볼 것도 없는 것 같고요."

문수윤이 나가고 다음 지원자가 들어오기 전에 그녀에 대한 짧은 소감이 오갔다.

다들 아쉽다는 듯 말했는데 의외로 석훈이 다른 의견을 냈다.

"가수로서는 모르겠는데 제가 보기엔 배우로서는 꽤 매력이 있어 보입니다. 연기력도 그만하면 괜찮고요."

지금 석훈의 모습을 천안 상도파 식구들이 본다면 깜짝 놀랄 것이다.

자리가 사람을 만든다더니 이제 제법 팀장 티가 났다. 왠지 뿌듯했다. 그래서 정말 성장을 했는지 떠 볼 생각으로 한마디 했다.

"혹시 개인 취향 때문에 그러는 거 아냐?"

"형님도 참. 제가 형님처럼 치마만 두르면 좋아하는 줄 아십니까? 전 공사 구분은 확실합니다."

"…어째 말이 참 거시기하다?"

"에이~ 사실 그런 면이 없잖아 있잖습니까? 뭐 어쨌든 지금은 그게 중요한 게 아니지 말입니다. 오디션을 녹화 중이니 나중에 확인해 보십시오. 살짝 인상을 쓸 때 묘한 매력이 느껴집니다."

이거 말 한 번 잘못했다가 공사 구분 못 하고 껄떡거리는 놈이 돼버렸다. 따질까도 했지만 잘못은 분명 내가 먼저 했고 다음 지원자가 들어왔기에 입을 다물어야 했다.

"안녕하십니까? 32번 임윤탁입니다. 16살이고 지원 분야는 가수입니다."

"안녕하세요. 33번 조희수예요. 14살이고 지원 분야는 배우입니다. 잘 부탁드려요."

…중략…….

"안녕하세요! 58번 권명숙입니다. 올해 스물두 살로 서울종합예술대학 연기학부에 재학 중입니다."

화려한 불빛에 끌려 스스로의 몸이 타는지도 모르고 달려드는 부나방처럼 연예계를 갈망하는 이들은 10대와 20대, 남녀를 막론하고 많아도 너무 많았다.

구멍가게 수준인 우리 회사에도 하루 만에 끝낼 수 없을 만큼 몰리는데 흔히 3대 기획사라 불리는 곳은 어떻겠는가.

설령 수백 대 일, 수천 대 일의 경쟁률을 뚫고 연습생이 된다고 해도 데뷔를 할 수 있을지도 미지수인데 왜 이렇게들 연예인이 되길 갈망하는지 사장인 나조차도 알 수 없었다.

"너무 어린 애들은 가급적 뽑지 마세요. 혹 뽑더라도 학업과 병행해야 한다는 걸 주지시켜 주시고요."

"더 안 보고 가시려고요?"

"더 봤다간 다 합격시킬지도 모릅니다."

농담이 아니었다.

"어른 들어가십시오. 저희가 최대한 추려서 서류 올리겠습니다."

화들짝 놀란 이민기 상무는 등을 떠밀었다. 내 말이 반쯤은 사실이라는 걸 알아차린 것이다.

나라를 되찾겠다는 열망과 연예인이 되겠다는 열망을 비교할 수 없겠지만 내가 간절한 염원으로 생겨난 존재여서인지 간절한 사람에게 약했다.

사실 만나기만 하면 틱틱거리는 류성은이 뭐가 예쁘다고 애써 기억을 끄집어내어 미래에 대한 정보를 줬겠는가.

다른 사람과는 비교도 되지 않을 만큼 강력한 열망에 못 이기는 척 알려준 것이었다.

"휴우~ 이제야 살 것 같네."

간절함이 소용돌이치는 회사에서 나오자 좀 살 것 같았다. 간만에 시외로 드라이브나 가자는 생각에 차에 올랐다.

\*　　　　\*　　　　\*

—철아, 통장 번호 불러라. 빌린 돈 지금 보내줄게. 그리고 오늘 내가 한턱 쏠 테니 나와라.

우동희가 들뜬 목소리로 연락해 왔다. 다행히 주식을 해서 이득을 얻은 모양이었다.

"그러자. 나갈 때 집문서는 갖다 주마."

허진경의 준비가 슬슬 끝나가고 있었기에 나도 움직이려는 차였다.

때마침 윤호진에게 연락이 왔으니 오늘부터 계획을 시작할 생각이었다.


"여어~ 친구! 어서 와라!"

우동희가 테이블 위에서 춤을 추다가 손을 흔들며 인사했다.

"왔냐? 이 새끼 좀 말려봐라. 돈 좀 벌더니 완전 붕 떠서 난리도 아니다."

민종수와 윤호진도 함께였다.

우동희가 우리를 불러낸 곳은 예전 민종수와 왔었던 유흥 주점으로 이른 시간임에도 넓은 방은 이미 난장판이었다. 게다가 술집 아가씨들을 다 불렀는지 방이 좁게 느껴질 만큼 여자들이 넘쳐났다.

"놔둬라. 쌓인 게 많았나 보지."

"오! 역시 내 마음을 알아주는 건 김철 너뿐이구나. 일단 늦게 왔으니까 석 잔부터 받아라. 애들아, 뭐 하냐? 내 친구를 위해 벌주 좀 만들어봐라."

"네, 오빠! 어떻게 만들까요?"

"흐흐흐! 평범하면 재미없지. 자! 이건 가장 맛있게 만든 애가 가져!"

우동희가 지갑에서 오만 원권을 손에 잡히는 대로 꺼내 탁자 위에 올리자 여자들은 괴성을 지르며 술병을 잡고 술 제조(?)에 들어가려 했다.

보지 않아도 어떤 술이 만들어질지 빤했기에 제동을 걸었다.

"그냥 평범한 폭탄주면 된다. 이건 그냥 너희들끼리 나눠 가지고."

"하여간 연예인 티는 졸라 내요. 싫으면 말아라. 쟤한텐 평범하게 말아주고 날 위해 만들어봐라. 크하하하!"

요즘 졸부들도 하지 않는다는 '개처럼 벌어 개처럼 쓴다'를 몸소 보여주는 그였다.

"얼마나 마신 거냐?"

난 평범한(?) 폭탄주 세 잔을 벌주로 마시고 자리에 앉으며 민종수에게 물었다.

"양주 삼분의 일쯤."

"엥? 그거 먹고 취한 거야?"

"아니, 돈에 취했지. 평생 모을 돈을 한 달도 안 돼서 벌었으니 취할 만하지."

치고 들어가기 딱 좋을 때였다.

난 관심 있다는 표정으로 물었다.

"…얼마나 벌었는데?"

"10억. 너한텐 얼마 되지도 않는 돈이겠지만 녀석에겐 큰돈이지. 야! 우동희. 너 호진이한테 잘해야 된다."

"크하하하하! 물론이지. 내가 차 한 대 쏘기로 했다. 근데 너도 많이 벌었잖아. 내일은 네가 쏴라."

"너한테 비하면 용돈 수준이거든. 젠장! 이럴 줄 알았으면 아버지한테 빌려서라도 했어야 했는데."

"너도 했냐?"

"응. 사실 호진이가 준 정보를 안 믿었어. 말이 나와서 하는 말이지만 우리까지 정보가 올 정도라면 이미 단물 빠진 정보라고 봤거든. 근데 알짜일 줄이야. 아직 기회가 있다니까 이번엔 본격적으로 해봐야지."

민종수는 미끼를 던졌고 난 입질을 했다.

"그래? 음, 나도 해볼까?"

"…너도 하려고? 관심 없다며? 그리고 너한테는 푼돈이잖아."

"푼돈이 아니게 하면 되지."

"얼마나 하려고……?"

"실탄에 제한 없다. 근데 호진이 저놈은 얼굴이 왜 저러냐? 꼭 동희가 수수료를 떼먹기라도 한 것 같은 표정인데?"

우동희가 방방 뜨는 것과 달리 윤호진은 홀로 앉아 술을 들이켜고 있었다.

"몰라. 내가 알기로 수수료로 꽤 번 걸로 아는데."

'뭔 속셈이지?'

날 끌어들이기 위해 방방 뛰어다녀도 시원찮을 판국에 저렇게 우울한 표정을 짓고 있으니 이해가 되지 않았다.

윤호진의 옆으로 갔다.

"왜 그리 죽상이냐?"

"아, 아무것도 아냐."

"얼굴 좀 풀어라. 누가 보면 우동희가 잘돼서 배 아파하는 줄 알겠다. 그건 그렇고 신선제약 앞으로 전망은 어떠냐? 아직 투자할 만하냐?"

"으, 응. 다들 더 오를 거라고 보고 있어. 근데 왜? 너도 투자하려고?"

"응. 용돈이나 벌어볼까 하고."

"있는 놈이 더한다더니……. 근데 철아……."

"갑자기 왜? 그런 웃음은 옆에 있는 아가씨한테나 지어라."

"농담이 아니라 너한테 부탁이 있다."

"무슨 부탁?"

"나 돈 좀 꿔주라. 동희한테도 꿔줬잖아?"

"…너도 투자하려고?"

"웅! 이런 기회를 돈이 없다고 놓치는 건 바보잖아? 꼭 좀 부탁한다."

"……."

윤호진의 눈을 보던 난 우동희와 민종수를 돌아봤다. 지금까지 민종수와 윤호진이 한편이라고 생각했는데 어쩌면 잘못 생각한 건지도 모른다는 생각이 들었다.

"잘 잤냐?"

거실에 앉아 있는데 우동희가 술이 덜 깬 모습으로 내려왔다.

"아우~ 머리야! 근데 여긴 어디냐?"

"종수네 별장. 하나도 기억 안 나냐?"

어제 유흥 주점에서 술을 먹다가 아가씨들과 밖으로 나왔는데 나 때문에 호텔이나 모텔로 갈 수가 없어 경기도에 있는 민종수의 별장으로 온 것이다.

"룸살롱에서 놀던 것까진 기억나는데 이후로는 하나도 기억이 안 난다."

"쯧쯧! 여자 세 명이나 데리고 들어가더니 다 헛일이었네."

"그랬냐? 아무도 없던데?"

"지금이 몇 신 줄 아냐? 다 일하러 갔다."

"넌?"

"한 명쯤은 남아 있어야지. 나야 자유직이나 다름없잖아. 나가자. 해장국이나 먹자."

"역시 의리의 사나이 김철. 너밖에 없구나."

"간지러운 말은 됐다. 가자."

난 우동희를 데리고 서울로 올라가는 길에 있는 해장국집으로 갔다.

후루룩!

"캬아~ 이제야 좀 살 것 같다."

땀을 뻘뻘 흘려가며 뚝배기를 깔끔하게 비운 우동희는 술이 좀 깨는 모양이었다.

"무슨 술을 그렇게 마시냐? 적당히 마셔야지. 아님 몸 상하겠더라."

"하하! 기분이 너무 좋아서 그랬다. 내가 평생에 그런 큰돈을 만질 날이 올 거라곤 생각도 못 했었거든."

"아무튼 다시 한 번 축하한다. 이제 사우나 가서 땀 한번 쭉 빼자."

"…사우나?"

"왜, 싫어? 고등학교 때도 자주 갔었잖아. 왜 이제 와서 같이 가려니 새삼스럽냐?"

"그게 아니라……."

"그럼, 뭐? 혹시 남자 취향이냐?"

"아냐, 새끼야! 다만……."

"자식. 몸에 문신이라도 있나 보구나? 그 정돈 이해한다. 놀다 보면 그럴 수 있지."

나는 아침에 일찍 일어나 석훈에게 전화해 우동희가 그의 아버지 인테리어 업체에서 일하고 있는지 여부를 알아보도록 시켰다.

현재 건물 세 채를 리모델링하고 있었기에 일하는 곳에 가 은근히 물어보면 되는 일이었다.

부탁한 지 두 시간 만에 석훈에게서 연락이 왔었다.

[형님, 사장과 이십여 년 같이 일해왔다는 사람의 말에 따르면 그 아들은 일을 한 적이 없답니다. 듣기론 사장이 자신의 아들이 깡패 짓을 하고 돌아다닌다고 술 먹을 때마다 한숨을 쉬며 얘기했다는데요.]

물론 우동희 입장에서 자신의 직업을 떳떳이 밝히기가 뭐해서 둘러댄 것일 수도 있었다.

그래서 난 한 가지를 더 확인하기 위해서 그가 깨어나길 기다렸다가 사우나에 가자고 한 것이다.

"헐! 네가 꺼릴 만했구나?"

그의 등엔 빽빽하게는 아니지만 삼분의 이 정도가 문신이었다.

"소년원 나와서 잠깐 방황할 때 새긴 거야. 지우려고 했지만 한두 푼 드는 것도 아니더라."

"이제 돈 벌었으니 지우면 되지. 그래도 팔과 목까지 빽빽하게 하지 않은 것만 해도 어디냐. 다른 곳은 안 했냐?"

장난치듯이 그의 몸을 구석구석 살폈다. 특히 그의 오른쪽 삼두박근 쪽을 유심히 살폈는데 그곳에 중지 크기만 한 뱀이 문신되어 있는 것을 볼 수 있었다.

'…그랬군.'

삼두박근 안쪽에 있는 중지 크기의 뱀 문신은 민종수와 관련 있는 강남 두치파의 조직원이라는 표식이었다.

"야야! 그만 봐라. 사람 민망하게……."

"하하하! 미안. 좀 신기하기도 하고 낯설기도 하고. 뭐 그렇다고 내 친구 우동희가 다르게 보인다는 소리는 아니니까 오해 마라."

"난 니가 문신이 없는 게 더 신기하다. 분명 조폭이 되어 있을 줄 알았더니 뜬금없이 배우라니."

"하하하! 바늘이 싫어서 말이야. 자자! 탕으로 가자."

그의 등을 밀며 탕이 있는 곳으로 향했다.

그리고 약간 앞서가는 그의 뒤통수를 보며 눈을 좁혔다.

'배우는 니가 해야겠다, 우동희. 어디까지 알고 관여했는지는 모르지만 날 노린 이상 그에 상응하는 대가는 치러야 할 거다.'

친구가 생긴 줄 알았는데 착각이었다.

　　　　*　　　　*　　　　*

　큰아버지와 허종욱이 결정을 내리면 우당회를 찾아가려 했
었다.

　한데 결정이 늦어지면서 차일피일 미루게 되었고 결국 우당
회에서 먼저 보자는 연락을 받게 되었다.

　"이사장님답지 않게 너무 긴장하시는 거 아니에요?"

　"그러게. 왠지 조금 긴장되네."

　사실 많이 긴장되고 있었다.

　독립을 위해 애쓰셨던 분들이 대부분 고인이 되어버린 지
금 살아계신 분들은 얼마 되지 않았다. 그중 몇 명을 만나러
가는 길이니 왜 떨리지 않겠는가.

　날 존재케 한 이들이 아닌가.

　"긴장하지 않으셔도 돼요. 다들 이웃집 할아버지들처럼 좋
으신 분들이셨어요. 그리고 우당에 한없이 애정을 보내는 분
들이라 엄청 좋아하실 거예요."

　"위로가 되네. 한데 허 비서는 여긴 온 적이 있나 봐?"

　"몇 번이요."

　그녀가 생각하는 긴장과는 달랐지만 말할 수 있는 것이 아
니었다.

　우당회는 의정부 시내에서 30~40분 정도 떨어진 곳에 위
치해 있었는데 야트막한 산을 배경으로 옆으로는 시원한 계

곡이 있어 한여름임에도 시원함이 느껴졌다.

그리고 건물은 한옥과 현대식 건물이 여러 채 있었는데 주변 풍광과 꽤 조화롭게 어우러져 있었다.

"허허허! 오셨습니까, 이사장님. 어서 와요, 진경 양. 두 분이 조만간 방문할 거라고 말씀드렸는데도 어르신께서 원체 성화여서 제가 총대를 메고 연락을 했습니다."

"진즉에 찾아왔어야 하는데 죄송합니다."

"별말씀을요. 진경 양에게 들어 많이 바쁘다는 것 알고 있습니다. 배우에, 연예기획사에, 우당까지. 그리고 올 때 되면 어련히 올 텐데 왜 재촉하느냐고 혼도 났습니다. 허허허!"

"오호! 허 비서가 그런 얘기도 했습니까?"

"자자. 이러고 있을 게 아니라 후원으로 가시죠. 다들 기다리고 있습니다."

중앙에 서 있는 현대식 건물의 로비를 지나자 후원이 나왔다.

후원이라고 해서 작은 정원을 생각했는데 야산 전체를 후원으로 쓰고 있었다. 그리고 드문드문 가건물도 있었지만 전체적으로 손을 대지 않고 자연 그대로 사용하고 있어 들어서자마자 시원함이 느껴질 정도로 그늘져 있었다.

"한 며칠 푹 쉬고 싶어지는 곳이군요."

"빈방도 많고 조용히 지낼 공간도 충분하니 언제든 오십시오. 사실 우당이 후원해 준 돈으로 만든 곳이니 이사장님께서 이곳에서 지낸다고 불만을 표할 사람은 없을 겁니다."

"하하! 말씀만이라도 감사드립니다. 한데 부족한 건 없습니까?"

"없습니다. 상주 의사와 간호사, 도우미까지 있어 요양원이라고 해도 부족함이 없을 정도입니다."

"하셨던 일에 비하면 보잘것없죠. 아! 저기에 모여 계시는군요."

커다란 소나무들이 만든 그늘 밑에 여러 개의 평상이 놓여 있었고 그곳에 우당회 회원들이 삼삼오오 모여 담소를 나누고 있었다.

허허허허! 클클클클! 핫핫핫핫!

나이를 짐작하기 힘든 완전 백발인 노인부터 중, 장년으로 보이는 이들까지 뭐가 그리 즐거운지 연신 박장대소를 터뜨렸다.

"분위기가 아주 좋아 보입니다."

"각자 사는 곳에서 봉사 활동을 하다가 오랜만에 모여서 그럴 겁니다. 보통 한 달에 한 번 모여 보신탕이나 삼계탕을 끓여 먹곤 하는데 지난달엔 일이 있어서 못 모였거든요. 참! 보신탕은 잘 드십니까? 오늘 이사장님 온다고 어르신이 손수 시장에 가서 큰 놈으로 사 와 끓이고 있습니다."

"가리는 건 없습니다."

"억지로 드실 필요는 없습니다. 보쌈도 함께 하고 있으니 그

걸로 드시면 됩니다."

평상 옆에 있는 두 개의 무쇠솥의 용도를 듣고 있을 때 우당회 회원들도 내가 다가가는 걸 알아챘다.

"오! 어서 오게. 자네가 우당의 새로운 이사장인가?"

버선발로 나와 반긴다는 표현대로 백발의 노인 한 명이 맨발로 평상에서 내려와 반겨준다.

"예, 어르신. 부족하나마 우당을 맡게 된 김철입니다. 여기서 이러지 마시고 올라가셔서 말씀하십시오."

"부족하다니 말도 안 되지. 얘기는 들었네. 외국에서 활동하던 분들과 후손들을 찾아 지원하기로 했다면서? 잘 생각했네. 진즉에 우리가 했어야 했는데……. 항상 신세만 지는군."

"누가 한들 어떻습니까. 다만 일찍 생각하지 못해 죄송할 뿐입니다. 혹 저희 직원들이 찾아와 어르신들께 옛이야기를 해달라고 하면 귀찮다 마시고 아무쪼록 잘 대해주십시오."

"물론 그래야지. 내 그래서 요즘은 기억나는 것을 꼭 메모를 해둔다네."

일본군에게 잡혀 죽음에 이른 애국지사들의 경우 그나마 기록이라도 있지만 싸우다가, 혹은 외국에서 병들어 죽은 분들의 경우는 기억에 의존해야 하는 경우도 있었다.

물론 이미 100년 가까이 흘러 찾는 것이 힘들 것이다. 그러나 작은 단서만이라도 있고 그를 이용해 한 명이라도 찾을 수 있다면 몇 년이 걸리더라도 노력해 볼 생각이었다.

"이런! 너무 반가워서 나 혼자만 독차지하고 있었네그려. 자, 이리로 오게. 한 명씩 소개시켜 줌세."

소개가 끝난 후에 알게 된 일이지만 격하게 날 반겨줬던 이가 우당회의 현 회장인 아흔한 살의 이희찬 옹이었다.

그는 다른 젊은(?) 사람이 해도 될 안내를 즐겁다는 듯 했다.

현재 우당회엔 직접 독립운동을 했던 분들이 이희찬 옹까지 합쳐 모두 여섯이었는데 그중 두 분은 노환이 깊어 병원에 입원 중이었고 나머지 세 분은 거동이 불편하거나 정신이 온전치 않아 다른 사람의 도움을 필요로 하고 있다고 했다.

나머진 모두 독립군의 후손들로 봉사 단체를 맡고 있거나 우당회 운영을 돕고 있었다.

한 명 한 명 소개를 받을 때마다 어찌나 반갑고 귀하게 대해주는지 하루라도 일찍 찾아오지 못한 것에 대한 죄스러움마저 느껴질 정도였다.

"10명이 더 있는데 봉사 활동 때문에 참석하지 못했네. 다음에 소개시켜 주겠네. 사람이 많으니 소개만 한참이군. 고기가 다 됐을 테니 식사를 하면서 나머진 얘기하세."

"예, 제가 돕겠습니다."

"자네는 손이 아닌가. 젊은이들이 할 테니 자네는 이리 오게."

이희찬 옹이 말한 젊은이들이 할아버지뻘이었기에 그들이 차려주는 상을 앉아서 받자니 조금 불편했다.

모락모락 따뜻한 고기와 시원한 막걸리, 거기에 포기김치가 준비되었다.

"자자. 많이 들게."

"예. 어르신."

"한데 자네 선친은 우당을 만들고 왜 한 번도 우당에 들르지 않았는지 자네는 아나?"

"그건… 아마 당신이 부족하다고 느끼셔서 그랬을 겁니다. 허 부이사장님이 계시니 굳이 나설 이유가 없다 생각하신 게 아니겠습니까?"

"참. 대단한 사람이야. 세상에 누가 그럴 수 있겠나?"

우당회 분들은 궁금한 것이 많은 모양이었다. 고기 한 점 먹기가 힘들 정도로 여기저기서 질문을 해왔다.

그리고 대부분은 개인적인 질문이었다.

가령, 키가 얼마나 되는지, 음식은 뭘 좋아하는지, 평소엔 뭘 하는지 등.

할아버지가 손주가 마냥 귀여워 이것저것 묻듯이 그냥 나와 얘기를 한다는 것 자체를 즐기는 듯한 느낌을 받았기에 편안하게 대답할 수 있었다.

"사귀는 처자는 있는가?"

"아, 예……."

고기를 씹고 대답하려는데 충청도에서 우당보육원을 운영하고 있다는 분이 끼어들었다.

"저 얼굴에 없을까? 한데 여자는 얼굴이 다가 아녀. 그저 마음이 착해야 하는 거."

"허어~ 이왕이면 다홍치마라고 얼굴도 예쁘고 마음도 착하고 음식 솜씨도 좋아야지."

"에잉! 무엇보다도 조용히 내조를 잘하는 여자가 최고야."

어떤 여자가 좋은지에 대한 토론장이 되어버렸다.

다들 자신들이 생각하는 이상향을 한 마디씩 더하다 보니 나중엔 세상에 존재하지 않는 완벽한 여성상까지 발전했다.

"쯧쯧! 아직 젊으니 그런 걸 찾지. 뭐니 뭐니 해도 자신보다 오래 사는 여자가 최고야."

옆에서 연신 내 밥 위에 고기를 올려주던 이희찬 옹까지 한 마디 했다.

"세상에 그런 여자가 존재나 하겠습니까? 하하하!"

"하긴 생각해 보니 그런 여잔 없겠군. 하지만 가장 근접한 사람을 내가 알고 있네."

"우와! 그런 여자라면 당장에 결혼하겠습니다."

농담이 아니라 지금까지 나왔던 말들을 10분의 1이라도 충족시킬 수 있는 여자가 있다면 무슨 수를 써서라도 내 여자로 만들고 싶었다.

하지만 그런 여자가 세상에 존재할 거라고는 생각지 않았다. 그저 재미있자고 하는 얘기임을 알았고 그래서 적당히 맞장구를 친 것이다.

"안타깝지만 남자가 있대."

"하아~ 역시나 그런 여자를 남자들이 가만 놔뒀을 리가 없죠. 혹시 그 여성분이 사모님이셨습니까?"

"내 마누라? …명도 짧았고 귀하게 자라 음식 솜씨도 형편 없었지. 말한 기준에 한참 부족한 사람이었어."

부족하다고 하면서도 그의 말투엔 그리움이 가득 담겨 있는 듯했다.

분위기가 처지는 것을 막기 위해 너스레를 떨며 다시 물었다.

"그럼 누굽니까? 나중에 제 처 될 사람을 그분께 보내 교육이라도 시켜야겠습니다."

"자네도 잘 아는 사람일세."

"네?"

떠오르는 사람이 없는 것은 물론이거니와 내가 지금까지 만나온 여자들의 장점을 모두 모아도 언급되었던 조건을 만족시킬 순 없을 것 같았다.

난 이희찬 옹의 시선이 가 있는 곳으로 고개를 돌렸다. 그리고 시선의 끝엔 연신 솥에서 고기를 꺼내 썰고 있는 여자가 있었다.

"에~ 설마 진경 씨요?"

"맞네. 내가 아는 한 가장 완벽한 신부감이야."

재미있자고 하는 얘기치고는 어이가 없어 아무 말도 할 수가 없었다.

물론 허진경이 꽤 괜찮은 여자라는 건 알고 있었다. 그러나 그렇다고 대단한 정도는 아니었다.

"…하하하! 진경 씨가 일을 잘하는 편이긴 합니다. 어르신은 진경 씨를 아주 많이 귀여워하시나 봅니다."

"저만한 애를 어디 가서 찾겠나? 손자 녀석에게 어떻게 하든 꾀어보라고 했는데……. 쯧! 저 애 눈에 차지 않았던 모양이야."

사람마다 보는 눈이 다를 수 있었다. 특히 나이 지긋한 외로운 분들은 자신에게 친절한 사람에게 한없이 관대해지게 마련이었다.

그런 면에서 보자면 이희찬 옹의 눈에 완벽해 보일 수 있었다.

물론 난 도무지 납득이 안 되지만 말이다.

한데 이희찬 옹만 허진경에 대해 과한 평가를 하는 건 아니었다.

"회장님 말씀이 맞구먼. 진경이라면 완벽하제. 음식도 잘혀, 싹싹혀, 어느 놈인지 모르지만 복이 터진 겨."

"어디 음식만 잘해? 여름이라고 모시옷을 직접 만들어 선물로 줬잖아. 내 친구들이 그걸 보더니 어디서 샀냐고 난리였다니까."

조금 전에 여자는 이래야 한다고 한 마디씩 했던 분이 이번
엔 허진경을 칭찬하기에 여념이 없었다.

"진경 씨가 음식을 잘해요?"

"한식, 양식 못하는 게 없어. 이사장이 먹고 있는 김치 맛있
지? 그것도 지난겨울에 진경이가 한 김장김치야. 시간 날 때마
다, 그리고 틈틈이 들러 밑반찬을 해놓는데 자네도 먹어보면
알 걸세."

"…그렇습니까?"

사람이 다시 보였다. 내가 너무 그녀를 과소평가하고 있었
나 보다.

그러나 놀람은 거기까지였다.

솔직히 그녀가 팔방미인이라는 사실보다 그녀에게 애인이
있다는 사실이 더 놀라웠다.

한번 시작된 허진경에 대한 칭찬은 식사가 끝날 때까지 계
속되었다.

"허 비서, 대단해."

난 식탁 정리를 도우며 허진경을 향해 엄지를 치켜세웠다.

"무슨 말씀을 들었는지 몰라도 그냥 예쁘게 봐주셔서 하는
말씀이라 생각하세요."

들은 게 있어서인지 별거 아닌 듯 말하는 모습이 오늘따라
왠지 겸손하게 보였다.

"근데 애인이 있다면서?"

"워낙 남자를 소개시켜 주겠다고 하셔서 그렇게 말씀드린 거예요."

"아하~ 역시 그런 건가?"

"…역시라니 왠지 기분이 나쁜데요?"

"미안. 그런 의미는 아니었어. 한데 마지막 연애는 언제가 끝이었어? 주변에 괜찮은 남자가 있으면 적당히 잡아버려."

"그럴까요?"

"그럼! 좀 부족하다 싶어도 실제 살아보면 괜찮은 법이야."

난 당연히 석두를 염두에 두고 한 말이었다.

"풉! 제가 세상은 더 오래 살았거든요. 누가 들으면 결혼 몇 번 한 사람인 줄 알겠어요."

"하하! 말이 그렇게 되나? 어쨌든 이성 관련해서는 경험이 좀 많은 편이지."

"제 연애는 제가 알아서 할게요. 한데 정말 애민애국당에 대한 얘길 하실 건가요?"

"그럼! 두 분이 아직 결단을 내리지 못하고 있지만 미리 언급해 두면 나중에 훨씬 수월할 거 아냐? 왜, 무슨 문제 있어?"

허진경의 표정이 좋지 않았기에 이유를 물었다.

"전 이분들이 지금처럼 말년을 편안하게 보냈으면 좋겠어요. 굳이 더러운 정치판에 몸을 담가 평안이 깨지길 바라지 않아요. 정치적 힘이 필요하다면 그냥 집권 여당에 돈을 뿌리면 될 일을 왜 굳이 험난한 길을 가시려는지 모르겠어요."

"강제할 생각은 없어."

"이사장님 말씀이라면 뭐든 하실 분들이세요."

옳은 말이었다. 그러나 설령 내 욕심 때문이라고 해도 해야 했다. 기껏 괜찮은 인생으로 만들어놓고 죽기엔 아까웠다.

"꼭 필요한 일이야. 날 위해서도, 우당을 위해서도. 그리고……."

대한민국의 미래를 위해서라는 말을 삼켰다. 사실 누군가에게 말할 수도 없는 일이니 도움을 받을 수도 없었다.

그러니 주변 사람들에게 모든 일을 오로지 내 뜻대로 한다는 인상을 심어줄 수밖에 없었고 그것이 때론 나를 힘들게 했다.

허진경은 아무 말 없이 날 물끄러미 바라만 봤다. 왠지 내 속을 들여다보는 것 같아 시선을 피하며 말했다.

"내 말은 여기까지야. 도와달라는 얘긴 안 할 테니까 방해는 하지 마."

"치이~ 그냥 그렇다는 거지 설마 제가 방해하겠어요? 전 이사장님이 저분들께 해로운 짓을 하지 않을 거라 믿어요. 에고, 상 하나 치우다가 날 새겠어요. 이사장님은 거치적거리니까 어르신들과 얘기나 하세요. 치우는 건 저와 도우미분들이 할 테니까요."

"⋯⋯."

이번엔 내가 빈 그릇을 담아둔 쟁반을 들고 수돗가에 가는 허진경을 물끄러미 바라보게 된다.

'믿는다는 말이 이런 힘을 갖고 있었나?'

허진경이야 생각 없이 한 말이겠지만 그 말을 듣는 순간 미래를 바꿔야 한다는 막중한 무게감이 순간 가벼워지는 느낌이 들었다.

'훗! 어르신들께 세뇌를 당한 모양이군.'

고개를 흔들며 허진경에게서 시선을 뗐다.

아무리 우당회가 우당의 이사장인 내 편이라고 해도 제대로 된 설득을 해야 했기에 긴장의 끈을 놓을 수가 없었다.

강제할 생각이 없다는 건 진심이었고 그들 또한 내 부탁 때문이 아닌 진심으로 참여해 주길 바랐다. 설령 내가 없어져도 지속될 수 있게.

허진경의 예상과 달리 우당회 회원들은 내 설명을 듣고 처음엔 다소 곤혹스러운 태도를 보였다. 아무래도 정치계는 범접할 수 없다는 생각이 그들을 주저하게 만든 것이다.

난 설득하기 위해 노력했다.

그리고 애민애국이라는 말을 하는 순간 이희찬 옹이 나서면서 분위기가 반전됐고 대부분이 기꺼이 내 계획에 동참하기로 했다.

좋은 일은 계속된다고 다음 날 드디어 큰아버지와 허종욱이 방으로 찾아왔다.

　"말하기 전에 두 가지만 약속해라. 네가 만들었다고, 네가 돈을 댄다고 그분들을 이용할 생각 마라. 또한 그분들이 설령 지금과 달리 기존의 정치인과 똑같이 되더라도 탓하지 마라. 할 수 있겠냐?"

　"하겠습니다."

　"좋다. 그럼 한번 해보마."

　"……!"

　큰아버지께서 허락하는 순간, 내 계획이 틀리지 않았다는 것을 보여주는 현상이 일어났다.

　염의 에너지가 쭈욱 차올라 순식간에 가득 채워졌다. 그러고도 에너지는 계속해서 생성됐다.

　염의 크기는 대략 농구공 크기 정도. 그 공간을 가득 채우고도 계속해서 에너지가 생기다 보니 오갈 데가 없어진 에너지는 점점 진해지면서 농축되어 갔다.

　쩌적!

　농축에 농축을 더해가더니 염의 틀이 에너지를 견디지 못할 지경에 이르렀고 결국 균열이 서서히 일기 시작했다.

　난 본능적으로 염의 틀이 깨지면 예전 내가 가졌던, 김철의 육체에서 벗어날 수 있을지 없을지는 모르지만, 능력을 되찾을 수 있음을 깨달았다.

금이 가기 시작했음에도 염의 틀은 끈질겼다.

연신 쩌적거리는 소리가 귀청을 때렸지만 쉽사리 깨지지 않았다.

'틀을 깨버려!'

에너지를 응원했다. 그리고 내 간절함이 닿았을까.

지금까지 버텨온 것이 신기할 만큼 '꽉' 하는 소리와 함께 틀이 사라져 버렸다.

'아아!'

틀이 부서지자 해방을 맞이한 국민들이 거리로, 거리로 몰려나오듯이 에너지가 온몸 구석구석을 헤집고 다녔다. 그리고 이번엔 내 몸을 기준으로 차곡차곡 쌓이기 시작했는데 어마어마한 희열과 함께였다.

끝나지 않길 바라던 에너지의 생성은 에너지가 몸을 가득 채우고 손으로 꼽을 수도 없을 만큼의 농축된 후에야 끝이 났다.

눈을 뜨자 큰아버지와 허종욱이 묘한 표정으로 날 쳐다보고 있었다.

"험험! 죄송합니다. 두 분이 하락한 것이 기쁘면서도 한편으론 이제부터 시작이라는 생각에 고민을 했습니다. 제가 너무 오래 생각했죠?"

"…오래 걸린 건 아니다만 다음부터 어디 가서 기뻐도 내색은 하지 말아야겠구나. 무슨 표정이……. 아니다. 너무 일에만

매달리지 말고 여자도 사귀고 하렴."

에너지가 차오르면서 느꼈던 희열이 표정으로 고스란히 드러난 모양이었다.

큰아버지는 시선을 피했고 허종욱은 헛기침을 하며 일어났다.

"흐흠! 이제 우리는 일어나지. 이사장님이 생각을 정리할 시간을 좀 줘야 하지 않겠어?"

"굳이 그러지 않으셔도……."

"진경이에겐 절대 방에 들어오지 말라고 해두겠습니다. 그리고 정당 설립에 필요한 경비는 곧 보고서를 작성해 올리도록 하겠습니다."

'도대체 어떤 표정을 지었기에……."

두 사람은 계속 즐기라는 듯 부리나케 방을 빠져나갔다.

"하하… 하하하! 하핫하핫핫!"

쪽팔림도 잠시, 난 넘쳐나는 에너지를 느끼며 크게 웃었다. 그리고 에너지를 이용해 다양한 크기의 구체를 방 안 가득 만들어보았다.

수백 개의 크고 작은 구를 만들었지만 에너지가 빠져나갔다는 느낌도 들지 않았다.

이젠 에너지를 채울 필요도 없이 언제든 과거든 미래든 오갈 수 있게 된 것이다.

그러나 오늘 일어난 현상이 마냥 기뻐할 일이 아니라는 걸 얼마 지나지 않아 알게 된다.

*        *        *

기쁨은 각성제와 비슷한 힘이 있었다.

많은 일을 해도 피곤하지 않았고 매사에 의욕이 넘치게 만들었다.

넘쳐나는 에너지를 테스트할 겸 최정연의 할아버지의 일을 해결하러 과거로 가기로 결정하고 미뤄뒀던 일에도 본격적으로 박차를 가했다.

박성명 감독을 만나 일제강점기 때 영화를 찍는다면 투자를 하기로 약속했고 부동산 중 크기가 작은 건물 중 일부를 팔아 정당 설립을 위한 자금을 마련했다.

그러던 중 선우희에게서 만나자는 연락이 왔다.

"계약서를 받아서 오는 길이야."

그녀는 카페에 들어오자마자 기분이 좋은지 활짝 웃는 얼굴로 노란색 봉투를 흔들어 보였다.

"축하해. 그대로 순순히 놓아줬나 보네?"

"…으, 응. 그 일에 대해 너한테 말해야 할 게 있어."

"무슨 얘긴 줄 모르겠지만 일단 자리에 앉아 시원한 거라도 한 잔 마시고 해."

선우희가 무슨 말을 할지 짐작이 됐다. 그녀가 진짜 내 편으로 오는지 아님 이중 스파이로 오는지 알 수 있는 순간이었다.

속이 타는지 음료수를 단숨에 마신 그녀는 눈치를 보며 말을 꺼냈다.

"사실… 어떻게 말을 시작할지 고민이야. 한 가지만 약속하면 말할게. 화내지 말고 끝까지 들어줘."

"약속할게. 그리고 어떤 말을 해도 너와 계약한다는 것도."

"아니, 마음이 바뀔지도 몰라. 설령 그렇다고 해도 널 원망하진 않을게. 날 소모품이 아닌 사람으로 대해준 너니까."

연기라기보단 진심으로 하는 말 같아 살짝 찔렸다. 나 역시 그녀를 이용하고 있지 않은가.

"내가 가수를 꿈꾼 건 여덟 살 때부터였어. TV에 나온 스타를 보곤 완전히 반해 버렸거든. 초등학교 땐 같은 꿈을 꾸던 친구들과 방과 후 당시 유명했던 아이돌의 춤을 따라 했고 고등학교 때부턴 본격적으로 오디션을 보러 다녔어."

선우희는 자신의 과거부터 담담히 말하기 시작했다. 내심 본론을 기대하고 있던 난 다소 실망했지만 그녀의 말을 끊기보단 들어주기로 마음을 먹고 귀를 기울였다.

"같이 노래와 춤을 연습했던 친구들은 하나둘씩 연습생으로 합격했어. 그중엔 모든 면에서 나보다 못한다고 생각했던 친구까지 있었어. 솔직히 그땐 기획사의 심사 위원들이 내 진가를 못 알아본다 생각했었지. 지금 생각해 보면 정말 어리석었지. 그들은 내게서 어떤 가능성도 보지 못했던 거야."

"글쎄, 내 생각엔 네 진가를 못 알아봤다고 생각해."

"고마워. 하지만 위로하지 않아도 돼. 그때의 난 정말 부족했거든. 어쨌든 고등학교를 졸업 후 새로운 댄스 팀을 짰어. 대부분 소속사를 구하지 못하거나 연습생 생활을 하다가 방출된 이들로 서로의 상처를 보듬으며 행사도 뛰고, 대회도 나가며 날 알아줄 사람이 있길 기다렸어. 그리고 마침내 댄스 팀에서 활동한 지 6개월이 되지 않아 날 스카우트하려는 사람이 찾아왔어. 그리고 당장 자신들과 계약하면 데뷔가 될 것처럼 굴더라."

"사기꾼이었구나?

말투에 원망과 분노가 가득했기에 이어질 뒷얘기도 능히 짐작됐다.

중국만큼은 아니더라도 우리나라에도 수많은 기획사가 있었다. 그러나 그런 기획사 중 90퍼센트는 연예인이 되려는 애들을 등쳐먹고 사는 사기꾼들이었다.

이들에게 걸려 돈만 사기당한다면 그나마 운이 좋다고 할 것이다. 몸이 망가지는 것은 물론이고 때론 외국까지 팔려 가 인생이 완전히 망가지는 경우도 허다했다.

"응…….. 맞아. 사기꾼이었어. 그때부터 내 인생은 꼬이기 시작했어."

선우희는 최악의 경우까진 가진 않았지만 돈과 몸과 시간을 사기꾼에게 갈취당했음을 고백했다.

"정말 병신같이… 그렇게 당하고도 미련을 못 버리겠더라. 그래서 이미 망가진 몸 더 잃을 게 없다는 생각에 더욱 막 나가게 됐어. 그러면 그럴수록 점점 내가 원하던 곳에서 더 멀어지는 줄도 모르고 말이야."

내가 신부님이라도 되는 줄 아는지 선우희는 적나라한 것까지 고백했다.

사실 여지민의 불행했던 과거의 기억을 알고 있어 연예계의 어두운 면이 얼마나 더럽고 위험한 곳인지 어느 정도 안다고 생각했는데 선우희의 말을 듣고 있자니 내가 아는 건 새 발의 피라는 걸 깨달았다.

또한 당했던 당사자에게 직접 들으니 막연히 연예인이 되기 위해 혹은 무엇을 위한 대가로 그에 상응하는 희생은 감수해야 한다는 생각이 얼마나 안이한 생각이었는지 알 수 있었다.

'그런 면에서 요조숙녀에게 몹쓸 짓을 했군.'

그들을 술집에서 구해주고 새로운 삶을 살 기회를 줬다고 생각했지만 착각이었다. 내가 그들을 또 다른 구렁텅이에 밀어 넣으려 한 것은 아닌지 모르겠다.

물론 그들이 무조건 피해자라고 할 수는 없었다. 나 역시 그들을 위해 많은 투자를 하지 않았는가.

다만 대가를 그들이 싫어하는 것으로 받으면 그들을 옥죄던 보도들과 다를 바가 없다는 걸 선우희의 고백으로 인해 느끼게 된 것이다.

잘못했다는 걸 알았다면 늦기 전에 바로잡으면 될 일. 요조 숙녀에게 그들이 싫어하지 않는 범위에서 대가를 받아야겠다고 생각을 하며 이어지는 선우희의 말에 집중했다.

"그리고 그런 노력에 마침내 작지만 괜찮은 회사에 연습생이 되었다고 생각했어. 사장이 지금까지 만난 어떤 개새끼보다 더 개새끼라는 걸 알기 전까진 말이야. 몸을 팔게 하고 자신의 장난감인 양 아무 때나 날 유린하고. 그것도 부족해 누군가의 돈을 갈취하려고 그 사람을 유혹하라고 했어."

"그 누군가가 날 말하는 건가?"

"응. 역시 알고 있었구나? 그럴 거라 짐작은 했어. 내 의지가 아니었어. 말을 듣지 않으면 날 외국으로 팔아넘기겠다고 했거든. 미안해."

담담한 내 태도에 그녀는 내가 알고 있었다고 생각한 모양이었다.

그녀는 불가항력적으로 시키는 대로 할 수밖에 없다고 강조하며 모든 것을 얘기했다.

그러나 몸통도 아닌 그저 협박에 못 이겨 가담하게 된 그녀가 아는 것은 별로 없었다.

"이제 내가 어떤 앤지 잘 알게 되었을 거야. 여전히 네 마음이 변하지 않았길 바라는 건 내 욕심이겠지? 원망하지 않을

게. 사실 이 계약서를 받으면서 많은 생각을 했어. 그리고 네가 마지막 기회이고 널 잡지 못한다면 고향으로 내려갈 생각이야. 언제까지고 내가 꾸는 꿈이 악몽이 아니라고 자위하며 살 수는 없잖아."

하고픈 말을 다 했는지 선우희는 후련한 표정으로 내 대답을 기다렸다.

솔직히 그녀가 어떤 삶을 살았는지에 대해선 그저 안쓰럽다는 정도일 뿐 관심이 없었다.

분명 그녀보다 힘겨운 삶을 살고 있는 사람도 많을 것이고 그들 모두를 안쓰럽다고 내가 껴안을 수는 없는 일이었다.

다만 내가 반신불수에서 벗어나고자 애썼듯이 그녀 역시 인생을 바꾸고자 노력하고 있다는 걸 알게 된 이상 한 번의 기회를 주는 건 괜찮을 것 같았다.

내가 원하던 고백까지 했지 않은가.

"일단 나랑 5년만 일해보자. 그때도 악몽이면 그땐 포기하는 걸로 하고."

"정말 이런 나라도 괜찮다는 거야?"

"과거는 중요하지 않아. 단 전에 말했듯이 내 편이 된 이상 배신만 하지 마."

날 배신하면 지금까지 겪은 일이 별일 아니라는 걸 알게 해주겠다는 말은 삼켰다.

그런 건 말로 하는 것이 아닌 행동으로 보여주는 것이었다.

"절대 안 해! 고마워, 정말 고마워."

자리에서 일어나 나를 껴안은 그녀는 눈물까지 흘리며 고마워했다.

# 제5장

## 일제강점기로

　선우희에게 이중 스파이가 되어줄 것을 부탁했다. 위험을 무릅쓰고 비밀을 캐라는 것이 아닌 내 정보를 건네주면서 민종수의 분위기나 사소한 정보를 달라는 것이었기에 그녀는 흔쾌히 허락했다.

　얘기가 끝나고 그녀를 데리고 회사로 갔다.

　받아들인 건 나지만 선우희를 관리할 사람은 결국 이민기 상무였다.

　그는 선우희를 보자마자 낙하산 연예인을 데리고 왔다고 길길이 날뛰었다.

　"이민기 부사장님. 잘 부탁드립니다. 앞으로 조금만 더 하면 사장이군요."

"네? 부, 부사장… 이라니요?"

"제가 언제까지고 세 가지 일을 병행할 수 있겠습니까? 전제가 믿는 사람에 대해서는 한없이 믿음을 주는 편입니다."

"……."

사실 KC엔터테인먼트에서 내 바로 밑이 이민기였다. 그래서 상무나 부사장이나 별로 의미가 없었다.

그러나 너무 뜬금없이 승진 소식을 들어서인지 그는 잔소리도 못 하고 그저 입만 벙긋거렸다.

"그럼, 테스트해 보시고 계획을 짜보도록 해주십시오, 부사장님. 우희 씨, 앞으로 이민기 부사장의 말대로 하면 될 겁니다."

난 그가 정신을 차리기 전에 선우희를 떠넘기고 회사를 나왔다.


침대에 누웠다.

새로운 힘을 얻고 처음으로 염─형태는 깨졌지만─을 이용하는 순간. 약간의 흥분이 밀려왔다.

"휴우~"

길게 숨을 내뱉고 흥분을 가라앉힌 난 염을 뽑았다.

내 생각 때문인지 염은 예전과 다르게 완벽한 사람의 형체였다.

그것 말고도 달라진 것이 있었다. 겉으로는 드러나지 않았지만 나와 확실하게 어떤 선으로 연결되어 있다는 느낌이 들었다.

염이 하늘에 있는 공간으로 올라갔을 때도, 시간의 흐름에 몸을 맡겼을 때도 끊어지지 않았다.

'연결된 선으로 에너지를 보낼 수 있어!'

혹시나 해서 에너지를 보낸다고 생각하자 에너지가 갔다. 이제 난 원하는 만큼 머물 수 있게 된 것이다.

기쁨도 잠시, 나는 시간의 흐름에서 정확한 시간대를 느끼기 위해 노력했다.

'1943년. 지금이다!'

최정연의 할아버지, 최만수의 얘기를 듣고 언제로 가야 조용하게 증거를 만들어 현재의 내가 받아볼 수 있을지 생각했다.

광복 후, 재판이 있던 당시로 갈까도 생각해 봤지만 혼란한 시기였고, 재판 기록만으로 이미 친일파로 낙인찍힌 최만수의 결백을 증명하기엔 부족했다.

이때 당시 정부를 운영할 사람이 필요하다는 이유로 수많은 친일파에게 면죄부를 주었고 그것이 지금까지 사회적 문제로 남아 있지 않은가.

그래서 생각한 것이 강제 수탈이 심했던 때이자 가장 많은 이들을 구했던—아직까진 최만수의 주장에 불과하지만—때인

1943년으로 가기로 했다.

위치는 부여군 세도면 부근으로 금강을 통해 군산항까지 물건을 실어 나르기 용이한 곳이었다.

에너지를 지속적으로 보낼 수 있다는 것 외에도 염의 능력이 확실히 좋아졌다고 느껴지는 것이 시간과 장소 선택에서 처음 생각했던 대로 거의 오차 없이 도착할 수 있었다는 것이다.

1943년 5월 12일 부여군 세도면.

은성금속제련 공장이 한눈에 들어오는 하늘에 떠서 그곳에서 일하는 이들을 바라보며 빙의 대상을 찾았다.

일제의 연이은 전쟁으로 강제 수탈이 정도를 넘어서서 초근목피로 끼니를 해결하는 국민들이 많았던 때라 알고 있었는데 그에 비해 공장에서 일하는 이들은 그리 나빠 보이지 않았다.

최만수가 직원들이 굶지 않도록 애썼다는 말이 거짓이 아님을 알 수 있는 순간이었다.

"이놈들아! 얼른 얼른 움직여라! 놋은 놋대로, 철은 철대로 확실하게 분리하고. 도련님이 너희들을 먹이기 위해 얼마나 노력하는지 알면 절대 게으름은 못 피울 게다."

색 바랜 한복에 중인용 갓을 쓴 사내가 공장 이곳저곳을 다니며 고함을 치고 있었다.

'저 사람이 집사인 개똥아범이군.'

최만수가 사업적인 부분과 착한 사람 역을 맡았다면 운영과 악역은 개똥아범이 맡았다 들었다.

난 연신 발걸음을 놀리며 공장 이곳저곳을 누비는 개똥아범의 뒤를 따랐다. 그의 뒤를 따르면 빙의 대상을 쉽게 찾을 수 있을 거라는 생각 때문이었다.

'역시 저기 있군!'

예상대로 개똥아범은 빙의 대상이 있는 곳으로 안내했다. 빙의 대상은 볏짚이 잔뜩 쌓여 있는 허름한 창고에서 잠을 자고 있었다.

"으이그! 개똥이, 이놈아! 밥때가 되면 부엌으로 오랬더니 여기서 처자고 있냐!"

개똥아범은 자고 있는 개똥의 허벅지를 차지게 때리면서 그를 깨웠다.

화가 난 듯 큰 목소리로 말했지만 안타까움과 애정은 숨기지 못했다.

"…헤헤. 아버지 오셨어유~"

부스스 일어난 개똥인 볏짚이 잔뜩 묻은 머리를 긁적이며 씨익 웃곤 느릿하게 말했다.

그 모습이 반쯤 넋 빠진 모습이었다.

"이놈아! 아부지가 아침 먹을 때 뭐라고 했냐?"

"헤헤! 밥은 꼭 챙겨 먹으라고 했쥬."

"근데? 밥때가 지난 지가 언젠데 여태 여기서 처자고 있냐?"

"문경이 형님이랑 산에 갔다 왔더니 눈이 절로 감겨서……. 헤헤헤!"

"문경이가 왜 형님이냐! 너보다 10살이나 어린 놈인데! 그놈이 그러라고 시킨 것이겠지?"

"아니유~ 문경 형님이 지보다 똑똑하잖아유."

"으이그! 그 망할 놈의 자식을 두 번 다시 장난을 치지 못하도록 혼쭐을 내놓든가 해야지."

개똥아범은 속이 답답한지 손으로 자신의 가슴을 텅텅 치며 말했다.

방찬희처럼 바뀐 과거를 기억하는 이가 얼마나 있을지 알 수 없는 상황에서 과거로 오는 것은 솔직히 부담스러웠다.

혹시나 실수해서 현재가 변하기라도 한다면 낭패가 아닐 수 없었다. 그래서 일을 하는 데 가장 의심을 받지 않으면서도 미래에 영향이 없을 이에게 빙의를 하는 것이 좋았다.

그런데 마침 최만수에게 어린 시절 앵두나무에서 떨어져 머리를 다쳐 정신이 오락가락한 개똥이에 대해 들어 그를 빙의 대상으로 정한 것이다.

한참 개똥이에게 잔소리를 하던 개똥아범은 품속에서 하얀 천에 싸인 것을 개똥이에게 건넸다.

"와와! 누룽지네요! 헤헤헤!"

"또 이놈 저놈 주지 말고 혼자 먹어라."

"그럴게유."

"어이구! 사투리는 언제 배워서는……. 공장 밖으로는 가급적 나가지 말고 혹 나가더라도 마을을 벗어나면 안 된다."

발걸음을 몇 번씩 돌리며 개똥이를 보던 개똥아범은 긴 한숨을 내쉬며 공장으로 돌아갔다.

'지금이다!'

누룽지를 먹다가 아버지가 사라지자 주섬주섬 챙겨 어디론가 가려는 개똥이에게 빙의했다.

개똥이의 모든 감각을 얻자 가장 먼저 그가 물고 있던 누룽지의 구수함이 느껴졌다.

"쩝쩝! 담백하니 먹을 만하네."

입에 물고 있던 누룽지를 씹으며 개똥이의 기억을 읽었다.

에너지가 넘쳐나는데 굳이 위험을 감수하며 행동할 이유가 없었다.

개똥이의 기억은 별게 없었다.

다만 기억이 마치 꿈을 꾸는 것처럼 희미하면서도 몽롱하달까. 또렷한 것이 있다면 끼니가 되면 부엌으로 가서 밥을 먹어야 한다는 정도였다.

"일단 공장이나 둘러볼까?"

어떻게 할지 계획은 세워뒀지만 계획은 상황에 따라 언제든 변하게 마련이었다. 그러니 정확하게 상황을 파악하고 수정 후 실행하는 것이 좋았다.

난 주위를 살피며 여유롭게 걸음을 옮겼다.

"개똥아! 개똥아!"

막 창고를 벗어나 공장으로 가려 할 때 어린아이가 낮은 목소리로 날 부르는 소리가 들렸다.

"여기야, 여기!"

공장 담 근처 풀이 무성하게 자란 곳에 10살 남짓한 꼬맹이가 고개를 내민 채 손짓을 하고 있었다.

기억을 읽은 덕분에 아까 언급된 문경이라는 아이임을 단번에 알 수 있었다.

'영악한 꼬맹이.'

한 가지 목적 때문에 고의로 개똥이가 밥을 굶게 만든 이가 문경이었다.

"왜?"

"허어~ 이 녀석 보게. 형님한테 왜라니? 말본새가 어째 오전, 오후가 달러?"

문경이 앳된 목소리로 어른 흉내를 내며 개똥일 꾸짖었다. 그 모습이 건방지게 보일 만도 했지만 내겐 마냥 귀여웠다.

그렇다고 이곳에 머무는 동안 문경에게 형님이라고 부를 생각은 추호도 없었다.

"아버지가 말했어. 내가 너보다 나이가 많다고. 두 번 다시 내게 형님인 양 굴면 혼쭐을 내놓으라고 하셨는데 아무래도 그래야겠다."

귀여운 아이일수록 엄하게 키우랬다고 엉덩이 팡팡이라도

해줄 요량으로 문경의 어깨를 잡았다.

"이익! 자, 잠깐! 내가 말했잖여. 사실은 너희 할아버지와 우리 아버지가 친구였다고. 그래서 사실은 내가 네 아재뻘인데 특별히 형님이라고 부르게 해주겠다고 말이여. 그러니까… 아얏!"

헷갈리게 만들어 형님 노릇을 하려던 문경은 꿀밤을 맞고 눈물을 쏙 빼고 나서야 조잘거림을 멈췄다.

"본 적도 없는 할아버지 팔지 마. 그리고 설령 그랬다 해도 너랑 나랑 친척도 아닌데 널 아재라고 부를 이유가 없지."

"치! 낮잠을 자고 일어나더니 반편이가……."

"쓰읍!"

"시, 실수 했어… 유."

"또다시 형님 노릇 하려거나 나에게 함부로 대한다면 그땐 가만두지 않을 테니 알아서 해라. 나 바쁘니까 얼른 용건이나 말해."

"…그게 말이쥬. 그러니까……."

문경은 우물쭈물하며 말을 못 했는데 눈은 내가 들고 있는 누룽지 보자기에 고정되어 있었다.

"자! 가져가서 먹어라."

가타부타 말없이 보자기를 건넸다.

"고, 고마워… 유, 잘 먹을게유!"

빼앗듯이 보자기를 낚아챈 문경은 내용물을 확인하고 다시 싸더니 개구멍을 통해 부리나케 가버렸다.

분명 집에 있는 어머니와 동생과 함께 먹으려고 가는 것이리라. 나에겐 간식에 불과한 누룽지가 그들에겐 풀죽을 만들 하루치의 식량이 될 터였다.

6살 정도의 지능밖에 가지지 못한 개똥이도 그러한 사정을 알고 있었기에 조금 전에 보자기를 들고 문경이네로 가려 한 것이었다.

안쓰러운 마음이야 왜 없겠냐마는 내가 이 시대에서 할 수 있는 일은 없었다. 아니, 해서는 안됐다.

은송금속제련공장은 일본이 강제 수탈한 놋쇠나 각종 금속류의 물건을 제련해 괴 형태로 만드는 곳으로 규모가 꽤 컸다.

공장의 앞마당만 해도 축구장 두 배는 족히 됐는데 한쪽에는 어느 누군가가 썼을 숟가락, 그릇, 제기 등 금속으로 된 물건들이 산더미처럼 쌓여 있었다. 그리고 수많은 사람들이 연신 금속을 종류대로 분류해 공장으로 실어 나르고 있었다.

"거짓이 아니었어."

최만수는 위안부로 팔려 갈 위기에 처한 여자들을 일꾼으로 빼돌려 공장에서 일을 시켰다고 했는데 공장 앞마당에서 움직이고 있는 이들이 대부분 여자인 것으로 보아 그의 말이 사실임을 짐작할 수 있었다.

와장창!

"꺄악!"

힘든 노동에 찌든 얼굴로 개미 떼가 줄을 지어 가는 듯한 모습은 왠지 눈물이 날 만큼 슬퍼 보였다. 그때 들것을 이용해 물건을 나르던 여자애가 돌부리에 걸려 바닥에 쓰러지면서 소란이 일어났다.

"어이구! 정신 똑바로 안 차려! 납품 수량을 맞추려면 잠시도 꾸물거릴 틈이 없는 거 몰라?"

홍길동처럼 나타난 개똥아범이 넘어진 여자애를 향해 고함을 고래고래 질렀다. 한데 입은 고함을 지르고 있었지만 그의 손은 여자애를 부축해 일으키고 있었고 이어 바닥에 떨어진 물건들을 들것에 연신 올렸다.

"구경났어! 저녁에 감자라도 받아 가려면 여긴 신경 쓰지 말고 일들 해!"

개똥아범의 호통에 사고 현장을 피해 개미들의 행진은 다시 시작되었다.

"을씨구! 오뉴월 감기는 개도 안 걸린다는데 어제 뭘 했기에 이렇게 열이 펄펄 나? 하여간 도움이라곤 전혀 안 되는 것 같으니라고. 당장 기숙사로 가!"

"아, 아녀유. 지는 괜찮구먼유. 하, 할 수 있슈."

"누가 니가 예뻐서 들어가라는 건 줄 알아! 다른 사람들에게 옮기면 일은 누가 할 거야, 응?"

개똥아범은 애를 잡으려는 듯 삿대질까지 하며 혼을 냈다.

지나가는 사람이 본다면 애들 잡는다고 생각할 것이다. 그러나 내 눈엔 여자애를 생각해 나름 배려를 하는 것처럼 보였다.

　'아님 다른 이유가 있거나…….'

　최만수가 친일을 하지 않았다는 증거는 아직까진 심증뿐이었다.

　여자애가 우물쭈물하고 있자 개똥아범은 누군가를 찾는 듯 두리번거렸다. 그러다 나를 보자 오라는 손짓을 하며 소리쳤다.

　"개똥아! 넌 이년 좀 기숙사 끝에 있는 쪽방에 데려다 놔라. 아! 먼저 깨끗이 씻기는 거 잊지 말고."

　"…제가요?"

　"누가 너더러 씻기래? 잘 씻는지 확인하라고. 얼른."

　모자란 흉내를 내며 튈까 했지만 공장 내를 둘러봐야 했기에 그럴 수가 없었다.

　"하여간 도련님은 비실거리는 애들을 왜 이렇게 데려오시는 건지. 에잉!"

　순식간에 일처리를 끝낸 개똥아범은 다시 공장 안으로 빠르게 사라졌다.

　"가자."

　나도 얼른 여자애를 데려다 놓고 공장으로 들어갈 생각이었기에 멍하니 선 채 떨고 있는 여자애에게 재촉을 했다.

"…지, 지는 괜찮구먼유. 이, 일할 수 있슈."

가만히 보니 여자애는 아파서 떠는 것이 아닌 두려움에 가늘게 떨고 있었다. 이유가 뭘까 궁금했지만 조곤조곤 묻기엔 주변 분위기가 좋지 않았다.

"무슨 일인지 모르지만 일단 여긴 벗어나자. 사람들한테 방해된다."

난 여자애의 손을 잡고 끌다시피 공장 뒤에 있는 기숙사로 향했다.

사실 말이 기숙사지 바람만 심하게 불어도 날아가 버릴 것 같은 판잣집이 길게 이어져 있었다.

"사, 살려주세유. 전 일을 할 수 있어유. 그러니 지발……."

공장 뒤로 돌아가자마자 여자애는 끌려가지 않으려고 힘을 주며 연신 살려달라고 말했다. 더 이상 끌고 가려 했다간 가느다란 팔이 부러질 것 같았기에 멈춰 서며 물었다.

"왜 자꾸 살려달라는 거지? 혹시… 이곳에서 갑자기 실종되거나 죽은 사람이라도 목격한 거야?"

"네? 그, 그게 아니라……."

"그럼, 혹시 사장님이 너 같은 애들을 몰래 불러서 이상한 짓을……?"

"아, 아니구먼유."

"…그럼 왜 살려달라고 하는 건데?"

"그건… 얼마 전에 있던 곳에서 아는 언니가 저처럼 아팠는데 관리인이 치료를 한다고 데려가서는……. 그 후론 그 언니를 못 봤구먼유."

"…그랬구나. 여긴 그런 곳이 아니니 걱정 말고 씻으렴. 아까 그 아저씨, 아니, 울 아버지가 그렇게 고함친 건 긴장을 풀지 말라는 의미에서 한 말이니 깊게 생각하지 말고."

순간 꼬리를 잡았다고 생각했는데 헛다리였다.

기숙사는 보기완 다르게 사는 데 큰 불편함은 없어 보였다. 식수용 우물이 있었고, 강물을 끌어와 빨래나 허드렛일에 쓸 수 있도록 해뒀다.

그녀가 씻고 옷을 갈아입기를 기다린 후 쪽방에 그녀를 눕혔다.

"잠이 안 와유."

"눈이라도 감고 있어."

"야~ 그럴게유."

잠이 안 온다던 소녀는 눈을 감은 지 5분도 되지 않아 코를 그르렁거리며 잠이 들었다. 그리고 그녀가 잠들고 10분쯤 자나자 개똥아범이 들어왔다.

"잠들었구나. 고생했다. 나가자꾸나."

그는 소녀의 머리에 손을 얹어본 후 밖으로 나가자는 손짓을 했다.

"의사에게 안 보여도 되겠습니까?"

"의사……?"

"의, 의원이요. 헤헤헤."

재빨리 말을 바꾸며 개똥이가 그랬듯이 헤헤거렸다.

"어이구! 그렇게 좀 웃지 마라, 이놈아! 어이구~ 내가 네놈 장가가는 걸 보고 죽을지나 모르겠다."

개똥아범은 '어이구!'가 입에 붙었는지 연신 내뱉으며 신세 타령 겸 잔소리를 했다. 그리고 곰방대에 불을 붙이며 기숙사 한쪽의 쪽마루에 앉았다.

"하루 이틀 지켜보다가 그때도 낫지 않으면 그땐 의원을 불러야겠지. 직원들이 아플 때마다 의원을 부를 거면 아예 상주시켜야 할 게다. 요즘 같을 땐 의원도 돈이 없어 못 부른다, 이놈아! 망할 놈의 세상! 조선 천지의 젊은 남녀의 씨를 말리려는지……. 퉤!"

개똥아범은 혼자 하는 신세 한탄인지 욕을 했다, 침을 뱉었다를 반복했다.

"행여나 네놈도 남자라고 저 불쌍한 애들 데리고 장난치지 마라. 아니지. 사고를 치길 바라야 하는 건가? 아니다, 장가는 이 애비가 어떻게든 보내줄 터이니 얌전히 있어야 한다."

개똥은 정신연령이 낮아도 몸은 성인이다 보니 전적이 있었다. 물론 아무것도 모르고 한 행동이었고 희롱 수준으로 범죄까지는 아니었다.

"아버지나 소리 좀 지르지 마세요. 다들 무서워서 경기를 하잖아요."

"이놈아! 난들 하고 싶어서 하는 줄 아냐? 공장이 돌아가야 더 많은 사람들을 데려올 거 아니냐. 그리고 네가 매일 먹는 밥은 하늘에서 뚝 떨어지는 줄 아냐? 또한 그놈들이 두 눈 시퍼렇게 뜨고 공장을 살피는데 오냐오냐했다간 도련님까지 위험해져 이놈아! 어이구! 이놈의 세상! 언제 좀 살 만해질는지."

"곧 좋아질 겁니다."

"…뭐어?"

개똥이에게 빙의를 해 좋은 점이 있다면 무슨 소리를 해도 딱히 심각하게 생각하지 않는다는 점일 것이다. 때론 그 반대의 경우도 있겠지만.

"그래서 하는 말인데 도련님한테 정말 필요한 게 있습니다."

"허허허. 살다 보니 네가 이러는 것도 보는구나. 그래, 들어보자. 도련님이 정말 필요로 하는 게 뭔지."

"좋은 일을 했다는 증거가……!"

말을 다 할 수 없었다. 곰방대가 머리로 날아왔기에 피해야 했다.

"이, 이 미친놈! 방금 내가 한 말은 콧구멍으로 들었냐? 뚫린 주둥아리라고 말을 함부로 놀렸다간 목 달아나기 십상이야, 이놈아! 어디서 무슨 소리를 듣고 하는 말인지 모르겠지만 두 번 다시 꺼내면 그땐 광에 가둬놓을 테니 알아서 하거라."

"글쎄 끝까지 들어보시라니……"

"그런 사실이 없는데 증거가 어디 있단 말이냐, 이놈아! 오늘 그냥 나한테 죽자!"

연신 날아오는 곰방대를 피해 결국 난 도망가야 했다.

"젠장! 정말 깨끗하게도 없애 버렸네. 아니, 개똥아범 말대로 아예 만들지조차 않았는지도 모르겠네."

최만수는 자료가 자신의 사무실에 있을지도 모른다고 말했는데 샅샅이 뒤져봤지만 단 한 장도 없었다. 설령 있었다고 하더라도 꼼꼼하고 부지런하며 홍길동처럼 움직이는 개똥아범이 가만히 뒀을 리가 없었다.

이렇게 되면 정말 노가다밖에 없었다.

"이놈의 자식! 니가 왜 사장님 방에서 나와?"

막 사무실 문을 나서는데 개똥아범이 젊은 최만수와 함께 들어오고 있었다.

"하하! 괜찮습니다. 개똥이가 숨바꼭질이라도 했나 보죠. 다치지만 말고 놀아라."

"네. 도련님."

'정연이가 누굴 닮았나 했더니 최만수를 닮았군.'

젊은 최만수는 헌앙하다는 말이 너무나 잘 어울렸다.

오래 있어봐야 좋을 것이 없었고 개똥아범이 헛소리라도 하면 당장 죽일 듯이 쳐다보고 있었기에 밖으로 서둘러 나왔다.

"그럼 노가다를 시작해 볼까."

사무실에서 챙겨 나온 백지와 인주, 만년필을 품에서 꺼냈다.

에너지가 넘쳐난다지만 무한정 있는 것도 아니었기에 한시라도 서둘러야 했다.

*　　　*　　　*

왼손으로 동그라미를 그리면서 오른손으로 네모를 그리는 것은 쉽지 않은 일이다.

한데 두 개의 시선을 가진 채 서로 다른 말을 하고, 서로 다른 행동을 해야 한다면 어떻게 될까?

주문하다가 '저는 인주로 찍어 주세요'와 같은 이상한 말을 함은 물론이고 나이프로 고기에 글을 쓰거나 만년필을 입에 넣기도 했다.

'휴우~ 안 되겠다. 일단 개똥인 잠을 자는 것으로 해둬야겠어.'

개똥이의 몸에 빙의를 한 지도 벌써 삼 일째.

은송금속제련공장 직원들의 이름, 나이, 살았던 곳 등 개인정보와 어떻게 해서 공장에 오게 되었는지를 적고 그들의 지장을 받고 있었다.

줄을 세운 후 받는다면 하루면 가능했겠지만 개똥아범의 눈을 피하며 일하는 이들이 잠깐 쉴 때 혹은 일이 끝난 후 받다 보니 아무래도 길어졌다.

에너지는 문제가 없었다.

다만 김철로도 생활을 해야 한다는 점이 지금과 같은 혼란을 가져온 것이다.

웬만한 일정은 취소를 하고 사무실에서 혹은 집에서 눈을 감고 있으면 괜찮았겠지만 신유리가 만나자는 연락을 해오는 바람에 무리를 해서 나왔더니 이 모양이었다.

"오늘 이상하네. …어디 안 좋아? 굳이 오늘이 아니어도 되는데."

"미안. 잠깐 딴생각 하느라 그랬어. 이젠 끝났으니까 괜찮아."

평소 개똥이가 자던 짚단 속에 그를 누이고 나서야 온전히 앞에 앉은 신유리에게 집중할 수 있었다.

"여기 가격 대비 꽤 괜찮지 않아? 우연히 알아낸 곳인데 너랑 와보고 싶었어."

"응. 내 입맛에 딱이야. 혼자서라도 간혹 와야겠다."

신유리와 온 곳은 대한대학교 근처의 레스토랑으로 과거 그녀와 데이트를 하던 곳이었다.

웬만한 호텔 스테이크와 비교해도 뒤지지 않으면서도 가격도 착했는데 스테이크를 좋아하는 신유리에게 내가 해줄 수 있었던 몇 가지 안 되는 것 중 하나였다.

또한 지하에 있어 밖이 보이지 않는다는 단점은 있지만 옛

날 레스토랑처럼 테이블마다 칸막이가 두껍게 있어 데이트를 즐기기에 안성맞춤이었다.

후식으로 아이스크림을 먹으며 물었다.

"근데 할 말이 있다고 하지 않았어?"

"…응."

신유리는 숟가락으로 애꿎은 아이스크림만 휘저을 뿐 쉽사리 애기를 꺼내지 못하고 있었다.

"무슨 얘긴데? 이번 주말 드라마에 출연하게 된 건 순전히 네 실력이라고, 내가 한 게 아니라고 지난번에 얘기했으니 그건 아닐 테고."

미국 여행을 다녀온 후 개인적으로 신유리와 두 번 만났었다. 한 번은 우연을 가장한 만남이었고 두 번쨘 연락을 해 이루어진 만남이었다.

그리고 두 번의 만남으로 인해 신유리가 확실히 흔들리고 있음을 알 수 있었다.

빼앗긴 경험이지만 신유리의 이상 행동에 대한 경험이 있지 않은가.

신유리는 아이스크림이 다 녹고 나서야 조심스레 입을 열었다.

"…우리 이제 우연이라도 이렇게 둘만 만나는 건 그만했으면 해."

"갑자기 왜?"

"내 착각인지 모르겠지만… 우린 이러면 안 될 것 같아. 넌 종수 친구잖아."

에둘러서 하는 말이었지만 못 알아들을 만큼은 아니었다. 그러나 난 모르는 척, 가벼운 말투로 말했다.

"너도 내 친구야. 여자이기 때문에 둘이 만날 수 없다는 건 너무 올드(old)하다고 생각하지 않아?"

"내 말은… 그 말이 아니잖아?"

"그럼?"

"……."

계속 모른 척하면 자리를 박차고 나갈 것 같은 표정이었다. 그래서 난 작전을 바꿔야 했다.

"내가 네게 관심이 있는 것처럼 보인다고 말하는 거라면 맞아. 난 니가 마음에 들어. 한데 그게 뭐 이상한가?"

"난 종수 애인이야. 내가 알기론 너도 사귀는 사람이 있는 것으로 알고 있어. 그것도 나와 비교도 되지 않는 굉장한 여자와……."

"스스로를 비하할 필요 없어. 넌 걔가 가지지 못한 매력이 있어. 그리고 말이 나왔으니 하는 말이지만 남녀 관계는 어떻게 될지 아무도 모르는 일 아냐? 만이 네가 종수와 결혼을 했다면 모를까 그것도 아니잖아."

"하지만……!"

"아! 물론 남녀 관계가 언제나 연인으로 발전한다고는 생각하지 않아. 지금처럼 편안한 친구로 지낼 수도 있잖아, 안 그래?"

"……."

"혹 부담스러웠다면 미안해. 난 그냥 내 감정에 솔직하고 싶을 뿐이야."

신유리는 생각을 하는지 말이 없었다. 이럴 때 생각할 시간은 주는 것은 어리석은 짓이었다.

난 테이블 위에서 꼼지락거리는 그녀의 손을 잡았다.

신유리는 움찔하며 빼려 했지만 내 힘을 이길 순 없었다.

"나중에 어떻게 될지 모르지만 일단은 이렇게 둘이 밥도 먹고 하면서 지내자. 응?"

그녀는 꽤나 복잡한 얼굴로 고개를 끄덕였고 난 그런 그녀를 향해 환하게 웃어주었다.

그러나 계획대로 반쯤 넘어온 듯한 신유리를 보고 있자니 좋기보단 착잡한 기분이 드는 건 왜일까?


사흘을 꽉 채워서 만든 증거용 책자를 공장에 있는 한지와 비닐을 이용해 꽁꽁 싸맸다. 그리고 다시 반짇고리로 사용되던 나무 상자에 넣어 한 번 더 싸맨 후 숨길 곳을 찾았다.

한데 숨길 곳이 마땅치 않아 낭패였다.

혹시나 싶어 나를 움직여 현대의 같은 장소로 가서 살펴봤지만 1943년의 부여군과 2012년의 부여군은 천재지변이 일어난 듯 바뀌어 있었다.

"여긴 안 되겠어."

같은 공간 다른 시간대를 걷는 신기한 경험은 했지만 증거물을 숨기기에 적당한 곳을 찾을 수 없었다.

하루를 더 머물며 내일은 더 멀리까지 가봐야 할 것 같았다.

힘없이 터덜터덜 공장으로 돌아오는데 트럭들이 길게 줄을 서 있었다.

"으이그! 한 며칠 공장에만 있다 했더니. 어딜 그렇게 싸돌아다니다 이제야 기어들어 와? 밥때 지난 지가 언젠데."

정말 일관되게 볼 때마다 잔소리를 했다.

좋은 말도 계속 들으면 짜증인데 잔소리야 오죽하랴.

"안 그래도 먹으러 왔잖아요."

"어쭈? 이놈의 자식이 뭘 잘했다고 말대답이야! 아무튼 밥은 좀 이따 먹고 너도 이거 좀 도와라. 오늘 군산항까지 가려면 개미 손이라도 빌려야 할 입장이다."

'아! 군산!'

군산엔 일제강점기 때의 건물이 남아 있어서 증거물을 숨기기엔 적격이었다.

"아버지, 열심히 일할 테니까 부탁이 있습니다."

"안 돼!"

"듣지도 않고 안 된다고 하면 어떻게 합니까? 일단 들어보시고……."

"누가 니 속셈 모를 줄 알고? 군산에 가고 싶어서 그러는 거 아냐? 절대 안 되니까 일이나 해."

개똥아범은 단호했다.

하긴 지능이 떨어지는 개똥이를 일본군이 밀집해 있는 군산에 데려갔다가 무슨 일이 벌어질지 알고 데려가겠는가.

난 더 이상 조르지 않고 열심히 짐을 날랐다.

"이 애비는 내일 올 테니까 밤늦게까지 돌아다녀 네 어미 힘들게 말고 바로 집으로 들어가!"

"예, 다녀오세요."

순순히 물러나는 내 태도가 못 미더웠는지 차에 오른 개똥아범은 몇 번이고 날 돌아봤다. 그런 그를 향해 손을 흔들어 준 난 그가 시선을 뗐을 때 일을 하면서 눈여겨봐 뒀던 트럭의 짐칸으로 올라탔다.

은송금속제련공장에서 군포항까진 그리 먼 거리가 아니었다. 금강을 따라가다 다리만 건너면 바로였다.

물론 차를 탔을 때 얘기지 걷는다면 족히 예닐곱 시간이 걸릴 터였다.

나는 트럭이 군산 시내에 들어섰을 때 내렸다.

강제 수탈된 물건을 일본으로 보내는 곳답게 많은 일본인들이 거리를 오가고 있었다.

특히 싫어하는 일본 군인과 순사도 상당수가 주변을 살펴며 움직이고 있었다.

가급적 눈에 띄지 않게 행동하며 내가 향한 곳은 부유한 일본인들이 모여 사는 동네였다. 해방과 6.25를 겪으며 많은 건물들이 소실됐지만 현대까지 남아 있는 건물을 난 알고 있었다.

"저곳이군."

2012년과 벽 색깔과 전체적인 장식이 조금 달랐지만 한눈에 알아볼 수 있었다

어떻게 할지는 트럭을 타고 생각해 뒀다. CCTV와 현대의 과학적 수사 기법이 없는 곳에서는 얼굴만 가리는 것으로도 충분했다.

난 해가 질 때까지 기다렸다. 그리고 거리가 어둠으로 물들었을 때 골목에서 나와 맞은편에 있는 목적지로 걸어갔다.

"조심!"

골목을 나오는 순간 급하게 달려오는 세 명의 사내가 있었는데 그중 한 명이 나를 보더니 다급하게 외쳤다. 나는 그들과 부딪히기 직전에 바닥을 뒹굴며 가까스로 피할 수 있었다.

뛰어난 반사 신경이 아니었다면 분명 흉하게 나뒹굴었을 것이다.

"거, 조심해서… 다니지."

일어나 한마디 하려는데 사내들은 이미 골목을 돌아 사라져 버렸기에 혼자 중얼거린 꼴이 됐다.

투덜거리며 다시 담 쪽으로 다가가는데 일본 순사와 군인으로 이루어진 한 무리가 뛰어왔다.

"놈들은 어디로 갔나!"

일본인 순사는 말하지 않으면 당장 칼로 목을 베어버리겠다는 태도로 물었다. 성질 같아선 귀싸대기라도 한 방 날리고 싶었지만 마음뿐이었다.

"저, 저기서 왼쪽 골목으로 갔습니다, 나리!"

나는 허리를 90도로 접으며 공손하게 대답했다. 기분 나쁘다고 다짜고짜 목을 벨 수도 있는 놈들 아닌가.

쫓는 이들이 독립군이라도 되는지 허리를 폈을 때 놈들은 앞선 사내들이 사라졌던 반대편 골목으로 뛰어가고 있었다.

"씨발놈들! 이거나 먹어라!"

나는 중지를 몇 번 먹여주고 또 뛰어오는 놈이 없는지 잠시 주변을 살폈다. 다행히 이번엔 아무도 없었다.

재빨리 두건을 두르고 담을 넘었다.

개똥인 지능이 떨어질 뿐 건강한 스무 살의 젊은이였고 하루 종일 뛰어다니며 놀다 보니 몸은 날다람쥐처럼 날렵했다.

'뭐야? 공사 중인 건가?'

목표로 했던 건물 안으로 들어가자 집이 난장판이었다.

정원수들은 누워 있었고 땅은 폭격을 맞은 듯 여기저기 패어 있었다. 게다가 공사 자재들이 한쪽에 잔뜩 쌓여 있고 집 안에 불빛 한 점 없는 것을 보아 인테리어 공사를 위해 집을 비운 모양이었다.

"운이 따르는군."

집주인이 있었다면 강도 흉내를 냈을 것이다.

내가 원하는 일을 하기엔 최적의 상황. 한쪽에 가지런히 놓여 있는 삽을 들고 담 쪽으로 갔다.

정원이나 물이 빠진 연못에 숨길까도 생각했지만 현대에 있는 내가 쉽게 파내려면 한적하고 손이 잘 가지 않는 곳이 좋을 것 같았다. 그래서 생각한 곳이 담 밑이었다.

어두웠지만 방해하는 사람이 없었기에 어렵지 적당한 곳을 찾았다.

그제 비가 와서 그런지 땅도 수월하게 팔 수 있었는데 혹시 유지 보수를 하다가 발굴될 수도 있었기에 삽 한 자루 정도까지 깊이 판 후 증거물을 묻었다.

"끝! 이제 현대에 있는 내가 땅을 파면 되겠군."

김철도 군산에 있었기에 당장 확인해 보면 될 일이었다.

묻은 곳을 티 안 나게 깔끔이 정리하고 밖으로 담을 넘었다. 그리고 현대에 있는 김철의 눈을 뜨려는 순간 뭔가가 잘못되었다는 걸 깨달았다.

"일단 개똥이를 적당한 곳에 데려다 놓고……! 뭐, 뭐야! 이거 왜 이래?"

개똥이 안에 있는 내 의식만 느껴질 뿐 현대에 있는 김철의 존재가 느껴지지 않았다.

즉, 현대의 나, 김철이 사라져 버린 것이다.

"…빌어먹을! 이건 도대체 무슨 상황이야!"


*          *          *


반쯤 공황 상태에 빠진 내가 내린 결론은 하나였다.

나의 사소한 행동 하나로 과거가 바뀌어 버렸고, 그 때문에 내가 존재할 수 없게 되어버린 것이다.

"하지만 김철이 존재하지 않는다면 개똥이 속의 나도 존재하지 않아야 정상이잖아?"

결론에도 허점은 있었다.

김철이 존재하지 않는데 어떻게 염일 때의 내가 그의 몸속에 갇힐 수가 있겠는가. 또한 개똥이에게 어떻게 빙의를 할 수 있겠는가.

모순이었다. 그러나 내 존재 자체가 모순이고 예전 시간의 소용돌이 사건과 같이 이상한 일이 일어났던 것을 볼 때 지금 일어나고 있는 일이 '불가능'하다고 말할 순 없었다.

"에휴~ 지금 그게 중요한 게 아니잖아."

꼬리에 꼬리를 무는 모순적인 생각을 지우고 내가 잘못한 행동이 무엇인지 찾으려 애썼다.

분명 군산행을 결정했을 때 김철은 존재했었다.

왜냐하면 짐을 나를 때 현재의 난 택시를 타고 현대의 군산으로 가 내가 침입할 곳을 먼저 둘러보고 있었다. 그 후 개똥이가 군산에 도착할 때쯤 개똥이를 잘 움직이기 위해 근처 모텔로 가 침대에 누워 눈을 감고 있었다.

그때부터 지금까지 내 행동 중 중국에 계신 중조부님과 조부님께 영향을 미칠 만한 것이 있었을까?

쉽게 생각나지 않았다. 한데 한 가지 가정을 더하자 추측이 가능해졌다.

'만일 증조부님과 조부님이 중국에 계신 것이 아니라면?'

큰아버지에게 듣기론 해방이 되기 전 1944년 8월에 증조할아버지는 중국 절강성에서 돌아가셨고 할아버진 해방이 된 후 조국으로 돌아오셨다고 들었다.

하지만 큰아버지도 할아버지에게 들은 얘기일 터.

두 분은 1943년 이곳 군산에 계셨는지도 모른다.

그렇다면 아까 내가 일본 순사에게 반대로 말해준 것이 문제였을 수 있었다.

"젠장! 모든 게 가정이군."

생각만으론 결론이 나지 않았다. 일단 잠을 자고 일어난 후 일대를 돌며 알아볼 작정이었다.

노숙을 하면 눈에 너무 띌 것 같았기에 증거물을 묻어뒀던 저택으로 다시 들어갔다.

따각따각! 따각따각!

걸을 때마다 일본식 나막신인 '게다'가 귀에 거슬리는 소리를 낸다.

하룻밤 사이에 나, 개똥이는 완전히 달라져 있었다. 자는 김에 저택에 있던 물건을 사용해 변신을 한 것이다.

거리를 다니기엔 일본인처럼 꾸미는 것이 좋을 것 같아 머리는 박박 밀었고 낡은 한복을 벗고 일본식 복장으로 바꿔 입었다.

걸을 때마다 허리춤에 찬 단검까지 보이니 지나가는 우리나라 사람들은 물론이고 양복을 입은 일본인들도 슬금슬금 피했다.

일본 순사나 일본군이 지나갈 때 다소 긴장하긴 했지만 조선에 사업차 온 야쿠자라고 생각하는지 별다른 반응을 보이지 않았다.

그에 점점 대담해져 그들과 인사까지 주고받았다.

막 인사를 한 순사가 물었다.

"요시오 상 밑에서 일합니까?"

요시오가 누군지 몰랐지만 야쿠자 중의 한 명이겠거니 생각하고 대답했다.

"하이! 얼마 전에 이곳으로 와서 오늘은 날 잡아 구경하고 있는 중입니다. 한데 일본에 비하면 영……."

"핫핫핫! 어찌 감히 일본 본토와 비교할 수 있겠습니까?"

"당연히 그렇죠. 한데 혹시 근처에 식사를 할 만한 곳이 있습니까? 아무래도 전 조센징들과 식사를 하기엔 아직 무리인지라."

"차차 익숙해질 겁니다. 저쪽으로 가면 '동경'이라는 식당이 있습니다. 다소 비싼 곳이긴 하지만 음식을 먹어보면 본국의 정취를 느낄 수 있을 겁니다."

"고맙습니다. 마침 식사 때도 되었는데 시간 되면 같이 식사라도 하는 게 어떻습니까? 비용은 제가 내겠습니다."

"아! 그건 다음으로 미뤄야겠습니다. 범법자들이 군산 일대에 숨어 있다는 정보 때문에 지금 비상입니다."

어제 나와 부딪힐 뻔한 이들은 잡힐 운명이었을 것이다. 한데 내가 다른 방향을 가르쳐 줌으로써 살아남았고 그에 군산 일대가 경비가 강화되면서 증조부님과 조부님이 우연히 걸려들었다는 것이 내 추측이었다.

"아하~ 그래서 좀 어수선했군요. 그럼 다음에 꼭 하기로 하죠."

순사와 헤어진 난 그가 가르쳐 준 '동경'이라는 식당으로 향했다. 아무래도 일본의 고위직들이 많은 곳이 정보를 얻기 더 쉽다는 생각에서였다.

"이랏샤이마세!"

웃기는 건 일본을 싫어하는 내가 일본어를 원어민 수준으로 듣고 말할 수 있다는 것이다.

'동경'은 한눈에 보기에도 깔끔하면서도 고급스러워 보였는데 조용하면서도 나름 운치가 있었다. 그러나 꽤 많은 일본군

장교와 왜경 때문에 두드러기가 날 것 같았지만 꾹 참고 자리에 앉았다.

"처음 뵙는 분이군요? 무얼 드릴까요?"

"가정식 백반 있소? 온 지 며칠 되지 않는데 벌써 그립군요."

"호호! 메뉴엔 없지만 얼마든지 해 드릴 수 있습니다. 여기 오신 분들 중 일부는 그런 이유에서 오거든요. 잠깐만 기다려 주세요."

유카타를 입은 여자는 간들거리는 목소리로 말한 후 종종걸음으로 사라졌다.

난 주전자에 담긴 차를 따라 마시며 귀에 정신을 집중했다.

"…전선이 확대되어 더 많은 군인과 물자가 필요합니다. 지금보다 더 쥐어짜야 합니다."

"허어~ 말이 쉽지 더 이상 쥐어짤 것이 없습니다. 군산 시내에서 조금만 벗어나도 굶주려 죽는 이가 허다합니다."

"윤 상. 대일본 제국의 천황 폐하의 명이오. 조선인을 생각 마시오. 그들은 우리를 위해 존재하는 짐승이나 마찬가지요. 곧 당신도 황국의 귀족이 될 사람 아니오."

"…알겠습니다."

맞은편 테이블의 일본군 상좌와 매국노의 대화였다.

"물자 운반을 위한 철도를 만드는 데 인력이 부족해 완공이 아무래도 늦어질 것 같습니다. 휴우~"

"이봐요, 료마 사장. 늙은이든 아이든 신경 쓰지 말고 데려다 쓰세요. 죽 한 그릇만 줘도 일할 사람이 천지에 깔려 있지 않습니까?"

"저라고 안 해본 줄 아십니까? 일하다 픽픽 쓰러지는 통에 치료비가 더 나오는 실정입니다."

"답답하십니다. 쓰러지면 쓰러지는 대로 죽으면 죽는 대로 내버려 두십시오. 조선인이 어떻게 되든 누가 신경 씁니까?"

"…이치로 사장. 저들도 우리와 똑같은 황국 시민이요! 설령 황국 시민이 아니라 해도 죽어가는 이들을 어떻게 보고만 있겠소이까!"

사람과 쪽발이의 대화였다.

이번엔 신경을 뒤쪽 테이블로 옮겼다.

식사를 하고, 차를 마시고, 술까지 마시며 귀를 기울였지만 이곳에 오는 이들은 독립군이나 조선인에 대해 관심이 없었다.

오로지 돈과 권력에 관심이 있는 자들뿐이었다. 간혹 언급하는 이들도 있긴 했지만 흥미 때문이거나 사업에 방해가 된다는 정도에 불과했다.

예나 지금이나 가진 자들은 전혀 다른 세상에 사는 것 같았다.

"더 필요한 거 없으세요?"

"충분히 고향을 즐긴 것 같소. 다만 혼자라 그런지 좀 심심하군요. 다음에 오겠소."

더 이상 있어봐야 딱히 건질 것이 없을 것 같았기에 일어났다.

"혼자라도 오세요. 같이 먹어줄 수 있으니까요."

"…그러죠."

이놈의 인기는 과거까지 와서도 변함이 없다.

'젠장, 이러고 있을 때가 아니지.'

개똥이의 몸 안에 오랫동안 있다 보니 점점 개똥이를 닮아 본능에 충실한 아이처럼 행동하는 것 같았다.

"막막하네."

막상 다시 밖으로 나왔지만 계속해서 시내를 돌아다니며 일본군과 순사들의 동태를 살피는 것 말고는 뾰족한 수가 없었다.

수확 없이 서서히 해가 지고 있었다. 빠르게 찾아오는 어둠처럼 어쩌면 이 시간대에서 머물다 에너지가 떨어지며 사라질지 모른다는 막막함과 두려움이 나를 물들였다.

잃어봐야 소중함을 알듯이 미래를 바꿔야 한다는 생각에 제대로 즐기지도 못한 채 살아가던 김철로 사는 삶이 그리웠다.

감상적인 생각도 해가 지면서 사라졌다. 멍하니 멈춰 있던 다리를 움직였다.

어찌 되었든 지금 할 수 있는 일은 이것밖에 없었다.

그리고 포기하지 않은 것에 대한 보답인지 일본군과 순사들이 군산항 쪽으로 움직이는 걸 포착할 수 있었다.

*          *          *

군산항에서 군산 시내 쪽으로 5분 정도 걷다 보면 항구에서 일하는 일꾼들과 군산항에 정박하는 선원들을 위한 식당과 주점, 여인숙이 모여 있는 곳이 있었다.

군산항의 물동량이 많아지면서 자연스럽게 발전한 곳이었는데 사람들이 많이 오가는 큰길에서 골목으로 들어가면 나무를 덧대어 만든 엉성한 가건물들이 즐비했다.

"많이 파십시오."

성인이라기엔 다소 어려 보이고 소인이라고 말하기엔 눈빛이나 몸짓이 어른 못지않은 청년이 손에 보자기를 들고 골목 식당을 나서고 있었다.

식당 문을 닫고 나온 그는 큰길 쪽이 아닌 사람들이 잘 다니지 않는 깊숙한 곳으로 걸음을 옮겼다.

한참 골목을 누비던 그는 낡은 나무 간판에 '객점'이라 적힌 곳으로 들어갔다.

삐걱거리는 복도를 지나 한 명이 겨우 지날 수 있는 계단을 올라 2층에 도착한 그는 204호라 적힌 낡은 문 앞에서 옷매무새를 바로 했다.

"아버님, 소자 운입니다."

……

잠깐 기다려도 방에선 아무런 대꾸도 없었다.

청년, 김명운은 안에 있는 그의 아버지가 뭘 하는지 알 것 같았기에 문을 열고 들어갔다.

예상대로 그의 아버지는 무릎을 꿇고 기도를 하고 있었다.

'종교도 없으신 분이……'

딱히 어떤 특정한 신을 향해 기도하는 것이 아니었다. 굳이 말하자면 하느님이나 조상님 정도. 하지만 경건함만큼은 어느 종교인보다 성스러워 보였다.

김명운은 들고 온 음식을 방해되지 않게 조심스레 작은 탁자에 펼쳐놓고 기도가 끝나길 기다렸고 30분쯤 지나서야 끝이 났다.

"얼마나 기다린 거냐?"

"조금 전에 도착했습니다. 오늘은 보리개떡을 사 왔는데 입맛에 맞으실까 모르겠습니다."

"밖에 굶주려 죽는 이들도 많은데 이 정도도 감지덕지해야지. 먹자꾸나."

"…네."

만석지기라는 말로도 부족하다 할 만큼 많은 부를 가지고 있었기에 계절마다 산해진미는 아니더라도 좋다는 음식을 먹던 아버지가 보리개떡을 꾸역꾸역 먹는 모습을 보는 김명운의 마음이 편할 리가 없었다.

자신은 괜찮았다. 그가 태어났을 땐 가산을 독립운동 자금으로 쓰느라 일반인들과 거의 비슷하거나 약간 더 좋은 음식을 먹었으니 까슬까슬한 보리개떡이 낯선 음식은 아니었다.

그러나 그런 내색을 하는 것조차 불효였기에 애써 웃음 지으며 화제를 돌렸다.

"오늘은 무엇에 대해 비셨습니까?"

"항상 같지. 이 나라를 구해달라고 빌었다. 그리고 얼마 전에 왜경에 붙잡힌 방 동지가 무사하길 빌었다."

"아버님 말씀처럼 방용범 의사님이 무사하셔야 할 텐데요."

무사를 빌면서도 그럴 리가 없다는 걸 김명운도 잘 알고 있었다.

독립군이 일본군에게 악명을 높이는 만큼 왜경도 사로잡은 독립군들을 모질게 대했다.

특히 한 핏줄이면서 일본의 앞잡이 노릇을 하는 이들이 더욱 박해했다.

"속이 좋지 않구나. 그만 먹어야겠다. 나머지는 네가 먹어라."

김명운의 아버지, 김인석은 자신 몫의 보리개떡을 얼마 먹지 않고 식탁에서 물러났다.

한창 클 나이의 김명운이 더 먹으라는 배려였다.

"더 드셔야 합니다. 오늘밤에 배를 타면 그때부턴 어떻게 될지 모릅니다. 그러니 최대한 체력을 비축해 두셔야 합니다."

오랫동안 가전 호흡법과 무술을 해온 김인석이 김명운 자신보다 더 강하고 튼튼하다는 걸 알고 있었다. 하지만 굶주림에는 장사가 없는 법이었다.

"너나 많이 먹어라. 그리고 약속 시간 전까지 호흡법과 무술을 연습하거라."

"…알겠습니다."

한 번 더 권할까 했지만 김인석이 이미 호흡법을 시작했기에 자신이 먹을 수밖에 없었다.

사실 사 온 보리개떡의 양은 한창 클 나이의 김명운 혼자먹어도 부족한 양이었다. 그래서인지 그는 눈 깜짝할 사이에입에 털어 넣고 김인석 옆에 앉아 호흡법을 시작했다.

김씨 부자가 군산에 온 이유는 독립운동 자금이 필요해서였다.

어마어마했던 재산을 처분해 만주로 갔지만 20여 년의 세월 동안 흔적도 없이 사라졌다. 그래서 친우이자 국내에서 독립운동을 하는 허민식에게 서신을 통해 자금을 부탁했고 다행히 긍정적인 답변을 받아 그의 활동 무대인 군산으로 온 것이었다.

"…늦으시나 봅니다."

수련을 마치고 한참이 지났음에도 기다리는 허민식이 오지않자 김명운은 초조한 기색으로 물었다.

"무슨 일이 생기지 않는 이상 약속을 어길 친구가 아니다."

"당연히 그러시겠죠. 다만 오늘 상해로 가는 배를 놓치면 육로로 가야 할지도 모릅니다."

이 시대에 육로로 가려면 시간도 시간이지만 많은 검문소를 지나야 했다. 한데 검문소를 통과하다는 잡혀서 광산에 끌려가거나 독립운동 혐의로 잡힐 가능성이 높았다.

"걱정 말아라. 배 타는 시간까지 오지 않으면 그냥 가기로 했으니까. 아무쪼록 아무 일 없이 와야 할 텐데……."

결코 돈 때문에 허민식이 오길 기다리는 것은 아니다. 오지 않는다면 그건 허민식에게 이상이 생겼다는 의미. 더 이상 잡혀간 친구가 무사하길 바라며 기도만 하고 싶지는 않았다.

똑똑!

배 시간이 가까워져 슬슬 승선을 하러 출발하려 할 때 노크 소리가 들렸다.

김인석과 김명운을 품 안에 품고 있던 권총에 손을 올리며 물었다.

"…누구십니까?"

"운천, 날세. 지당."

운천은 김인석의 호였고 지당은 허민식의 호였다.

김임석은 김명운에게 안심하고 문을 열어도 된다는 눈짓을 보냈다.

"지당! 잘 지냈는가?"

"하하하! 운천, 중국에서 고생한다는 소리를 들었네만 다 헛소문이었나 보군. 어째 얼굴이 예전보다 더 좋아 보여."

문을 열자 들어온 사람은 모두 세 명으로 하나같이 중절모에 양복을 입고 있었다. 그중 콧수염을 멋지게 기른 장년의 남자가 김인석을 끌어안으며 농을 했다.

"허어~ 이 친구, 여전히 철이 없다 놀리는 것 같군."

"철없던 그때가 그립고 반가워 그렇다네. 한데 이 아이가 느지막이 얻었다는 아들인가? 자네 젊은 시절을 그대로 빼다 박았군."

"인사가 늦었습니다. 명운이라 합니다. 아버님께 말씀 많이 들었습니다."

"쯧! 말하는 투를 보니 애늙은이가 따로 없군. 혹 자네 아버지에게 교육을 받았나?"

"12살 이후론 그랬습니다."

"쯧쯧! 자네는 속고 있는 게야."

"…네?"

"자네 아버지가 젊은 시절 얼마나 망나니였는지 아나? 경성에서는 물론이거니와 이곳 군산에서도 엄청 날렸던 한량이었다네."

김명운은 어떻게 반응해야 할지 몰라 눈만 깜박거렸다. 근엄한 아버지가 한량이라는 것이 상상이 되지 않았기 때문이었다.

"허어! 애 앞에서 못하는 소리가 없네 그려. 그러는 자네야말로 말 한마디 못 하던 샌님이었는데 어떻게 하다가 이렇게 능글맞게 변한 건가?"

"빌어먹을 시대에 살다 보니 이렇게 되었지. 그건 그렇고 늦어서 미안하네. 일찍 만나서 탁주나 한잔할까 했는데 일본 놈들의 감시를 피하다 보니 늦었네."

반가움을 어느 정도 표현했다고 생각했는지 허민식은 얼굴에 장난기를 지웠다.

"자네 얼굴을 무사히 본 것만으로도 흡족하다네."

포옹을 마친 김인석과 허민식은 두 손을 마주 잡은 채 이야기하는 것으로 이십여 년 만의 만남에 대한 회포를 푸는 듯 보였다.

"자! 자네가 부탁한 것 여기 있네. 나름 준비한다고 했는데… 만족할 만큼은 안 될 걸세."

"자네도 이곳에서 왜놈들과 싸우느라 힘들 텐데……. 미안하네."

"어디 외국에서 고생하는 자네만 하겠나? 많은 독립군을 키우고 그들이 혁혁한 전공을 세우고 있다는 건 이곳에서 듣고 있었네. 그런 자네에게 도움을 줄 수 있다니 이보다 기쁜 일이 어디 있겠나. 그리고 이 돈은 왜놈들에게서 돌려받은 것이니 부담 갖지 말고 마음껏 쓰게."

"내가 순진했던 자네를 양산군자로 만들었군. 고맙네, 지당!"

"부디 몸 건강하게 지내게. 나라를 되찾는 날 다시 만나 밤새 취하도록 마셔 보세나."

"자네도 보중하게. 그리고 약속은 꼭……."

"일본 놈들입니다!"

두 사람이 대화를 하는 동안 허민식과 함께 왔던 두 사람은 창밖과 문밖을 감시하고 있었다. 한데 창밖을 감시하던 사람이 다급하게 외쳤다.

"이런! 따돌렸다고 생각했는데 함정에 빠진 건가? 미안하네, 운천. 내가 길을 뚫을 테니 자네는 명운과 서둘러 배로 가게."

항상 긴장감 속에 살아온 사람들답게 반응이 빨랐다. 셋 다 권총을 꺼내 당장에라도 객점을 뛰쳐나가려 했다.

"지당! 자네만 두고 갈 수 없네. 함께 탈출하세."

김인석과 김명운도 권총을 꺼냈다.

"쓸데없는 소리. 상해에서 자네를 기다리는 이들을 생각하게. 우리 셋이 빠져나가는 게 더 수월하네. 명운이라고 했던가? 지당을 데리고 가게."

김명운은 허민식의 말에 김인석을 쳐다봤다. 결론은 이미 나 있었다.

그는 어깨를 으쓱하며 허민식에게 말했다.

"죄송합니다, 지당 선생님. 아버님께 동료를 버리고 가는 건 아니라고 배웠습니다."

"버리는 게 아니라 훗날을 생각하라는 것이다. 그리고 네

나이를 생각해라."

아직까지 어린 김명운이라고 왜 두려움이 없겠는가. 다만 김인석이 동료를 버리지 않을 것이라는 걸 알기에 선택의 여지가 없었다.

그 역시 아버지를 버릴 순 없었다.

"…고집불통들 같으니라고. 좋다 여기서 빠져나가는 것까진 함께 하겠다. 그러나 그 이후론 각자 생존하는 걸로 하세. 이마저도 거부한다면 총을 버리고 항복하겠네."

"자네 고집도 어지간하네. 그건 일단 이곳을 벗어난 후 다시 얘기함세."

"결정은 여기서 하고……."

"놈들이 들어옵니다."

"빌어먹을! 내가 오늘 살아나면 김씨와는 상종을 안 할 걸세."

말다툼하고 있을 시간이 없다는 것을 알았는지 허민식이 한 발짝 물러났다.

"한쪽으로 바싹 붙게. 놈들이 문을 열자마자 바로 치고 나갈 걸세."

"고지식한 건 여전하군. 무작정 밖으로 나가면 총알받이밖에 더 되겠나. 이리로 오게."

김인석은 옷장을 열고 옷장 바닥을 들어 올리자 어디론가 향하는 계단이 나왔다.

"…자넨 정말 내가 본 중에 가장 망할 놈이야! 이런 곳이 있었으면 진즉에 말했으면 된 일 아닌가. 함께한다는 말에 괜히 감격했군."

"허허허! 말할 틈도 안 준 놈이 오히려 성질이군. 감격은 천천히 하고 어서 움직이세. 놈들이 눈치채기 전에 최대한 멀리 벗어나야지."

다섯 사람은 서둘러 비밀통로로 빠져나갔다. 그리고 잠시 후 아무도 없는 방으로 일본군이 들어왔다.

# 제6장

되찾다

옷장의 계단은 집과 집 사이의 좁은 공간으로 통하는 곳이었다. 그리고 그 공간은 객점에서 조금 떨어진 골목으로 통했다.

"이런 통로가 있다는 건 어떻게 알았나?"

김인석의 뒤를 따르던 허민식이 나지막이 물었다.

"이 객점 주인이 밀무역과 중국으로의 밀출국을 돕는 중국인일세. 아마 그자는 소란이 일자마자 이곳을 통해 벌써 내뺐을 것이네."

"중국에 있던 자네가 이런 곳은 어떻게 알았나?"

"중국인이 없는 곳은 없으니까. 배도 이곳 주인을 통해 구했다네."

"근묵자흑이라더니 이제 자네도 흑이 다 됐군."

"흰소린……. 쉿! 이제 골목으로 나가니 조심하게."

김인석은 통로를 막고 있는 나무 판을 살짝 떼어내 골목 사정을 살폈다. 그리고 아무도 없음을 확인하고 모두 밖으로 나오라는 수신호를 보냈다.

한데 조심스레 다음 골목으로 돌았을 때 코끝을 간질이는 피 냄새가 났다.

가장 먼저 눈에 띈 것은 바닥에 쓰러져 죽어 있는 중국인 객점 주인이었다. 그리고 양쪽 골목 끝엔 일본군들이 사격 자세를 취하고 있었다.

일본군을 너무 우습게 안 것이 패착이었다.

"쥐새끼 같은 놈들! 그 객점으로 들어갔다는 얘기를 들었을 때 이리로 나올 줄 알았지."

지휘관인 듯 보이는 일본군 중위 한 명이 비릿하게 웃으며 말했다.

김인석은 허민식을 돌아보며 쓴웃음을 지었다.

"미안하네. 네가 놈들을 너무 얕잡아 본 모양일세."

"허허. 괜찮네. 나도 아까 호기롭게 말했지만 대책이 없었거든. 그러니 마음에 두지 말게나."

"빠져나갈 구멍은 없다. 네놈들 앞에 있는 중국 놈처럼 되기 싫으면 항복해라."

일본군 중위가 다시 소리쳐 말했다. 그러나 두 사람은 그를 없는 사람마냥 취급하며 말을 이었다.

"어떻게 하는 것이 좋을 것 같은가?"

"글쎄. 나야 잡히는 거야 상관없는데 애꿎은 가족에게 피해가 갈까 두렵군. 자네는 어쨌으면 좋겠는가? …아직 꽃도 피워 보지 못한 나이 아닌가?"

허민식은 김명운을 안타까운 표정으로 쳐다보며 말했다.

"그러게 말일세. 나 역시 상관없는데……. 조상님 뵐 낯이 없군."

김명운은 두 사람이 하는 말을 이해할 수 있었다. 그리고 자신 하나 때문에 이 자리에 있는 사람들의 가족이 고통받길 원하진 않았다. 그래서 죽음이라는 두려움을 떨쳐내고 말했다.

"전 수없이 많았던 이름 없는 독립군 중 한 명이고 싶습니다."

"…잘 키웠군."

"알아서 큰 거지. 지금까지 아무것도 해주지 못해 미안하다, 운아."

"아닙니다. 아버님의 아들로 태어나 행복하고 자랑스러웠습니다."

김명운은 말을 끝내고 얼굴이라도 기억하겠다는 듯 네 사람을 천천히 둘러보았다.

"역시 조센징 놈들은 머리가 나빠."

일본군 중위는 다섯 사람의 분위기를 보고 죽음을 각오했다는 걸 알았는지 손을 들어 올렸다.

조금이라도 움직이면 쏘라는 명령이었고 총은 일제히 불을 뿜을 준비를 했다.

일촉즉발의 순간이었지만 다섯 사람은 이미 모든 걸 내려놓았는지 특별한 반응을 보이지 않았다.

"지당, 약속은 못 지키겠군. 저승에 가선 내가 한잔 사지. 자네들도 꼭 같이 한잔하세. 한데 이름이라도 알아둘 것을 그랬어. 찾기 쉽게 말이야."

"저희가 찾아뵙겠습니다. 그리고 그때 말씀드리지요."

"저희가 말술이라 각오 단단히 하셔야 할 겁니다. 하하하!"

"그땐 저도 마시겠습니다, 아버님. 이런 멋진 숙부님과 형님들이랑 어찌 술 한잔 마시는 걸 마다하겠습니까? 안 그렇습니까?"

허민식을 따라온 두 사람에 이어 김명운도 한마디 했다.

"그러려무나. 자. 모두 저승에서 웃는 낯으로 보세."

김인석의 마지막 말이 방아쇠가 되어 다들 움직이려 할 때였다.

"이런, 씨발! 쪽발이 새끼들이 누굴 보고 머리가 나쁘대?"

일본군 사이에서 걸걸한 한국어가 들려왔다. 그리고 소리가 난 쪽에서 달빛을 받아 뭔가가 번쩍였다.

스각! 슥! 스각! 스윽!

살을 베는 섬뜩한 소리가 골목을 채우기 시작했다. 그리고 짙은 혈향이 퍼져 나갔다.

일본군 한 명이 미친 건지 칼춤을 추었고 순식간에 한쪽 골목을 막고 있던 일본군들이 바닥에 쓰러졌다.

"뭐, 뭐야… 켁!"

일본군 중위는 갑작스러운 상황에 당황하면서 권총을 꺼내려 했다. 하지만 권총집의 똑딱이 단추를 열기도 전에 그의 입에 단검이 박혔다.

"……!"

놀란 것으로 따지자면 일본군 못지않게 다섯 사람도 놀라고 있었다.

특히 김인석과 김명운은 놀람과 함께 한 가지 의문이 머릿속에 떠올랐다.

귀신처럼 빠르거나 하진 않았지만 쓸데없는 동작을 배제한 채 일본군의 목을 베고 중위의 입에 단검을 쑤셔 박는 동작이 낯이 익었기 때문이었다.

"아, 아버님! 저 동작은……."

"네 눈에도 그리 보이느냐?"

"네. 저 사람의 동작은 아무리 봐도 저희 집안 가전 무술로 보입니다."

"내 눈에도 그리 보이는구나. 실력을 볼 때 아주 어렸을 때부터 연습하지 않고서야 저런 실력이 나올 수 없지. 게다가 나완 비교도 안 되게 강하구나."

"비전이라 하지 않으셨습니까?"

"그렇다. 오로지 직계 가족에게만 전수되는 것이다."

"그렇다면 저건 어떻게 된 걸까요?"

"글쎄다……."

"혹시… 제 형님입니까?"

"……"

'말도 안 되는 소리!'라고 말하려던 김인석도 혹시 젊은 시절 술을 먹고 사고를 친 것이 아닌지 없는 기억을 떠올리려 애썼다.

두 사람이 대화를 하는 사이 한쪽 골목의 일본군을 다 없앤 사내는 방아쇠를 당기려는 맞은편 일본군들에게 손을 쭉 뻗었다.

그리고 의미 없을 것 같은 그의 동작에 맞은편 일본군들은 거미줄에 걸린 사람들마냥 멍하니 있었고 그런 그들 틈으로 사내가 빠르게 접근했다.

스각! 슥! 스윽! 푹!

또다시 살을 베고 뚫는 소리가 들렸다.

한 치의 망설임 없는 동작으로 목을 베는 사내의 모습에 김명운은 전율과 함께 소름이 끼쳤다.

그저 건강을 위해 배웠던 가전 무술이 저토록 무서운 살인

기예라는 것과 분명 자신들을 돕고 있다는 걸 알면서도 사내가 자신의 목을 베어버릴 것 같은 느낌에 쥐고 있던 권총을 들고 사내를 겨눴다.

"꼬, 꼼작 마!"

쏘려는 것이 아닌 두려움으로부터 자신을 보호하기 위한 본능적인 행동이었다.

끄륵!

마지막 일본군이 피 끓는 소리를 내며 쓰러지자 사내는 칼에 묻은 피를 털어내며 돌아섰다.

"할아… 난 적이 아닙니다."

일본군 복장의 대머리 사내는 칼을 바닥에 던지며 두 손을 들었다.

"…독립군입니까?"

"그렇게 볼 수 있죠. 한데 그 총 좀 치워주시겠습니까? 가족… 같은 동료의 손에 죽긴 싫습니다.

김명운의 이성은 총을 내리라 했지만 본능은 계속 쥐고 있으라 말하고 있었다. 그래서 이러지도 저러지도 못하고 있는데 김인석의 팔이 올라와 총을 내리는 데 도움을 줬다.

"휴우~ 감사합니다. 자세한 이야긴 일단 좀 이따 하기로 하고 당장 움직여야 합니다. 아직 여러분은 이곳을 완전히 벗어난 게 아닙니다."

여전히 위험하다는 말엔 다섯 사람도 공감했다. 아까 빠져

나온 통로 쪽에서 소란이 일고 있었기 때문이었다.

"제가 앞장서겠습니다."

사내는 바닥에 떨어뜨렸던 단검을 다시 집어 들며 빠르게 움직였다.

"내가 볼 때 그는 적이 아닌 듯 보이는데 자네 생각은 어떤가?"

사내의 하는 양을 지켜보던 김인석이 허민식에게 물었다.

"나 역시 그렇게 생각하네. 저자가 아니었다면 이미 죽었을 텐데 쫓아간다고 설마 더 나쁜 일이 생기겠나?"

시간이 지나자 어느 정도 두려움에서 벗어난 김명운도 고개를 끄덕이며 허민식의 말에 동의를 했다. 그러곤 다섯 사람은 일제히 그의 뒤를 쫓아 뛰기 시작했다.

\*　　　\*　　　\*

하늘이 도왔다.

일본군과 경찰을 쫓아 군산항에 도착한 난 대열에서 떨어진 일본군인 한 명을 쓰러뜨리고 일본군에 합류했다. 그리고 우연히 합류한 부대가 퇴로를 차단하는 역할을 맡게 되었고 그 덕분에 일촉즉발의 순간 증조부님과 조부님을 구할 수 있었다.

"전 괜찮으니 솔직히 말해주십시오. 혹시 제 배다른 형님

되십니까?"

"……."

사력을 다해 일본군과 경찰이 펼친 천라지망을 뚫고자 노력하고 있는데 조부님이 슬그머니 다가와 물었다.

'조부님이 정신적으로 이상이 있다는 얘긴 듣지 못했는데……'

난 순간적으로 말문이 막혔다.

"왜 그런 생각을 하신 겁니까?"

"은인께서 쓰는 무술이 저희 가문의 가전 무술과 비슷해서 하는 말입니다."

"……!"

긴박한 상황에 익숙하지 않은 몸—김철은 182센티미터의 키에 싸움에 최적화된 근육을 가진 반면 개똥은 160에 노는데 최적화된 근육을 가지고 있었다—으로 일본군을 없애려다 보니 내가 가진 바를 모두 사용할 수밖에 없었다.

조부님은 어두운 와중에도 내 무술을 정확히 알아본 것이다.

이제야 조부님이 조금 전에 했던 질문을 이해할 수 있었다.

"착각입니다. 제가 사용한 무술은 저희 집안 가전 무술입니다. 옛날 한 스님께 전수를 받아 그때부터 발전시켜 왔다고 들었습니다."

"…우연히도 우리 집안에서 내려오는 이야기와 비슷하군요?"

의심이 가시지 않은 듯 보였다. 그러나 더 그럴싸한 변명을 만들기엔 상황이 좋지 않았다.

　처음 소대 병력을 없앤 후 일본군과 두 번 더 조우를 했다. 그때마다 조용히 처리를 했지만 여전히 2012년의 김철이 느껴지지 않고 있었다.

　게다가 일본군은 소규모로 움직이면 당한다는 걸 알았는지 일대를 완전히 포위하고 서서히 조여오는 전술을 쓰고 있었다.

　그래서 지금은 더 이상 뚫지 못하고 도망 왔던 위치로 후퇴를 거듭하고 있는 상황이었다.

　"그 얘긴 나중에 자세히 하죠. 일단 한 번 더 뚫어볼 수 있는지 보고 오겠습니다."

　"이번엔 저희도 돕겠습니다."

　물론 증조부님과 조부님이 돕는다면 좀 더 수월하게 뚫을 수 있을지도 몰랐다.

　하지만 절대 그럴 수 없었다. 다른 사람은 어떻게 되더라도 상관없지만 조부님만은 무사해야 했다.

　사소한 과거의 변화조차 두려워하던 내가 살계를 연 이유가 무엇 때문인가.

　"아닙니다. 혼자 움직이는 편이 낫습니다. 그러니 다른 분들과 여기에 계십시오."

　"그래도……."

조부님의 말이 길어지기 전에 난 홀로 빠르게 뛰어나갔다.

'이대로라면 탈출이 불가능해.'

지붕에 엎드려 일본군의 동태를 살폈다.

일본군은 서두르지 않고 있었다.

또한 병력이 추가로 지원됐는지 일대를 완전히 에워싸고 서서히 한 건물 한 건물 수색하며 좁혀오는 중이었다.

접근하려 해도 불가능했고 설령 접근한다 해도 한 명쯤 죽일 수 있을까 그다음엔 벌집이 될 게 분명했다.

'둘만 살리는 거라면 어쩌면 가능할지도……'

전체를 다 살리자니 방법이 없을 뿐이지 둘만 살리고자 한다면 길이 없는 것도 아니었다.

게다가 계획대로만 된다면 어쩌면 전부가 다 살 수도 있었다.

더 좋은 방법이 떠오르지 않았기에 다섯 명에게 도착하자마자 내 생각을 말했다.

"두 가지 방법이 있습니다. 모두가 합심해서 한 곳을 뚫어보거나 최소한 두 사람 이상을 살리거나."

"…상황이 좋지 않나 보군요?"

"솔직히 많이 안 좋습니다. 전자를 선택하면 백에 백, 죽을 테고 후자를 선택하면 최소한 둘, 운이 좋다면 모두가 살 수도 있을 겁니다."

내 계획은 이랬다.

일단 두 사람, 증조부님과 조부님을 살림으로써 김철의 존재를 다시 살리고, 살아나는 순간 엄청난 양의 에너지를 공급받아 일본군의 방어막을 뚫는 것이다.

물론 두 사람이 무사해야 한다는 것과 그동안 넷이서 일본군의 공세에서 버텨야 한다는 것이 선행되어야 했다.

"도대체 어떤 방법이기에 모두가 힘을 합치면 죽고 흩어지면 살 수 있다는 것이오?"

"자세히는 설명할 수 없습니다."

"답답하군. 하지만 자네 덕분에 길어진 목숨, 게다가 한 사람이라도 확실히 살릴 수 있다면 자네 말을 따라야지. 대충이라도 설명해 보시게."

허민식이 대표로 말했지만 다른 사람들도 뾰족한 방법이 없다는 걸 깨닫고 있었는지 순순히 나에게 집중했다.

"두 사람은 이 근처 건물에 숨어 있고 나머지 사람들은 일본군이 다가왔을 때 일제히 일본군을 공격하는 겁니다. 이목을 완전히 집중시킨 후 아슬아슬하게 후퇴함으로써 그들이 우릴 쫓아오게 만들자는 겁니다."

"쫓아오지 않는다면?"

"오게 만들어야죠."

"그다음은?"

"아마 두 사람이 탈출에 성공하면 제가 나머지 분들이 탈출할 수 있는 틈을 만들 수 있을 겁니다."

"불가능할 수도 있다는 말처럼 들리네만……?"

"솔직히 장담을 못 하겠습니다."

"음……"

다섯 사람은 잠깐 생각에 빠졌다. 위급한 순간임을 아는지 결정하기까지 그리 오래 걸리진 않았다.

"지당, 자네 생각은 어떤가?"

"선택의 여지가 없지 않은가. 난 자네와 명운이가 숨어 있다가 탈출해 배를 타길 바라네."

"살날이 얼마 남지 않은 나보다 거기 두 사람 중 한 명이 더 나을 걸세."

증조부님과 지당이라는 이의 대화를 듣고 있던 내가 한마디 했다.

"어르신과 명운 군이어야 합니다. 일본군은 분명 저 세 분을 쫓고 있었습니다. 만일 한 명이라도 보이지 않는다면 수색 인원을 두고 쫓을지도 모릅니다."

"이 친구의 말이 타당하네, 운천. 저들은 우리 세 사람을 쫓고 있었다네."

"내가 옷을 갈아입으면……"

다른 이를 살리기 위해 목숨을 초개처럼 버리려는 증조부님이 존경스러우면서도 한편으론 이해가 되지 않았다.

증조부님이 죽음으로써 김철이 존재할 수 없게 될지도 모르는 일이었기에 난 다시 지당의 말을 거들었다.

"어린 명운 군을 홀로 중국에 보내실 생각이십니까? 제 생각에도 부자지간인 두 분이 나을 것 같습니다. 그리고 지당 어르신의 말씀처럼 일본군의 진형이 깨지면 바로 배로 향하십시오. 아님 제가 다른 분들을 구할 수 없을지도 모릅니다."

"…정말 구할 수는 있는 것이오?"

자신과 자신의 아들을 구하기 위해 거짓말을 하는 게 아니냐고 묻는 듯했다.

"저도 살아야 할 이유가 있습니다. 이제 시간이 없습니다. 결정을 내리시죠. 모두가 죽을지, 최대한 살아볼지."

이미 결정은 나 있는 질문이었다.

머뭇거릴 시간이 없었기에 증조부님이 아닌 지당을 보고 결정을 촉구했다.

"자네……."

"그렇게 하세. 더 이상 아무 말 말게. 아까 이 젊은이의 능력을 보지 않았나. 왠지 이 청년의 말대로 하면 자네와 한 약속을 지킬 수 있을 것 같네. 자! 움직이세."

내가 원하는 대로 지당이 마무리를 지어줬다. 그 덕에 큰할아버지는 더 이상 말하지 못하고 지당을 따라 움직였다.

중간에 울린 총성으로 일대의 사람들은 물을 걸어 잠그고 움직이지 않고 있었다.

집들이 오늘날처럼 크지 않고 모두 고만고만했기에 집주인 몰래 일본군의 검문을 피할 수 있게 숨기란 요원한 일이었다.

즉 중조부님과 조부님이 몸을 숨기려면 판잣집으로 들어가 집주인을 설득하거나 제압을 해야 했다.

"내가 살고자 죄 없는 이들의 희생을 강요할 순 없는 일이오. 설득을 해보고 안 된다면 가능한 곳을 찾으면 되는 일이오."

이유를 설명하고 담을 넘으려 하는데 중조부가 막아섰다.

'그럴 시간이 어디 있습니까?'

초조함에 똥줄이 바짝 타는 듯한데 중조부님은 답답한 소리를 하고 있었다.

그런데 입 밖으로 꺼내진 못했다. 조부님은 물론 지당과 다른 두 사람도 그것이 당연하다는 듯 고개를 끄덕이고 있었기 때문이었다.

"실례합니다. 실례합니다."

몸을 숨기기로 한 집의 나무 문을 조심스레 두드리며 낮은 목소리로 불렀다.

"…누구십니까?"

절대 내다보지 않을 거라 생각했던 집주인이 내 예상을 깨고 살짝 문을 열고 물었다.

현대를 살고 있는 내겐 꽤 신기한 일이긴 했지만 본론을 꺼내면 절대 허락할 리 없다는 생각은 변함이 없었다.

그래서 염의 에너지로 구를 만들어 대기하고 있었다. 거절한다면 정신을 잃게 만들어서라도 이 집에 숨길 생각이었다.

한데 믿기지 않는 일이 발생했다.

덜컹!

나무 문이 요란한 소리를 내며 완전히 열렸다.

"어서 들어오십시오. 좁긴 하지만 잠깐 몸을 피할 정도는 될 겁니다."

옷은 허름했지만 단정하게 쪽진 머리를 한 아주머니가 들어오라는 듯 한편으로 비켜섰다.

"감사합니다. 절대 피해가 가지 않게 하겠습니다."

아주머니와 증조부님의 모습을 보면서 현대인들은 풍요를 얻는 대신에 소중한 뭔가를 잃어버린 것은 아닌가 하는 생각이 들었다.

난 만들어뒀던 구를 몸 안으로 넣으며 잘못되면 성치 못하리라는 걸 알면서도 사람을 도우려는 아주머니의 의로움과 용기에 고개를 숙였다.

"최대한 서둘러 배를 타십시오. 그리고 부디 강녕하십시오."

증조부님과 조부님께 다시 한 번 배를 타라고 강조를 한 후 처음이자 마지막 인사를 했다.

가족이라는 느낌보다는 김철을 존재케 하는 중요한 사람들이라는 생각이 강했지만 마지막이라 생각하니 약간 애틋함이 느껴지는 듯했다.

"오늘 고마웠소이다. 부디 보중하시오. 지당과 두 분도 무사하길 바라오."

"부디 무사히 빠져나가길 바라겠네. 그럼… 다음에 보세, 운천."

"저희는 저쪽으로 움직입시다."

짧은 작별 인사를 끝내고 나와 세 사람은 돌아서서 뛰기 시작했다. 어느새 일본군이 다가오는 소리가 들려오고 있었다. 더 이상 머뭇거릴 시간이 없었다.

"굳이 무리해서 몸을 노출시킬 필요는 없습니다. 최대한 몸을 숨긴 채 사격을 하시고 눈먼 총알에 당하지 않도록 조심하십시오."

두 사람이 몸을 숨긴 집에서 25미터 정도 떨어진 곳에 자리한 우리는 각자 좌우 골목에 몸을 숨긴 채 사격을 할 수 있는 위치를 잡았다.

그리고 권총을 꺼낸 채 일본군이 오길 기다렸다.

"한데 자네 이름은 뭔가?"

잔뜩 긴장한 채 앞을 보고 있는데 맞은편 골목 벽에 기대고 앉아 있던 지당이 물었다.

"개똥입니다."

"난 허민식이라네."

허민식을 시작으로 그를 따르던 두 사람도 이름을 말했다.

"임창수."

"손지생."

사실 통성명할 시간은 전에도 있었다. 그러나 굳이 피한 이유는 이름이 주는 무게감 때문이었다.

정황상 세 사람의 희생을 어느 정도 염두에 두고 있는 상태에서 왠지 그들의 이름을 알게 되면 주저할 것 같아서였다.

아니나 다를까 이름을 들으니 마음이 무거워졌다.

이런 내 마음을 알기라도 하듯이 허민식이 말을 이었다.

"우리 걱정은 말고 살 수 있다면 혼자라도 최선을 다해 도망가게."

"…왜 그런 말씀을?"

"그냥 그렇게 알아두었으면 하네. 한데 올해 몇 살인가? 능숙한 일처리에 비해 어려 보이는군."

"…스물입니다."

"한창때군. 만나서 반가웠네."

더 꼬치꼬치 캐물을 줄 알았는데 더 이상 말이 없었다. 작별 인사를 한 모양이었다.

"저 역시 반가웠습니다."

혼잣말처럼 중얼거리고 골목 끝으로 시선을 돌렸다.

그 덕분에 긴장감은 줄었지만 한번 자리를 잡은 무게감은 여전했다. 그리고 시간이 지날수록 더욱 묵직해지고 있었다.

'빌어먹을! 난 할 수 있는 한 최선을 다했다고!'

이성적으로 판단하려 노력했고 어려운 와중에도 가급적 모두를 살리고자 했다. 하지만 상황이 어려운 걸 어쩌란 말인가.

난 저들처럼 죽음을 도외시할 정도로 대단한 인간도 아니었다. 적어도 내 실리는 챙기면서 가능하다면 다른 사람까지 챙기는 평범한 사람이었다.

한데 왜 저들을 보면 작아지는 느낌이 드는지 모르겠다.

허민식, 임창수, 손지생 세 사람의 운명은 그들이 도망가는 자리에 내가 있음으로 인해 바뀌어 버렸다. 어제 왜경에 잡혀 고문을 당해 죽었거나 감옥에서 해방을 맞이했을지도 모른다.

그런 생각 때문에 사실 그들이 죽는다 해도 시간의 흐름이 크게 바뀌는 것은 아니라고 생각하고 있었다.

물론 내 마음이 편하고자 그렇게 생각하는지도 몰랐다. 그런데 지금은 죽게 된다면 마음이 더 불편할 것 같았다.

'그래! 할 때까진 해본다.'

비록 과거지만 찝찝하게 끝내긴 싫었다.

물론 지금의 결정을 후회할지 몰랐다. 그러나 어차피 그 순간은 잡히기 직전이거나 죽기 직전일 터. 그때까지 죽을힘을 다해볼 생각이었다.

"온다!"

허민식의 말에 상념에서 깨어났다.

골목 끝에 일본군이 나타나 사주경계를 하며 자리를 잡기 시작했다. 그리고 이어 더 많은 일본군이 나타나 집집마다 문을 두드리며 수색을 하려 했다.

"시작하겠습니다."

난 세 사람이 들릴 정도로 말한 후 아까 일본군에게서 빼앗은 권총의 방아쇠를 당겼다.

탕!

사주경계를 하고 있던 일본군 한 명이 쓰러진다. 그리고 그와 동시에 나머지 세 사람의 권총도 일제히 불을 뿜었다.

"적이다! 맞은편… 커억!"

"이치로! 사격! 사격!"

일대는 순식간에 총소리로 가득 찼다.

멀리서 듣는다면 어머어마한 전투가 벌어졌다고 생각하겠지만 사실 대부분의 총소리는 일본군 측에서 나고 있었다.

우리가 가진 총알은 적었고 시간도 끌어야 했기에 처음 각자 두 발의 사격 후 사전에 약속한 대로 돌아가면서 한 발씩 쏘고 있었다.

처음에 몇 명이 죽으면서 당황하던 일본군도 곧 총소리에 비해 날아오는 총탄이 적다는 걸 눈치챘다.

"거리를 좁혀라!"

일본군은 지원사격을 하며 천천히 다가왔다.

선두가 15미터쯤 다가왔을 때 내 뒤에 있던 임창수에게 신호를 보냈다. 그리고 나와 허민식, 손지생은 탄창이 빌 때까지 사격을 가했다.

맞히고자 하는 것이 아닌 임창수를 옆 골목으로 보내기 위한 지원 사격이었다. 다행히 그는 사격을 틈타 무사히 건너갔다.

다음은 내 차례.

전면의 일본군이 10미터까지 가까워진 상태였다.

"서두르시오. 반대편에서 일본군이 오고 있소."

거미줄처럼 연결된 골목이었기에 총소리를 들은 일본군들이 사방에서 빠르게 좁혀오기 시작한 모양이었다. 조금만 늦어도 양쪽에서 포위당해 죽을 수도 있었기에 서둘러야 했다.

"어서!"

이제 다음 골목으로 가서 다시 자리를 잡아야 할 시간이었다.

2미터도 되지 않는 골목을 건너는데 이렇게 긴장될 줄은 몰랐다.

난 세 개의 구를 만들었다. 그리고 흘끗 일본군이 다가오는 것을 보고 그들에게 구를 발사했다.

걷다가 정신을 잃게 된 세 명의 일본군은 휘청하며 쓰러졌고 순간 방패막이가 되어주었다.

몸을 날렸다.

탕탕탕탕탕!

세 명의 일본군은 벌집이 되었지만 난 무사히 건너올 수 있었다.

"저쪽으로!"

건너서 숨 돌릴 틈도 없었다. 우린 골목의 중간에 있는 길로 들어가려 했고 그때 다른 골목에서 나온 일본군들이 우리

발견하고 총을 쐈다.

총소리가 들렸지만 아슬아슬하게 피할 수 있었고 다행히 눈먼 총알에 맞은 사람도 없었다.

어느 정도 도망가던 우리는 다시 자리를 잡고 총격전을 벌였다. 여러 방면에서 온 일본군들이 합류하며 더 많아졌지만 좁은 골목 덕에 상대하는 인원은 별로 달라지지 않았다.

만약 일본군 지휘관이 군사들의 희생을 각오하고 돌격 명령을 내린다면 모를까 그 전까지는 그럭저럭 버틸 만했다.

"이동합니다."

다시 아슬아슬한 도주가 시작됐다.

증조부님과 조부님을 숨겨둔 우리의 작전은 하나, '끈질기게 도망치자'였기에 같은 일이 서너 번 반복되었음에도 네 명 모두 무사할 수 있었다.

내 예상보다 훨씬 오랜 시간 버틴 것으로 보자면 작전은 성공적이었다. 그러나 김철의 존재는 여전히 묵묵부답이었다.

그리고 마침내 행운도 끝에 이르렀다.

"…총알이 떨어졌습니다."

손지생이 철컥거리는 권총을 한쪽으로 던지며 담담하게 말했다.

"전 딱 네 발 남았습니다. 남겨둬야겠죠?"

임창수는 더 이상 도망갈 힘이 없다는 듯 벽에 기댄 채 의미심장한 말을 했다.

"그래도 두 사람은 무사히 도망갔겠지?"

허민식도 두 사람처럼 체념한 듯 보였지만 그래도 증조부님과 조부님은 무사할 것이라 생각하는지 웃고 있었다.

'아직은 모릅니다.'

난 속으로 중얼거렸다.

김철은 아직까지 느껴지지 않고 있었다. 고로 그들의 생사는 여전히 불투명했다.

살리고자 내가 할 수 있는 일은 다 했다. 나 역시 세 사람처럼 체념하고 자리에 앉고 싶었다.

그러나 난 포기하지 않았다.

절반가량의 에너지가 남아 있었고 그것이 다 떨어져 내 의식이 사라질 때까지 최선을 다해볼 생각이었다.

"독한 놈들! 숨 쉴 틈도 없이 쫓아왔군. 이제 어떻게 할지 결정을 내려야겠군. 개똥이 자네 생각은 어떤가? 여기서 한 놈이라도 더 보내고 끝을 낼 건가, 아님 순순히 항복해 모진 고문을 받을 건가?"

"…전 후자입니다."

"그럴 것 같았네. 우리는 그러지 못함을 이해하게. 자네만이라도 탈출할 수 있게 돕고 싶었는데……. 잠시 구석에 가 있게. 아! 그리고 우리 이름은 못 들은 것으로 해줬으면 하네."

"그러겠습니다."

"부탁허이."

세 사람은 마지막 전투를 준비했다.

사실 장렬히 죽기 위한 절차에 불과했지만 난 지켜보는 수밖에 없었다.

'빌어먹을! 도대체 뭐가 잘못됐단 말인가!'

왠지 모를 지독한 패배감이 몰려왔다.

그때 항구 쪽에서 커다란 뱃고동 소리가 들려왔다.

부-우-우-우-우-웅~

그리고 그 순간 김철이 느껴졌다.


"반갑다, 김철."

"응? 뭐라고 했나?"

긴장한 채 일본군이 오는 골목을 노려보고 있던 허민식이 내 중얼거림을 들었는지 물었다.

"모두 탈출할 준비를 하십시오."

"…그새 무슨 방법이라도 생긴 건가?"

"예."

"아무리 봐도 자넨 특이하군. 이런 상황에서 방법이 생겼다니 어떤 것인지 들어볼 수 있겠는가?"

"제가 신호를 주면 무조건 저를 쫓아 달리십시오."

"…죽을 생각은 이미 하고 있었네만."

"그런 정신이면 살 수 있을 겁니다. 아까 절 믿는다고 하셨죠? 한 번만 더 믿어주십시오."

"…농담이 아니군?"

"물론입니다."

난 김철의 몸에서 개똥이의 몸으로 에너지를 보냈다. 그리고 그 즉시 수많은 구를 만들어냈다.

"준비되었습니까?"

"개똥이, 자넨 미쳤어."

"그러게 말일세. 그래도 왠지 이 친구의 말이라면 따라가고 싶어지지 않나?"

임창수와 손지생이 어느 정도 기운을 차린 모습으로 자리에서 일어나며 한 마디씩 했다.

"준비가 됐다는 걸로 듣겠습니다. 제 뒤를 바싹 붙어 따라오십시오. 그럼 가겠습니다."

말을 끝내고 시력에 모든 정신을 집중했다. 그리고 일본군 진영을 흘끗 바라보곤 일제히 구를 쏘았다.

"오른쪽으로 뛰세요!"

외침과 동시에 우리는 일제히 일본군을 향해 뛰기 시작했다.

난 눈에 보이는 대로 구를 쏘았고 그때마다 일본군은 픽픽 쓰러졌다.

우리는 쓰러진 일본군을 밟고 지나가느라 다소 더디게 전진했다. 그러나 골목이라는 이점이 그러한 단점을 보완하기엔 충분했다.

일본군 중에 반응이 남다른 자들이 있었다. 그들은 갑작스러운 상황에도 총을 우리에게 겨누고 쏘려 했다. 그러나 구는 총알보다 빠르게 그들의 머리에 박혔다.

일흔 명쯤 쓰러뜨렸을까, 우리가 가는 방향으로는 더 이상의 일본군이 보이지 않았다.

"헉헉! …도, 도대체 어떻게."

"후욱! 후욱! 금방 깨어날 겁니다. 질문은 안전해진 다음에 하십시오. 한데 수영은 잘하십니까?"

"거, 걱정 말게. 내가 젊었을 때 군산의 물개라고 불렸네. 헉헉!"

"난 목포의 물방개."

"난 익산의 살쾡이."

한고비를 넘겼다고 생각하는지 한 마디씩 했다.

'살쾡이가 수영을 잘할 때 비유되는 말이었나?' 하는 생각이 일순 들었다.

"한데 금강을 건너자는 건 아니겠지? 금강은 생각보다 폭이 넓다네."

"당연히 아니죠. 지금 밤이니 물에 들어가면 쉽게 쫓지 못할 겁니다."

"좋은 생각일세."

말을 하는 사이에 드디어 지긋지긋한 가건물촌을 벗어났다.

"긴장하십시오! 지금부터 더욱 빨리 뛰겠습니다."

군산항은 수탈한 물건을 일본으로 옮기는 주요 항구. 평소에도 경비가 삼엄할 수밖에 없었다.

"거기! 웬 놈⋯⋯."

죽이는 것이 아닌 잠시 정신을 잃게 하는 것이었기에 일본군이든, 민간인이든 상관없이 구를 쏘았다.

"금강이 보인다!"

대략 300미터 금강이 보였다.

탑처럼 쌓인 가마니들 사이로 우리는 뛰고 있었다.

타앙! 탕탕탕탕!

"가마니를 방패 삼아 뛰십시오."

뒤를 돌아보자 총구에서 일어난 불빛이 별처럼 번쩍거리고 있었다.

먼 거리라 보이지도 않았고 워낙 인원이 많아서 구를 발사해도 소용이 없었다. 이제 내 운과 세 사람의 운이 얼마나 좋은지에 달렸다.

총이 얼마나 정확도가 떨어지는지 안다지만 워낙 총알이 빗발치니 눈먼 총알에 맞을 가능성이 있었다.

100미터, 50미터, 30미터, 10미터⋯⋯.

풍덩! 풍덩!

임창수와 손지생이 먼저 뛰어들었다.

남은 사람은 허민식과 나. 허민식은 나이는 속이지 못하는지 나보다 30미터는 뒤처져 있었다.

"어서 오십시오, 지당 어르신!"

"…허~ 억! 허억!"

그는 말을 하기도 힘든지 손짓으로 먼저 뛰어내리라고 했다.

잠깐 기다렸다가 10미터 지점까지 왔을 때 설마 무슨 일이 있을까 싶어 뛰어내리려는 찰나.

"윽!"

허민식이 눈먼 총알에 맞은 모양이었다.

순간 모른 척하고 물에 뛰어들까도 생각했지만 미련한 몸은 이미 그에게로 향하고 있었다.

"괜찮으십니까? 어디에 맞은 겁니까?"

"으~ 외, 왼쪽 다리."

그의 왼쪽 다리를 살폈다.

피는 났지만 다행히 스쳤는지 부러지거나 심한 상처는 나지 않았다. 아마 지친 상태에서 불에 데는 듯한 통증에 쓰러진 모양이었다.

"스친 것 같은데 움직일 수 있겠습니까?"

"그, 글쎄……."

"제가 부축하겠습니다."

"고맙네."

여전히 총알이 지나가는 소리가 들리는 상황에서 난 그를 끌다시피 부축해 금강의 지척까지 도착했다.

자칭 물방개와 살쾡이는 호언하던 대로 물에 뜬 채 기다리고 있었다.

"다리를 다치고 많이 지치신 것 같으니 부탁드리겠습니다."

내가 할 일은 여기까지였다. 개똥이의 몸도 원래 있던 곳으로 돌려놔야 했기에 물에 들어가는 즉시 다른 방향으로 갈 생각이었다.

타앙!

유독 크게 들리는 총소리와 함께 머리 부근이 화끈해졌다. 그리고 빠르게 눈앞이 흐려지기 시작했다.

'아, 안 돼!'

세상이 기울어지며 금강이 날 덮치는 듯했다.

그 순간 난 개똥의 시선을 잃었다.


\*　　　　\*　　　　\*


본래 역사대로라면 개똥은 6.25 때 피난을 가다 북한군의 공습에 죽게 될 운명이었다. 그리고 자손을 남긴 것도 아니었다.

그 말인즉 개똥이 금강에서 죽었다고 해도 현재에 변화가 생길 일은 전혀 없다는 것이었다.

그러나 이런 이유가 그에게 내가 저지른 잘못이 희석되는 건 아니었다.

두 번 다시 과거에 가지 않겠다던 스스로와의 약속을 깨고 난 개똥일 구하기 위해 다시 과거로 향했다. 그러나 한 번 갔던 시간대라 그런 건지, 아님 두 개의 염이 동 시간대에 존재할 수 없는 건지 그날 밤으로는 갈 수가 없었다.

난 포기하지 않았다. 몇 번의 시도 끝에 개똥이 금강에 떨어진 다음 날로 갈 수 있었다.

그러나 개똥이 어떻게 되었는지는 결국 알아내지 못했다.

"이, 이게 내가 친일을 하지 않았다는 증거인가?"

최만수는 70년 된 반짇고리 상자를 떨리는 손으로 잡았다.

"예. 어르신."

"어디서 구했는가? 그리고 이 안에 든 게 뭔가?"

"군산에서 구했습니다. 무엇인지는 직접 확인해 보십시오."

현시대에 받을 것을 생각하고 잘 보관한다고 했지만 세월의 흔적을 없애지는 못했다.

누렇게 변색된 책자를 최민수는 보물이라도 되는 듯 천천히 넘겼다.

"이건 설마… 은송에서 일하던 이들의 신상 명세서인 건가?"

"제가 보기에도 그랬습니다. 공장에서 일하던 이들이 어떻게 공장에서 일하게 되었는지, 이름과 고향이 어딘지, 심지어 지장까지 찍혀 있어서 어르신이 친일을 한 것이 아니라 힘없던 동포들을 위해 얼마나 애썼는지를 의심할 여지 없이 알 수 있었습니다."

"대체 누가 이런 서류를……."

"맨 마지막 장에 보시면 만든 사람의 이름과 지문이 찍혀 있습니다."

최만수는 맨 뒷장을 보더니 한참을 손으로 종이를 매만졌다.

"…개똥이가 만든 것이었군, 개똥이가. 그 애가 개똥아범에게 군산에 가고 싶어 했다더니 이것 때문이었나 보군."

"전에 말씀하기를 어린 시절 머리가 다쳐 정신연령이 낮다고 했는데 용케 이런 걸 남겼군요."

전에 언급할 때 6.25 때 죽었다는 말을 했지만 과거가 바뀜으로써 개똥에 대해선 그런 애가 있었다는 정도로 말했을 뿐이었다.

그래서 혹시나 내가 모르는 그에 대한 얘기를 들을 수 있을까 말을 이었다.

"그분은 지금도 살아계십니까? 이런 기록을 남겨주셨으니 저희 우당에서 보상이라도 하고 싶습니다."

"개똥인… 그때가 1943년이었던가. 갑자기 실종이 되었다네."

"…찾진 못했나 보군요?"

"개똥아범이 일대를 돌며 개똥의 행방을 수소문 했었지. 군산에서 봤다는 사람이 몇 명 있었는데 그게 그 애의 처음이

자 마지막 소식이었네. 그 후로 독립군에 가담해서 상해로 넘어갔다는 얘기도 있었고, 일본군의 강제수용소에 끌려갔다는 얘기도 있었지만 당시로는 확인할 길이 없었지."

착잡했다. 결국 마음속으로 평생 사죄하며 살아야 할 모양이었다.

"우당은 오늘부로 어르신을 친일인명록에서 삭제할 것입니다. 그와 더불어 모든 유력 일간지에 사죄문을 일주일간 올릴 생각입니다. 물론 그것만으로 어떻게 어르신이 해온 마음고생에 대한 위로가 되겠습니까. 그에 일정한 위로금을 드리고자 하니 부디 저희의 잘못을 용서하십시오."

난 최만수의 앞에 무릎을 꿇고 사죄를 청했다.

"됐네. 이 증거를 찾은 것만으로 만족하겠네. 그리고 내 평생의 한을 풀어줘서 고맙네."

"용서를 해주신다니 감사합니다. 그러나 일간지에 내는 사죄문은 저희의 잘못을 잊지 말자는 의미에서도 필요한 것이니 내보내도록 하겠습니다."

"알아서 하게. 그리고… 자네라면 내 손녀사위로 언제든 환영이네."

"하하. 전에도 말씀드렸듯이 아직 호감을 가지고 만나는 정도입니다."

2017년 내가 죽지 않는다면 모를까, 괜히 그녀를 슬프게 만들고 싶진 않았다.

증거물을 전달한 난 우당으로 돌아왔다.

"오셨습니까, 이사장님."

비서실에 들어가자 허진경이 아닌 새로운 비서가 인사를 했다.

허진경은 본격적으로 신선제약의 주식 매입을 시작하면서 비서 업무에선 잠시 손을 떼기로 했다.

"오전부터 기다리는 손님이 있습니다."

"손님?"

"예. 방찬희 씨라고 이사장님과 잘 아신다고 들었습니다."

"알기야 알지."

"…그냥 가라고 할까요?"

시큰둥한 반응에 비서는 이상한 손님을 받았다고 생각하는지 불안한 듯 물었다.

"아니, 들어오라고 해."

또 무슨 일로 왔는지 궁금했다.

사무실에 들어가 있었는데, 잠시 후 노크와 함께 들어온 방찬희는 잔뜩 화가 난 얼굴이었다.

"당신 도대체 뭐 하는 인간이야! 무슨 짓을 하고 다니기에 요 며칠 사이에 내 삶이 휙휙 바뀌는 거야!"

'이 사람아, 난 삶이 바뀌는 정도가 아니라 존재 자체가 사라졌었다.'

그는 멱살이라도 잡을 기세로 다가왔지만 난 의자에 앉아 태연하게 말했다.

"또 무슨 꿈을 꿨기에 그리 길길이 날뛰는 겁니까?"

"여연호가 죽지 않아 그를 경호하고 있었어. 넌 존재하지도 않았고."

"쯧! 날 죽이고 싶도록 미워한 모양이군요."

"꿈이 아니었어. 분명 내가 너에 대해 알아보기도 하고 완주에게 말을 걸어보기도 했었어."

"확실합니까? 그럼 지금 그대로인 건 어떻게 설명할 겁니까?"

"……."

그의 삶 중에 바뀐 것이 있다면 모를까 꿈이라고 생각하지 않을 이유가 없었다. 실제로 겪은 나조차도 꿈처럼 느껴지는데 그는 어떻겠는가.

"근데 아까부터 반말을 하는데 공무원이 그래도 되는 겁니까?"

"억울하면 민원센터에 신고하든가."

"국정원에 그런 곳이 있습니까?"

"…없으니까 하라는 거지. 근데 손님이 왔는데 커피도 안 주냐?"

얼마 전까지 반드시 나를 잡겠다고 다짐하던 사람치고는 뭔가 나사가 하나 빠진 것 같았다.

"요즘 한가한 모양입니다?"

딱히 더 할 말도 없는 것 같은데 커피를 마시는 척하며 뻗대고 있는 그를 향해 한마디 했다.

"누구 덕분에 발령 대기 상태라 많이 한가해."

"난 바쁜데 한가하다니 좋겠습니다."

"전혀. 한가해지니 생각이 많아지고 생각이 많아지다 보니 지금까지 보지 못했던 것들이 보이더군. 결국 모든 게 부질없이 느껴져서 요즘은 회사를 계속 다녀야 하나 마나 고민 중이야."

"그 좋은 직장을 왜 그만두십니까? 적당히 타협하기만 하면 나름 권력도 있고 괜찮지 않습니까?"

그는 괜찮은 인생으로 바뀌어서도 악착같이 나를 쫓던 사람이라고는 믿기 어려운 말을 했다. 그래서 혹시 새로운 전략인가 싶었다.

"썩었어. 막상 잡으라고 맡길 땐 언제고 이제 와선 언론에 노출될까 봐 특별수사대를 해체하는 건 물론이고 팀원들을 하나같이 해외로 발령 내고 있어. 아마 나가서 죽었으면 할 거야."

"설마 그 정도까지 하려고요."

"과장하긴 했지만 국정원은 권력자의 시녀일 뿐이야. 정희원이 떨어져 나갔으니 신대건이 대통령이 될 게 뻔한데 그렇게 되면 5, 6년은 한국에 못 들어올걸. 참! 너도 그랬으면 하겠구나?"

"당연하죠. 멀쩡한 사람 범죄자 취급 하는 사람이 눈앞에 보이지 않게 된다는데 싫어할 리가 없지 않겠습니까?"

내 말에 방찬희는 웃음기를 지우고 날 쳐다봤지만 딱히 겁낼 것이 없었기에 피하지 않았다.

짧은 순간 정적이 흘렀다.

방찬희는 곧 피식 웃으며 말을 이었다.

## 제7장

중국으로

"니가 범인이라는 내 생각은 영원히 안 바뀔 거야. 그러나 더 이상 잡을 힘도 없고 생각도 없으니 죄 없는 사람 코스프레는 그만해라."

"그렇다고 제가 하지도 않은 일을 했다고 말할 것 같습니까?"

"바라지도 않는다. 아까 얘기했던 많은 생각 중 죽은 자들에 대한 생각도 있었다. 경호원이 아닌, 수사관이 아닌 평범한 국민의 눈으로 보니 이 세상에 없는 것이 나은 자들이더군. 나라고 해도 죽이고 싶은 자들이었어. 다만 난 내 일을 했을 뿐이었기에 최선을 다했다."

"지금은 달라졌습니까?"

"응, 이제 내 일이 아니기에 신경 안 쓰기로 했다. 설령 만에 하나 내가 잡아도 그들이 풀어줄 게 빤한데 뭣하러 내 인생을 걸면서까지 잡겠냐."

그의 말에서 고민을 많이 한 흔적이 보였다.

"다시 일을 맡으면 다시 쫓겠다는 말처럼 들리는데요?"

"성격상 다시 맡으면 네 말대로 할 것 같아. 그래서 회사를 그만둘까 고민 중이야. 임신한 와이프를 두고 외국에 갈 자신도 없고, 무엇보다도 언제든 내 인생을 시궁창에 빠뜨릴 수 있는 인간이 무슨 허튼짓을 하지 않을까 전전긍긍하며 살긴 싫더라고."

"정말 끈질기군요. 그땐 그냥 농담이었을 뿐입니다. 뭐 어쨌든 포기를 했다니 오늘 이후로 두 번 다시 들을 일은 없을 테니 참도록 하죠. 그리고 전 신부가 아니니 다음부턴 신부님께 가서 고민을 고해해 주십시오."

"지난번 일로 신부님이 날 피하더라. 그래서 널 신부님이라 생각할게."

"사양하죠. 커피도 다 마시고 할 말도 다 한 것 같은데 이제 일 좀 해도 되겠습니까?"

"조용히 있을 테니 편히 일 봐."

축객령을 개떡같이 말했더니 개떡같이 알아들었다.

난 뭉그적거리는 그를 보고 아직 본론을 꺼내지 않았다는 걸 알 수 있었다.

"진짜로 할 말 있으면 얼른 말하십시오. 아님 건물 밖으로 안내하라고 경호원을 부르겠습니다."

"에이~ 그런 애들이 날 쫓아낼 수 있다고? 하긴 안내하긴 제격이겠네. 아, 알았어, 말할게. 말하면 되지 그렇게 노려보냐?"

인터폰을 드니 그제야 방찬희는 용건을 말했다.

"조금 전에 언급했듯이 해외 발령이 나면 회사를 그만둘까 생각하고 있거든. 근데 막상 나온다고 가정하니 할 게 없는 거야. 배운 게 도둑질이라고 장점을 살려 경호 회사에 가자니 월급이 적고. 개인 경호를 하자니 지키던 사람이 죽었다는 것 때문에 쓰려는 사람이 없을 테고 말이야."

그가 무엇을 바라는지 알 것 같았다.

"취업을 시켜달라는 겁니까?"

"하하하! …그래. 이왕이면 경력직으로 연봉도 두둑이 주면 좋고."

"날 범죄자라 생각하는 사람을 고용해라?"

"알다시피 난 천하의 죽일 놈도 일단 일이라고 생각하면 최선을 다해 지키잖아, 안 그래? 그리고 친구는 가까이 적은 더 가까이 두라는 말도 있잖아. 아! 그렇다고 적이라는 소린 아니다."

생각할 것 없이 거절할 생각이었다. 한데 이어지는 말에 생각을 해야 했다.

"에휴~ 안 되면 어쩔 수 없이 회사에 계속 다녀야겠지. 그럼 언젠가 다시 널 보러 올 수도 있고 말이야."

누군가가 날 협박하는 걸 싫어했지만 이번엔 당해주어야 할 것 같았다.

사실 그가 날 뒤쫓지만 않아도 그에게 주는 연봉이 아깝지 않을 것 같았다.

"일단 며칠 생각해 보고 연락드리죠."

좀 더 생각해 보고 결정하기로 했다.

"천천히 생각해. 긍정적인 답변을 기대할게."

방찬희는 할 말을 마쳤는지 자리에서 일어나 나가려 했다. 그러나 더 할 말이 남아 있었는지 뒤돌아보며 한마디 더 했다.

"참! 같이 일했던 팀원들 중 몇 명도 취업 자리가 필요한 모양이야. 이왕 고용하는 거 손발이 맞는 팀을 고용해도 괜찮지 않겠어? 그들의 실력은 내가 보증하지."

"…그것도 결정해서 말씀드리죠."

"참!"

"……."

"또 다른 조건을 말하려는 게 아니라 취업이 되면 깍듯이 대할 거라고. 공과 사는 확실하게 구분하는 사람이거든. 탐나지?"

손을 흔들며 사라지는 방찬희를 보며 생각했다.

만일 고용을 하게 된다면 해외 지점으로 발령을 보내 버릴 거라고.


*          *          *


객관적으로 연예계에서의 내 위치를 보자면 대략 TV에 얼굴을 비추기 시작한 신인 배우에 불과했다.

류성은과의 내기로 광고를 찍고, 사법고시 1차에 합격하고, 조연으로 출연한 드라마, 영화가 성공을 하고, 이상하리만치 실제 경력과 상관없이 과대 포장된 느낌이 없잖아 있었다.

실제 드라마, 영화 대본이 거의 들어오지 않고 예능 프로그램 섭외만 들어오는 걸 보면 배우라기보단 연예인이었다.

한데 '전우'가 TV에 방송되며 상황이 바뀌었다.

잡다한 것이 모여 특별함을 이룬 경우라고 할까. 어쨌든 신드롬이라고 할 정도로 온통 내 얘기뿐이었다.

"사장님, 완전 최고였습니다. 한데 세 번째 판은 어떻게 됩니까?"

"TV로 확인하세요."

"흐흐! 안 봐도 예고편을 보니 이길 것 같던데요. 이기죠? 전 이기는 데 걸었습니다."

날 두고 내기를 한 모양이었다.

"어서 오십시오, 사장님!"

이민기 부사장이 내 사무실에 앉아 있다가 일어나며 인사를 했다.

한데 그 모습이 지금까지완 사뭇 달랐다. 이제야 비로소 사장으로 대하는 것 같았지만 뭔가 속셈이 있는 듯 보였다.

"부담스럽게 왜 그러십니까? 그냥 평소처럼 하세요."

"평소에도 이랬습니다만. 자자! '내 사무실이다' 생각하시고 앉으십시오."

"…제 사무실입니다만."

"아! 하핫핫핫! 그렇군요. 제가 잠시 착각했습니다."

"왜 이렇게 들떠 계시는 겁니까?"

자리에 앉자 습관처럼 두툼한 서류를 테이블 위로 올리는 이민기 부사장.

한데 이번엔 정말 많았다.

"웬만한 일은 알아서 처리하셔도 된다니까요."

나는 그를 부사장으로 올리면서 권한 또한 대폭 상승시켰다.

그는 해고와 천만 원 이상의 금액 사용에 대해 후보고, 1억 원 이상은 선보고하면 되었고, 그 외의 사소한 몇 가지를 제외하곤 그 마음대로 해도 상관없었다.

"회사 일이 아닙니다."

"그러면요?"

"배우 김철에 대한 일입니다. 이쪽은 광고이고 이쪽은 영화, 드라마 대본입니다."

"…많이도 들어왔군요."

이민기 부사장이 왜 들떠 있는지 알 것 같았다.

계약 때문에 회사가 돈을 벌면 벌수록 그도 돈을 벌었다. 물론 내가 일을 받아들일 때 일이지만.

제일 위에 있는 광고 콘셉트를 확인했다.

"강장제 광고군요?"

"남자의 상징 아닙니까. 많은 여성들이 사장님을 대단한 남자로 볼 겁니다."

"다음은 증권사 광고고, 다음은… 일본 자동차 회사의 광고군요?"

찌이익! 쫙! 쫙! 쫙!

일본 자동차 회사 광고는 갈가리 찢어서 쓰레기통에 넣어버렸다.

"…그거 비싼 건데."

"차라리 강장제 광고를 찍고 말지 안 합니다."

"아니, 왜요?"

"그냥 안 합니다. 국민 정서와 이미지에 맞지 않아 거절한다고 하세요."

"아! 우당의 이사장님이기도 하시죠. 어쩔 수 없죠. 그럼 강장제는 하는 걸로 하겠습니다."

"……."

또 당한 느낌이 들었지만 좋게 생각하기로 했다.

이 외에도 참 많은 광고가 들어왔다. 유사 업종과 이미지에 어울리지 않는 것을 제외했음에도 불구하고 10여 개가 넘었다.

"광고는 됐고. 이건 천천히 읽어보시고 결정하시면 됩니다. 급한 것부터 순서대로 해뒀으니 읽는 대로 겉표지에 체크를 해주십시오."

"이걸 다 읽으라고요?"

"본인이 할 작품이니 알아서 하십시오. 대신 최소한 드라마 한 편과 영화 한 편은 선택하셔야 합니다."

"…바쁜데."

"저도 집에 들어가는 날보다 못 들어가는 날이 많습니다. 새로 뽑은 연습생에 지난번 데리고 온……."

"알았어요! 두 개 선택할게요."

잔소리가 길어질 것 같아 말을 잘랐다. 나 역시 그냥 해본 말이지 할 것은 해야 했다.

"제가 이러는 게 저 좋자고 하는 게 아닙니다. 물이 들어왔을 때 노를 저어놔야 나중에 편한 법입니다. 그리고 이번 달에 있었던 주요 사항과 재무보고서입니다. 보시고 지시할 것 있으시면 전화 주십시오."

이민기 부사장은 어느 정도 성과를 얻었다고 생각했는지

성실한 직원 코스프레를 했다.

정말이지 얄밉도록 줄타기를 잘하는 양반이었다. 이러니 매번 당하는 수밖에.

"이민기 부사장님."

"예."

난 막 나가려는 그를 불러 세웠다. 그리고 봉투를 건넸다.

"이거 가져가서 확인하고 사인하십시오."

"뭡니까?"

"부사장이 됐는데 상무일 때와 조건이 같을 수 없지 않겠습니까. 그래서 권한에 합당하게 몇 가지 추가해서 계약서를 새로 만들었습니다."

"…지금도 충분한데 이런 것까지……."

이민기 부사장은 예상을 하지 못했는지 당황하면서도 꽤 감격하는 눈치였다.

"그래요? 그럼 없었던 일로 할까요? 안 그래도 주식을 조금 더 챙겨준 것이 마음에 걸렸는데……."

"……."

"하하! 농담입니다. 부사장님이 매번 절 놀리셔서 저도 한번 해봤습니다. 앞으로 우리 KC엔터테인먼트 잘 부탁드리겠습니다."

"…감사합니다. 열심히 하겠습니다."

봉투를 받으며 고개를 숙인 이민기 부사장은 한참 동안 허리를 펴지 않았다.


떡 본 김에 제사 지낸다고 회사를 나온 김에 요조숙녀를 보기로 마음먹었다. 마침 스케줄도 없어 숙소에 있다고 해 그녀들의 숙소로 향했다.

"형, 마트 앞에 차 좀 세워요. 그래도 처음 가는데 휴지라도 사서 가야죠."

요조숙녀의 숙소가 있는 아파트 단지 내의 마트에 들러 양손 가득 물건을 사서 올라갔다.

"오… 사장님 오셨어요."

가수 활동을 하며 몰라보게 예뻐진 미나가 풀 메이크업을 한 채 문을 열어줬다.

그녀는 '오빠'라고 부르려다 뒤에 서 있는 매니저를 보곤 얼른 사장님으로 불렀다.

"잘 지냈냐?"

"잘 지냈냐?"

"덕분에요. 들어오세요, 다들 기다리고 있어요."

"어서 오세요, 사장님!"

안으로 들어가자 일렬로 서서 기다리던 요조숙녀의 멤버들이 여느 아이돌 가수들처럼 인사했다.

"다들 오랜만. 사람 부담스럽게, 그냥 편하게 있으라니까."

난 한 명 한 명과 눈을 마주치며 인사를 했다. 한데 예전에 술이 잔뜩 취해 같이 밤을 지새웠던 윤주는 그때 일 때문인지 눈이 마주치자 시선을 피했다.

"불편한 건 없고?"

"네!"

"필요한 건?"

"없어요!"

다들 씩씩하게도 대답했다. 정말 그들의 과거만 머릿속에서 지운다면 발랄한 아이돌 그룹과 다를 바가 없어 보였다.

"둘러봐도 돼?"

솔직히 불량 사장이라 할 얘기가 없었다면 몇 년이 지나도 오지 않았을 것이다. 하지만 온 이상 최소한의 보여주기라도 해야 하지 않을까 해서 한 말이었다.

"…엉망이라."

아이들은 방금 전 씩씩하게 대답하던 것과 달리 목소리가 안으로 들어갔다.

"여자에 대한 환상은 없다. 그저 잘 지내는지 확인하는 차원이니까 신경 쓰지 마. 여긴 누가 쓰는 방?"

현관을 들어서자마자 왼편으로 있는 방을 보고 물었다.

"…저랑 체리 언니요."

윤주는 여전히 시선을 피한 채 대답했다.

물을 열고 안으로 들어가려던 난 발을 멈춰야 했다.

방은 엉망진창이었다. 옷은 침대며, 화장대며, 바닥이며 할 것 없이 너부러져 있었다. 그리고 옷 중엔 속옷도 포함되어 있었다.

"…세탁기가 고장이냐? 그게 아니라면 인간적으로 좀 치우고 살자."

"사장님이 오신다고 서둘러 준비하다 보니……. 죄송합니다."

"다른 방은 구경 안 해도 되겠다."

난 얼른 문을 닫고 깨끗하게 치워져 있는 거실로 가 앉았다.

"마실 거 드릴까요?"

"됐다. 이왕 예쁘게 차려입은 거 얘기 끝내고 근처 식당에 가서 맛있는 거 먹자. 소고기 못 먹는 사람 있어?"

아무도 없었다.

"형 먼저 가서 맛있는 고깃집 찾아서 예약하고 기다려 줘."

석도민은 모르는 것이 좋았기에 예약을 핑계로 내보냈다. 그가 나가자 어색하던 분위기는 다소 무겁게 가라앉았다.

내가 어떤 얘기를 하러 왔는지 느끼는 모양이었다.

"내가 너희들을 가수로 데뷔시켜 주기로 하고 조건을 걸었을 거야."

"…네, 잘 알고 있어요."

"그 얘기를 하러 왔는데……."

"오빠! 그 일에 대해 할 말이 있어."

막 말을 하려는데 미나가 말을 끊었다. 그리고 내 입이 열 릴세라 속사포처럼 말을 토해냈다.

"오빠가 무슨 얘기하려는지 알겠어. 한데 내 말 조금만 들 어줬으면 해."

"말해."

"이 애들도, 우리도 오빠가 원할 때 무슨 일이든 하겠다고 약속하고 그 때문에 오빠가 무리해서 걸그룹을 만들었다는 건 알아. 우리한테 해준 걸 생각한다면 못 한다고 거부하는 것 자체가 말도 안 되지. 설령 다시 원래 있던 곳으로 보낸다 고 해도 할 말 없어."

미나는 내가 말을 끊을까 두려웠는지 숨도 쉬지 않고 토해 냈다.

"그래서 우리도 간혹 그 일에 대해 얘기할 때 별다른 이견 이 없었어. 그런데… 비록 인기도 없고 회사에 폐만 끼치곤 있 지만 이 일을 하다 보니 이 일을 그만두고 싶지 않아졌어."

얘기를 들으며 요조숙녀의 얼굴을 한 명씩 살펴보니 미나 의 독단적인 말이 아니라 공통된 의견임을 알 수 있었다.

게다가 나의 어두운 면을 잘 알아서인지 서로의 손을 쥔 채 가늘게 떨고 있었다.

'나도 참 나쁜 놈이었구나.'

얼마 전까지만 해도 인간미가 없었음을 새삼 깨닫게 된다.

미나의 말을 계속됐다.

"오빠가 시키는 일을 한다고 해서 가수를 못 하는 건 아닐 거야. 하지만 분명한 건 그 일을 한 후엔 지금처럼 열정적이진 못할 거라고 생각해."

"미나야, 하고 싶은 말을 해. 돌려 말하지 말고."

"…그럴게. 후우~ 오빠가 시키는 일 안 하면 안 돼? 그냥 해달라는 건 절대 아냐. 오빠에게 빚진 건 열심히 일해서 갚을게. 2년, 아니 3년만 시간을 줘. 그때도 갚지 못한다면 그땐 오빠가 죽으라면 죽을게. 그러니 제발 기회를 줘."

원래 내가 하려던 말을 미나가 하고 있었다. 그래서 대답에 주저가 없었다.

"그래라."

"그리고 오빠가 원할 땐… 응? 바, 방금 뭐라고 했어?"

"그러라고. 대신 너희들이 싫어하는 일은 시키지 않겠지만 내가 쓴 만큼의 대가는 받을 생각이다. 기한은 넉넉하게 줄 게. 그러니 해볼 만큼 열심히 해봐."

"오빠!"

"사장님!"

"시끄러! 한꺼번에 소리치지 마. 그리고 너희들을 내 목적을 위해 이용하려 했던 거 미안하다."

"꺄~ 전혀 미안해하지 않아도 돼. 오빠 고마워! 내가 특별히 보너스 줄게."

미나는 기분이 좋다고 와락 달려들었고 난 기겁을 하고 뒤로 물러났다.

"니가 미쳤구나? 소원대로 해줬으니 이제 우아하고 아름답게 살아."

"뭐 어때? 오빠 우리에 대해 다 아는데. 그리고 서비스라고 해서 오해했나 본데 뽀뽀만 해줄 거거든."

"뽀뽀든 뭐든 싫다니까!"

"훗! 막아보시든가. 얘들아 입술 돌격!"

"우와! 얘들이 미쳤… 흡!"

일곱 명의 여자가 일제히 덮쳐왔다. 힘을 쓴다면 떨쳐낼 수 있었지만 누군가가 분명 다칠 것 같았기에 제대로 반항도 못하고 당했다.

"야! 야… 거긴!"

혼이 속 빠지게 입술 공격에 당하는데 누군가가 바지를 내렸다. 그리고 막을 틈도 없이 짜릿함이 온몸을 무기력하게 만들었다.

'에이~ 몰라. 언제 이런 경험을 해보겠어."

결국 석도민에게 예약해 놨으니 빨리 오라는 전화를 받을 때까지 황홀한 서비스(?)를 받았다.

여기저기 립스틱이 묻어 샤워까지 해야 했다.

"…두 번 다시 이러지 마라. 내가 시키려던 일과 다를 바가 없잖아."

옷을 입으며 따끔하게 경고를 해보지만 모양새가 살 리가 없었다.

"달라. 이건 우리 의지로 한 거잖아. 그리고 언제 배우 김철과 이렇게 해보겠어?"

"잘났다. 밥이나 먹으러 가자."

정색해서 얘기할 것이 아니라면 더 얘기해 봐야 소용없을 것 같았다.

우르르 몰려나와 엘리베이터가 도착하길 기다렸다.

"저… 사장님이랑 할 말이 있어요. 자리 좀."

엘리베이터가 도착하자 윤주가 말했고 그에 모두들 옆의 엘리베이터로 갔다.

문이 닫히자 그녀는 입을 열었다.

"저희 얘기를 들어주셔서 감사합니다."

"원래 그럴 목적으로 온 거야. 문득 내가 비인간적이었다는 생각이 들었거든. 그리고… 그때 일은……"

"제가 먼저 말씀드릴게요. 그때도 말했듯이 제 의지였어요. 똑같은 일이 있다면 역시 그럴 생각이고요."

"도대체 왜? 솔직히 이젠 너흰 자유야. 빚은 활동을 하다 보면 자연스레 없어질 테고. 그러니 굳이 내게 그럴 필요 없어."

"사장님을 좋아해요!"

"……."

"그냥 그렇다고요. 바라는 거 없어요. 그냥 제 마음을 한 번은 얘기하고 싶었어요. 다만 혹시 여자가 필요하면 그때 기억했다 불러줘요."

이해가 되지 않았다.

나라면 나를 좋아하지 않는 사람은 쳐다보지도 않았을 것이다.

윤주는 이해를 시켜줄 생각이 없는지 입을 다물었고 침묵 속에 엘리베이터는 1층을 향해 내려갔다.


\*        \*        \*


인기가 많아지면 마냥 좋을 것 같지만 만인이 좋아하는 사람은 없는 법, 악성 댓글들이 커지는 인기만큼 많아졌다.

"이런 말도 안 되는 소릴 익명이라는 점을 이용해 적다니 이 자식들 다 고소해야 해요! 재단의 모든 힘을 총동원해서라도 본때를 보여줘야겠어요."

허진경은 인터넷을 보고 길길이 날뛰었다.

"무슨 말인데?"

"글쎄요, 이사장님보고 게이래요. 자기가 어디서 봤대나 뭐래나. 이사장님이 얼마나 여자를 밝히는지 알지도 못하는 주제에 글이라고 싸질러 놨다고요. 이것 말고도 기생오라비처럼 생겼다, 거시기 대신 몸만 키웠다 등 수도 없이 많아요."

어째 댓글보다 허진경의 말에 더 큰 상처를 입는 것 같았다.

"…어째 나보다 더 분해하는 것 같다?"

인터넷을 하지 않는 편이라 악성 댓글이 많아졌다는 걸 모르고 있었다.

"상사가 욕을 먹는데 부하 직원이 가만히 있으면 되겠어요? KC엔터테인먼트는 소속 배우 관리를 제대로 하고 있긴 한가요?

"내가 사장인데?"

"어쨌든 초장에 잡지 않으면 물렁하게 보고 계속 없는 소문을 만들어낼 거예요. 이사장님은 빠져 계세요. 제가 알아서 처리할게요."

몰랐으면 모를까 근거 없이 욕하는 이들이 있다는 걸 안 이상 내버려 둘 생각은 없었다.

"그건 알아서 해. 한데 바쁘지 않아?"

"준비 작업은 끝났어요. 이제 앉아서 마우스만 클릭하면 돼요. 이사장님은 얼마나 투자하셨죠?"

"100억. 지금 적당히 올라서 한 150억쯤 됐대. 더 투자하라는 전화가 왔는데 일단 허 비서의 말을 들어보고 할 생각이라 미뤄놨어."

"거의 무르익고 있네요. 언제쯤 한다는 정보는 없어요?"

"아직."

사실 바쁘다 보니 신경을 못 쓰고 있었다.

"그럼, 알아낼 때까지 투자는 미루세요. 그리고 한 번만 전액을 빼주세요."

"빼라고?"

"네. 그리고 일주일 정도만 가지고 있다가 다시 넣으세요. 조금은 흔들어야 제가 작업하기 편하거든요."

"그럴게."

"한데 어디 나가는 길이에요? 쪽 빼입었네요?"

"나도 몰라. 호수에 비친 달에 출연했었던 선배한테 연락이 와서 나가는 중이야."

"재미있게 놀다 오세요. 행동 조심하시고요. 인기가 오르면 주변 사람들이 가만히 두지 않잖아요."

"피하면 돼. 그럼 고생해."

대수롭지 않게 말하고 우당을 나섰다.

술 약속이었기에 택시를 타고 신사동 가로수길로 향했다.

더위가 한풀 꺾였음에도 한여름이라도 되는 듯 짧은 치마를 입은 여자들과 선글라스를 낀 채 그런 여자들을 흘끔거리는 남자들이 북적이고 있었다.

"야야. 김철이다."

"생각보다 말랐는데?"

쑥덕거리긴 했지만 워낙 연예인이 많이 다니는 곳이라 그런지 사인을 요구하는 이들은 없었다. 그래서 수월하게 약속 장소인 '서울'을 찾을 수 있었다.

이름은 서울인데 1943년으로 가서 들렀던 '동경'과 비슷한 분위기의 일식집이었다.

다른 점이 있다면 인사는 한국말로 한다는 정도. 불과 얼마 전에 겪은 일 때문인지 '서울'이라는 이름을 가진 일식집이 불편했다.

'서울'은 나의 마음과는 상관없이 빈자리가 없을 정도로 북적이고 있었다.

"어떻게 오셨습니까?"

오현수를 찾기 위해 두리번거리자 종업원이 와서 물었다.

"오현수 씨를 찾습니다."

"아! 그 손님은 안에 계십니다. 이쪽으로 오시죠."

그가 안내한 곳은 2층에 위치한 방이었다. 방은 열댓 명이 앉아도 될 만큼 넓었는데 앉아 있는 이들은 오현수를 포함해 네 명이었다.

두 명은 TV에서 한두 번 본 얼굴이었고 한 명은 꽤 생소했다.

"김철, 어서 와라. 여긴 형이랑 친한 동료들."

"반갑습니다. 김철입니다."

천경민과 이민후는 오현수와 마찬가지로 나보다 두 살이 많은 배우였고 강동준은 한 살 적은 아이돌 가수였다.

시작한 지 얼마 되지 않았는지 다들 멀쩡한 정신으로 맞이해 줬다.

"김철 씨. 전우에서 군인과의 대결 진짜로 한 겁니까? 방송에선 실제라고 하는데 믿을 수가 있어야죠."

말인즉, 내가 그들을 이긴 것이 믿기지 않는다는 얘기였다.

익숙한 일이었다. 얼핏 보기엔 병약하게 보인다고 할 정도로 마른 몸매였다.

그 덕에 천안을 암중 장악했을 때 아무런 의심을 받지 않았으니 실보다는 득이 많았다고 봐야 했다.

"아무래도 방송이다 보니 그들이 살인 기술을 쓰지 않아 쉽게 이긴 거죠. 실제로 죽기 살기로 싸웠다면 제가 지지 않았을까요?"

나는 가장 무식한 게 힘자랑과 많이 먹는다는 자랑이라 생각했다.

슈퍼맨처럼 아예 초월적인 힘을 가진 것이 아니라면 잘난 척해 봐야 속으로 욕먹기 딱이었다.

"역시 그렇죠? 근데 그 정도만 해도 대단한 거죠. 혹시 술 먹고 주사 부린다고 치면 안 됩니다? 하하하!"

"그럴 힘도 없지만 선배님에게 함부로 할 정도로 싸가지 없는 놈은 아닙니다."

"그 참 마음에 드는 대답이네요. 자, 한 잔 마시죠."

"편하게 말씀하십시오."

"차차 하죠."

"만난 지 2년이 넘은 동준이에게도 아직 존칭을 쓰니 너무 신경 쓰지 마. 만난 기념으로 건배!"

천경민은 예의는 바르지만 쉽게 친해지기 힘든 스타일이었고 그에 반해 이민후는 서글서글하니 금세 친해지는 스타일이었다.

또한 강동준은 조용히 듣는 편이라 아직까지 딱히 어떻다고 단정 짓기는 힘들었다. 그러나 곧 순수하면서도 엉뚱한 성격임을 알게 되었다.

"철이 형, 혹시 손으로 팍 쳐서 병목을 날릴 수 있어요?"

"…글쎄? 해본 적이 없어서."

"무술의 고수가 되면 할 수 있다던데? 형은 충분히 할 수 있을 것 같으니 함 해봐요."

술병을 턱하니 올려놓고 재촉하는 모습에 어떻게 반응해야 할지 고민이 됐다. 그러다 좋은 생각이 났다.

"너 댄스가수지? 그럼 춤 한번 춰볼래?"

"그야 어렵지 않죠."

본래 의도는 그가 춤추는 걸 꺼려하면 나 역시 비슷한 마음이라고 말할 생각이었는데 말이 떨어지기 무섭게 춤을 추는 모습에 쓴웃음이 나왔다.

"하하하! 동준이가 얼마나 엉뚱한 앤데. 날 처음에 봤을 땐 한번 울어보라더라. 그땐 '뭐 이런 미친놈이 다 있지?'했는데 조금 지내다 보니까 그냥 사심 없이 하는 말이더라. 그러니까 동준이 말에 너무 신경 쓰지 마. 저러다 말거든."

이민후는 춤에 열중인 강동준이 듣지 못하게 낮은 목소리로 설명했다.

"잘 추죠? 좀 더 넓었으면 더 멋있는 춤을 출 수도 있는데 여기선 무리네요. 형도 함 해보세요."

열심히 춤을 추고 들어온 강동준이 다시 병을 내밀었다.

"그러자!"

사실 천안에서 동생들과 술 먹을 때 호기롭게 한 적이 있었다.

"자, 한다."

난 병을 왼손에 쥐고 오른손은 태권도의 목날치기 자세를 취했다. 그리고 멋지게 후려쳤다.

턱!

"에이~ 안 깨졌네요."

"그러게. 아무래도 내가 고수급은 아닌가 보다."

병이 아무런 이상이 없자 강동준은 금세 시들해진 모양인지 이민후에게 깡패 연기를 보여주라고 말했다.

사실 못 한다고 말하려 해도 최소한 병목은 한 번 때리고 해야 할 것 같았기에 연기를 한 것이다.

"얘들아! 온단다. 테이블 정리 좀 해라."

조금 전 전화기를 들고 밖으로 나갔던 오현수가 들어오며 호들갑스럽게 말했다.

"오! 진짜? 새로운 안주도 시켜야겠다."

"동준 씨, 거기 휴지 좀 줘봐요."

"그러지 말고 아예 테이블을 치우고 다시 세팅해 달라고 하죠?"

다른 세 사람도 호들갑을 떨긴 마찬가지.

그들의 갑작스러운 행동을 내가 어리둥절한 모습으로 보고 있자 이민후가 설명을 해줬다.

"오늘 일본 항공 스튜어디스랑 미팅하기로 했거든. 운 좋은 줄 알아라."

큰 방에서 술을 마신 이유가 있었던 것이다.

강동준의 말대로 테이블을 다시 세팅했다. 그리고 잠시 후 노크 소리와 함께 어색한 한국어가 들려왔다.

"실례합니다."

우린 일제히 일어나서 강동준이 열어준 문으로 들어오는 여자들을 맞이했다.

사실 '나는 일본인이다'라고 생긴 토종 일본인을 제외하고 한국인과 일본인을 구분하긴 힘들었다. 그러나 일본인이라고 생각하고 봐서인지 내 눈에는 확실한 차이점이 보였다.

행동이 아기자기하고 허리가 살짝 구부러져 있는 것이 언제든 '하이! 하이!'를 반복할 것만 같았다. 하지만 곧 국적의 차이가 아닌 사람의 차이임을 인정해야 했다.

'저 여잔 좀 다르군.'

앞의 네 여자는 전형적인 일본 사람들처럼 행동했지만 마지막으로 들어오는 여자는 당당함 그 자체였다.

다른 점은 행동만이 아니었다.

넷은 제복 차림이었는 데 반해 그녀는 오프숄더의 반팔 상의와 발목까지 오는 청바지를 입고 있었다.

'주선자이거나 넷보다 직급이 높은가 보군.'

내 예상대로 그녀는 주선자인 모양이었다.

"현수 씨, 미안. 다섯 명을 데려왔는데 요 앞에서 한 명이 갑자기 일이 생겨서 가버렸어."

"…그, 그래? 어쩌지. 다섯이라 해서 친한 동생도 불렀는데?"

"이 시간에 부를 사람이 없어."

오현수와 여자의 대화에 남자들은 서로 눈치를 봤다. 딱히 관심이 없었던 내가 나서서 말했다.

"제가 빠지겠습니다. 솔직히 이런 자리인 줄 모르고 나왔으니 실망할 이유도 없으니까요."

오현수가 미안하다는 얼굴로 대답했다.

"잠깐 있어봐, 방법이 있나 생각해 보게."

"괜찮습니다. 신경 쓰지 마시고 재미있게들 노세요."

진심이었다. 미팅하는 자리인 줄 알았다면 아예 나오지도 않았을 것이다.

더 이상 있어봐야 분위기만 이상해질 게 뻔했기에 난 손짓으로 작별 인사를 하고 나가려 했다. 그런데 오프숄더를 입은 여자의 팔이 앞을 가로막았다.

"이러면 제가 미안해서 안 되죠. 반드시 스튜어디스여야 하나요?"

"네?"

"소개받고 싶은 여자의 직업이 스튜어디스여야 하는 특별한 이유가 있냐고요. 제복 마니아가 아니라면 직장인은 어때요?"

얼굴색 하나도 바뀌지 않고 야릇한 얘기를 하는 그녀는 성진국(性進國) 출신다웠다.

"정말 괜찮습니다. 전 다만 이런 미팅이……."

난 다시 한 번 정중하게 거절하려는데 여자가 말을 끊고 먼저 말했다.

"아님 소문처럼 남자 승무원이 필요한 건가요? 남자라면 지금이라도 부를 수 있어요."

"……."

외통수였다. 지금 이대로 나가면 마치 그녀의 말을 인정하는 것처럼 보일 것이다.

"아니라면 저랑 소개팅하는 걸로 해요. 다섯을 데려오겠다고 말한 제 잘못이니 제가 해결하는 게 맞겠죠?"

물론 나만 떳떳하면 됐다. 그러나 나만 사는 세상이 아니지 않는가. 오늘 일로 호사가들이 떠들어댈 것을 생각하니 더 이상 가겠다는 말이 나오지 않았다.

"여긴 이제부터 치열한 눈치 싸움을 해야 할 테니 우린 저쪽에서 마셔요."

여자는 당당함이 지나쳐 막무가내로 날 잡아끌어 방 한쪽 구석으로 데리고 갔다. 그리고 벨을 눌러 종업원을 부르더니 주문을 했다.

난 조금만 있다가 가자는 생각으로 결국 자리에 앉았다.

"한잔할까요?"

안주와 술이 오자 그녀는 자신의 잔에 술을 따르더니 잔을 들어 올렸다.

"아줌마가 따라도 술은 여자가 따라야 한다고 생각하나 봐요? 여기 있어요."

여자는 내 잔에 술을 채우곤 다시 술잔을 들어 올렸다.

이왕 마시는 거 즐겁게 먹고 가자는 생각으로 건배를 하고 술을 마셨다.

"정신을 쏙 빠지게 하는 재주가 있군요. 어쨌든 만나서 반갑습니다."

"마치 절 수선스러운 여자로 보는 듯한 눈빛이군요? 뭐, 자주 듣는 말이니 그렇다고 해두죠."

"내 이름은 아는 것 같으니 넘어가기로 하고 이름이 뭡니까?"

"미루 아끼코예요."

"미루 씨는 한국에서 오래 사셨나 봅니다. 한국인이라 해도 믿을 만큼 한국어에 능숙하군요."

"아끼코라고 불러도 돼요. 어릴 때부터 한국어를 배웠고 3년 전부터 한국에서 살다 보니 아끼코라고 불리는 게 더 편하더라고요."

우리나라의 경우 누구누구 씨 할 때 이름을 붙이지만 일본의 경우 친한 사람이 아닌 경우 이름이 아닌 성에 씨를 붙여 불렀다.

하지만 본인이 그래달라는데 어쩌겠는가.

"아끼코 씨는 현수 형이랑 친한가 봐요?"

"그런 편이죠."

딱히 할 말이 없었다.

그래서 가장 평범한 질문을 던졌더니 같잖은 질문은 사절이라는 듯 미지근한 대답이 돌아왔다.

"김철 씨는 일본에 대해 어떻게 생각하세요?"

트러블 메이커의 자질이 있는 질문이었다.

다른 질문이라면 예의를 지키며 대답했겠지만 일본에 관해서라면 솔직하고 싶었다.

"싫어합니다. 다만 일본인 전체가 아닌 사과할 줄 모르고 최소한의 수치심조차 느끼지 못하는 우익 정치인들과 군국주의자들에 한해서지만요."

"대부분 그런 식으로 말하죠. 그러나 누가 우익이고 누가 군국주의자인지 구분할 수 있을까요? 저기 있는 네 명의 스튜어디스 중 우익 성향이 강한 애가 있는데 맞힐 수 있겠어요?"

"말하고 싶은 게 정확히 뭡니까?"

"말은 그렇게 하면서 그 사람이 우익인지 아님 선량한 시민인지 구분하려고 노력하지 않는다는 거예요. 그러곤 무작정 일본을 싫어하죠. 김철 씨도 혹시 그러지 않나요?"

그녀의 말이 맞았다. 그러나 틀리기도 했다.

우익인지 아닌지 구분하는 걸 한국인만 노력해야 하는 건가? 자신의 정부가 잘못된 행동을 하는데 지켜만 보는 것도 죄였다.

난 생각을 입 밖으로 꺼내진 않았다. 그저 순순히 인정을 했다.

"맞습니다."

"웃기다고 생각하지 않아요? 그러면서도 일본 자동차를 사고, 일본 포르노를 보고 일식집에서 일본 음식을 먹기를 좋아하죠."

왜 오늘 처음 만난 아끼코에게 이런 말을 듣고 있는지 모르겠다.

한 가지 확실한 것은 그녀가 나에게 결코 호의적이지 않다는 점이었다. 돌려서 말하고 있지만 나를 겨냥해 말하고 있음을 알 수 있었다.

"혹시 전에 우리가 만난 적이 있습니까?"

"아뇨."

"한데 마치 나에 대해 잘 아는 것처럼 말하는군요. 또한 마치 내가 부도덕한 사람인 것처럼 말하는데 일본을 싫어한다고 딱히 티를 내진 않았습니다만. 아! 의식하지 못한 사이 표정에서 나타났다면 사과드리죠."

"티는 내지 않았어요. 오늘은요."

확실히 날 알고 있는 게 분명했다.

하지만 기억 속엔 분명 없는 얼굴, 그녀가 했던 말을 곱씹어 보던 중 떠오르는 것이 있었다.

"훈다자동차?"

"맞아요."

아끼코는 순순히 인정을 했다.

"광고를 거절했다고 이러는 겁니까?"

"아니라고는 말 못 하겠네요."

'뭐 이따위 여자가 다 있지?'

어이가 없었다. 광고를 거절했다고 비난받을 일은 아니지 않은가. 난 불쾌감을 감추지 않았다.

한데 내 불쾌한 표정에 그녀도 또한 비슷한 표정으로 날 바라봤다. 그리고 지금까지완 달리 날 선 목소리로 말했다.

"내가 이번 광고 건을 성사시키기 위해 얼마나 노력했는지 알면 당신을 결코 그런 표정을 지을 수 없을 거예요. 난 한국을 좋아하는 가족의 영향으로 어릴 때부터 한국을 좋아했어요. 흔히 말하는 친한파죠. 그래서 한국에 올 기회가 생겼을 때 두 번 생각하지 않고 왔어요."

나를 보면 얘기를 들려주고 싶은 충동이 생기는 건지 방찬희처럼 아끼코는 자신의 이야기를 들려주었다.

"간혹 일본인이라는 이유만으로 눈총을 받긴 했지만 한일

관계에 대해서 잘 알고 있었기에 이해할 수 있었어요. 간혹 일본의 극우 꼴통들이 헛소리를 할 때면……. 휴우~"

아끼코는 벼락같이 말을 쏟아낸 후 열이 받는지 앞에 놓인 술을 벌컥벌컥 마셨다.

"어쨌든 미워도 조국. 난 두 나라가 친해지길 바랐어요. 물론 그럴 만한 힘이 제게 있을 리가 없죠. 하지만 내가 있는 위치에서만이라도 그러고 싶었어요. 그래서 이미지 광고만 하는 회사를 설득해 한국인 모델을 쓰게 만들고 모델을 섭외했죠. 한데 보기 좋게 딱지를 맞았어요."

"그럼 다른 사람을 쓰면 되는 일 아닙니까?"

"아무 말 없이 거절을 했다면 그랬겠죠. 친절하게도 거절 이유를 밝혀주시는 바람에 회사에서는 다시 이미지 광고를 하기로 했어요. 제 계획은 전면 백지화됐죠."

"정중히 거절했을 텐데요?"

"국민 정서와 이미지에 맞지 않아 거절한다? 장난해요! 일본 회사라고 한국인이 반일 감정이 깊다는 걸 모를 것 같아요! 많이 좋아졌다고 설득했는데 광고 모델이 그딴 식으로 말하며 거절했으니 당연히 백지화되죠."

평소엔 지지리도 말을 안 듣던 이민기 부사장이 이번엔 내가 말한 그대로 전달을 한 모양이었다.

듣고 보니 변명의 여지가 없이 내 잘못이었다.

"죄송합니다."

아끼코의 노력을 무위로 돌린 것도 모자라 누군가가 외화를 벌 기회까지 망친 것이다.

"…국민 정서는 그렇다고 쳐요. 사실이니까. 한데 김철 씨 이미지가 얼마나 대단하기에 맞지 않다는 거죠? 정말 김철이라는 이름에 현혹되지만 않았어도……."

사과를 듣고 목소리가 다소 누그러지긴 했지만 완전히 풀리지는 않는지 또다시 매서운 독설을 날렸다.

"굳이 핑계를 대자면 제가 속한 곳이 맞지 않았습니다."

"도대체 어딘데요?"

"우당입니다. 미안해서 말하지만 가급적 비밀을 지켜줬으면 좋겠습니다."

"우당?"

"검색해 보면 알 겁니다."

아끼코는 갈잖다는 표정으로 스마트폰을 검색했다.

"…휴우. 일이 꼬이려니 이렇게 되었군. 우당이 뭐 하는 곳인지와 당신이 우당 소속이었다는 걸 알았다면 절대로 당신을 광고 모델로 삼지 않았을 거예요. 어쨌든 제대로 알아보지 못한 제 잘못도 있으니 그 이야기는 그만하죠. 방금 이미지 운운한 것은 잊어주세요."

아끼코가 잘못한 것은 없었다.

내가 우당 소속이라는 걸 밝힌 적이 없는데 그녀가 어떻게 알아내겠는가.

그럼에도 불구하고 자신의 잘못이라고 말하는 그녀를 보니 미안한 마음이 더욱 커졌다. 친한파를 혐한파로 만든 건 아닌지 모르겠다.

　더 이상 얼굴을 마주하고 술을 마실 분위기가 아니었기에 우리는 암묵적 동의하에 자리에서 일어났다.

＊　　　＊　　　＊

　거의 매일이다시피 아는 사람들에게 나오라는 전화를 받았지만 아프다는 핑계를 대고 거절하고 집에 콕 박혀 있었다.

　처음 며칠간은 새로운 사람을 소개받고, 술 마시고, 클럽에 가고, 만나 연예계의 뒷담화를 듣고 하는 것이 나름 새로웠지만 금세 시들해졌다.

　깡패 생활을 하며 놀 만큼 논 기억 때문인지 딱히 흥미가 없었다.

　집에 머무는 김에 이민기 부사장에게서 받아 온 대본을 읽고 있었다.

　"음, 이건 나름 재미있네. B!"

　방금 다 읽은 대본에 연필로 B라고 작게 쓴 후에 앞에 놓인 여러 개의 상자 중 B라고 적혀 있는 상자에 넣었다. 그리고 또 다른 대본을 집어 들고 읽기 시작했다.

　이번 대본은 절반 정도 읽고 D라고 쓴 후 D박스에 넣었다.

"어쩜. 이렇게도 천편일률적인지."

까칠한 도시 남자, 흔히 까도남인 남자 주인공과 착하면서도 다소 엉뚱한 여자 주인공.

남자가 여자를 처음에 거지처럼 취급하다가 서서히 여자의 매력에 빠지면서 일어나는 일들.

드라마 대본은 대부분 이런 식이었다.

그리고 이러한 대본들에서 가장 많이 나오는 지문이 '버럭 소리치며'일 정도로 까도남 캐릭은 정형화되어 있었다.

물론 위에서 말한 동일한 플롯을 가진 대본인데도 순식간에 읽을 정도로 흡입력이 있는 작품도 있었지만 난 과감하게 B를 줬다.

캐릭터가 마음에 들지 않기도 했지만 내가 연기할 자신이 없었기 때문이었다.

보통 이런 까도남 캐릭터로 속칭 대박을 터뜨려 특급 배우가 된 이들이 많은데 그런 배우들은 대부분 그다음부터 비슷한 배역을 맡는 경우가 많았다.

이유는 광고의 이미지 때문인데 그것이 배우 인생을 갉아 먹는다는 건 모르는 모양이었다. 아니, 설령 알고 있다고 해도 수십, 수백억의 걸린 일이니 회사 차원에서 원해 어쩔 수 없이 하는지도 몰랐다.

그들을 비난하는 것은 아니다.

나라 해도 지금과 같은 부가 없는 상태에서 그들처럼 인기를 얻는다면 그들처럼 했을 것이다.

각설하고 난 까도남 캐릭터가 있더라도 조금은 특별하고, 사랑 이야기인데도 독특한 재미가 있는 대본에 높은 점수를 줬고 특히 판타지 분야라면 거의 B 이상을 줬다.

"이제 드라마 대본은 다 읽은 건가?"

드라마 대본을 쌓아둔 곳이 비어 있었다. 사흘 동안에 걸쳐 모두 읽은 것이다.

이제 결정할 시간.

A상자에 있는 대본은 모두 네 개. 모두 위에서 언급한 조건에 맞은 작품들이었다.

잠깐 고민하던 난 '오래된 그놈'이라는 독특한 제목의 대본을 선택했다.

조선 시대부터 현대까지 500년 가까이 살아온 남자와 유명 모델과의 러브 스토리로, 플롯상 내가 조금 전까지 욕했던 드라마와 조금 달랐다.

또한 조선 시대부터 현대까지 살아온 역이라는 점이 나랑 비슷했기에 최종 선택을 한 것이다.

드라마를 선택했으니 이번엔 영화를 선택할 차례.

첫 번째 영화 대본을 읽기 시작한 지 5분쯤 되었을까, 진동으로 해둔 스마트폰이 웅웅거렸다.

"꺼버리든가 해야지."

또 쓸데없이 나오라는 전화인가 싶었는데 의외로 권호진의 전화였다.

"웅, 호진아."

―뭐 하냐?

"대본 검토 중이다. 투자 건에 대해서라면 다음 주에 최종 검토 후에 다시 입금해 줄게."

―그 때문에 전화한 건 아니고. …혹시 시간 되면 볼 수 있을까? 내가 그리 갈게.

그가 무슨 말을 하려는 건지 궁금했기에 그러자고 대답했다.

# 제8장

중국으로 II

윤호진은 30분쯤 지나자 도착했다.

"혼자 사냐?"

윤호진은 집을 훑어보며 물었다.

"아니, 동생이랑. 오늘 번개 있다고 나갔는데 늦게 올 거야."

"번개?"

"그런 게 있다. 앉아라. 술 먹을래?"

"좋지. 한데 부자치고는 집이 좀 그렇다? 아파트나 빌라가 좋지 않아?"

"사정이 있어 한동안은 여기서 지낼 생각이다."

동생들이 구해준 집을 돈이 생겼다고 옮기는 건 예의가 아닌 것 같았다.

"무슨 얘긴데? 할 말 있음 해봐."

두 캔을 비울 때까지 의미 없는 정치, 경제 얘기만 했다. 그래서 세 번째 캔을 그에게 건네며 물었다.

윤호진은 잠시 머뭇거리다 단숨에 세 번째 캔을 비우고 입을 열었다.

"너… 신선제약에 그만 투자해라. 아무래도 너무 이상해. 회사의 가치 이상으로 주식이 오르는 걸 봐서는 아무래도 작전 세력이 끼어든 것 같아."

"그리 큰 세력이 아니라 별수 없다며?"

"그런 줄 알았는데 이번에 네가 돈을 뺄 때 확실하게 알겠더라. 최소한 두 곳에서 신선제약 주식으로 장난을 치고 있어."

어떻게 반응할지 고민이 됐다. 한 가지 확실한 건 아무도 믿을 수 없다는 것이었다.

"그럼, 손을 떼야 한다는 거야? 나야 이익을 적당히 봐서 상관없긴 해."

"다른 방법이 있어. 더 많은 돈을 투자해서 치고 빠지면 두 세력을 아예 잡아먹을 수도 있어."

말이 조금 이상했다. 방금 전까진 그만두라더니 이젠 더 많이 투자하란다.

그러고 보니 윤호진의 눈동자가 흔들리고 있었는데 술을

먹어서 그런 것 같진 않았다.

"됐다. 작전 세력이 두 곳이라며? 얼마나 더 벌겠다고 그런 위험을 감수하겠냐? 그리고 잘못해서 우리가 작전 세력으로 오해라도 받게 되면 그게 더 손해겠다. 난 손 털 테니 너도 이쯤해서 그만해라."

거짓말이었다. 그거 한번 튕겨본 거였다.

반응은 즉각 나타났다.

"아, 안 돼!"

"…뭐가 안 된다는 거지?"

"그, 그게…… . 사, 살려줘라, 철아!"

윤호진은 갑자기 내 손을 잡으며 무릎을 꿇었다.

"갑자기 왜 이래?"

"니가 그만두면 내가 죽어!"

"도대체 무슨 일로 그러는지 자세히 말해봐."

"그러니까 그게…… . 어제 종수가 갑자기 만나자고 해서 나갔어. 한데 다짜고짜 네가 돈을 뺀 일에 대해 묻더라고."

"그래서?"

"일주일간 잠깐 빼는 거라고 말하려 했는데 강압적인 태도에 기분이 상해 돈 주인이 돈을 빼라는데 내가 어찌 아냐고 말해줬지. 그랬더니 다짜고짜 깡패들이 들어와서 때리는 거야."

겁에 잔뜩 질린 그는 폭행을 당하고 내가 더 많은 돈을 투자하게 만들라는 협박을 받았다고 했다. 그러면서 옷을 벗어 멍투성이인 몸을 보여줬다.

"정말 민종수가 그랬다고?"

난 현 상황에 얼떨떨할 수밖에 없었다.

'민종수. 이건 또 무슨 의도지?'

지금까지 친한 척하더니 갑자기 자신의 검은 속내를 드러내니 갈피를 잡을 수가 없었다.

"내가 왜 거짓말을 하겠어? 진짜 종수 그 새끼가 이랬다니까?"

"연락해 봐?"

"미, 미쳤어? 너한테 말한 줄 알면 날 죽이려 할걸."

나름 누군가가 말할 때 진심인지 아닌지 알 수 있다고 생각했는데 민종수와 관련된 이들은 도무지 짐작할 수가 없었다.

"…내가 어떻게 했으면 좋겠냐?"

"본래 네가 맡기려던 금액에서 조금만 투자해 줘. 일단 투자금이 들어왔다는 걸 확인하면 더 이상 의심하지 않을 거야. 그리고 작전 세력이 손 털기 전에 팔아버리면 돼."

"과연 그게 될까? 네 말대로라면 민종수가 내 돈을 노리고 있는 작전 세력이라는 건데 내 투자금이 모두 주식에 투입되는 순간 팔아버리면 고스란히 날리게 되는 거 아닌가?"

"아, 아냐. 그 전에 팔면 돼. 자신 있어. 솔직히 내가 아무

말 하지 않았으면 투자할 생각이었잖아? 내가 위험을 무릅쓰고 이렇게 말하는 건 널 친구로 생각하고 있기도 하지만 너라면 날 구해줄 수 있을 거라고 생각해서야. 철아, 부탁한다. 제발 나 좀 살려줘라."

윤호진이 정말 민종수와 아무런 관계가 없다는 측면과 연기를 하고 있다는 측면으로 생각해 볼 수 있었다.

한데 전자일 경우 윤호진이 나에게 달려와 얘기할 거라 민종수가 생각하지 못했을까 하는 의문이 들었고, 후자일 경우 왜 자신이 하는 짓을 굳이 알려주는지가 의문이었다.

윤호진의 말에 고민하는 척하며 실제로는 민종수의 의도가 무엇인지 파악하기 위해 애썼다.

'내가 지레 겁을 먹고 그냥 돈을 빼버리면 어쩔 생각인 거지? …내가 돈을 빼지 않을 것이라는 걸 알았다? 맞아! 바로 그거야! 민종수는 내가 역으로 자신을 엿 먹이려 한다는 걸 알게 된 거야. 한데 어떻게? 설마……!'

내가 민종수를 엿 먹이려 한다는 걸 아는 사람은 나를 제외하곤 허진경뿐이었다. 물론 허진경이 날 배신할 거라곤 생각지 않았다.

'어딘가 스파이가 있다면?'

자문자답을 거듭할수록 복잡했던 생각이 차츰 단순하고 또렷해졌다.

'안이했군. 혼자서도 충분히 가능할 거라고 생각했는데 이

러다간 당하고 말겠어.'

민종수를 너무 얕잡아 보고 있었나 보다.

'하지만 민종수. 윤호진을 나에게 오게 만든 것이 네놈의 실수야.'

그는 그저 내가 돈을 노려 내가 이러한 일을 꾸몄다고 생각하는 게 분명했다.

만일 내가 오래전부터 자신을 노리고 있었다는 걸 안다면 과연 윤호진을 보냈을까?

아닐 것이다. 나 같으면 날 죽이기 위해 깡패를 잔뜩 보냈을 것이다.

'이제부터 진심으로 상대해 줄게.'

가급적 타인의 손을 빌리지 않고 조용히 끝내려 했는데 나혼자의 능력으로 안 된다는 걸 안 이상 수단과 방법을 가리지 않을 생각이었다.

＊　　　＊　　　＊

"후우～～～"

민종수는 길게 담배 연기를 뿜으며 한 건물을 바라보고 있었다.

몇 모금 빨던 그는 신경질적으로 담배꽁초를 바닥에 던진 후 발로 비벼 껐다. 방금 비벼 끈 꽁초 말고도 여러 개의 꽁초가 바닥에 뒹구는 것이 꽤 오랫동안 이곳에 머물고 있음을 보여줬다.

"영악한 새끼. 감히 날 속이려 했단 말이지. 퉤!"

민종수는 건물을 향해 욕을 하며 침을 뱉었다.

그는 보고 있는 건물은 김철이 사는 곳이었다. 그러니 지금 그가 하는 욕은 김철을 향한 것이 분명했다.

사정을 아는 누군가가 봤다면 적반하장이라 할 상황이었지만 민종수에게는 자신이 당할 뻔한 것만 중요할 뿐이었다.

최근 그의 작은아버지 민호준을 통해 김철이 자신들이 작업(?)을 하고 있음을 안다는 사실을 듣게 된 것이다.

계획을 바꾸기엔 이미 너무 많은 돈이 들어간 상태. 그래서 일단은 아예 까발리고 한탕을 제대로 하는 것으로 계획이 바뀌었다.

"젠장! 고작 1,000억 정도에 만족을 해야 한다니……. 그래 봐야 그 개자식이 가진 돈의 20분의 1도 되지 않잖아."

1,000억은 상상도 못 할 큰돈이었다. 그러나 조 단위의 돈을 뺏을 생각이던 민종수에겐 결코 만족스럽지 못한 액수였다.

"순순히 못 얻어낸다면 뺏으면 될 일. 있을 때 실컷 즐겨라, 김철."

이번 계획이 끝나면 다음은 힘으로 모든 걸 뺏을 생각이었다.

한참 혼잣말로 전의를 다지던 민종수는 다시 담배를 입에 물었다. 그러나 운전사의 외침에 불을 붙이지 못하고 버려야 했다.

"윤호진이 나옵니다."

김철의 집에서 나온 윤호진은 주위를 살피더니 조심스레 민종수에게 다가왔다. 그가 가까이에 이르자 민종수가 물었다.

"어떻게 됐냐?"

"이야~ 네가 시키는 대로 말했는데 선뜻 300억을 투자하겠단다."

"지는 데 익숙하지 않은 놈이니까. 아마 지금도 자신이 날 엿 먹일 수 있을 거라고 생각하고 있을걸. 멍청한 놈, 이미 함정에 들어왔다는 것도 모르고. 넌 어떻게 하기로 했냐?"

"경호원들 몇 명 붙여서 오피스텔 하나 구해준단다."

"그깟 경호원. D—Day 때 몇 명 보내줄 테니까 잘 빠져나와라. 그리고 한동안 떠나 있는 거 잊지 말고."

"걱정 마. 돈만 챙기면 외국 휴양지에 가서 몇 년간 지내다가 올 테니까."

"좋아. 그가 지었던 표정부터 말까지 하나도 빠짐없이 상세히 얘기해 봐라."

민종수는 집에 가면 그의 아버지에게 똑같이 설명을 해야 했기에 윤호진이 하는 말에 귀를 기울였다.

"돈 준비되면 바로 연락하고 본부에서 시키는 대로 주식을 매입하면 될 거야."

얘기를 다 들은 민종수는 전할 말을 전하고 차에 올랐다. 이제 집으로 가 보고를 할 차례였다.

그냥 윤호진을 데려가서 보고를 시키면 편하겠지만 몸통은커녕 팔다리도 되지 못하는 윤호진을 볼 아버지가 아니었다.

'그나저나 정말 아버지의 말처럼 될 줄이야.'

윤호진이 300억을 투자받기로 했다고 말했을 때 다 알았다는 듯 말했지만 사실 민종수도 윤호진의 생각과 다를 바가 없었다.

다만 민서준만이 그가 투자를 하게 될 거라고 말했고 실제로 그렇게 된 것이다.

'아버지에게 정보원이 있는 건 분명한데 그게 누군지 모르겠단 말이야. 얼른 알아내야 하는데……'

김철과 관련된 모든 정보는 민종수 자신을 통해 민서준에게 전달되고 있었다. 한데 민서준이 계획을 세우는 것을 보면 김철에 대해 자신보다 더 많이 알고 있는 듯한 느낌을 받았다.

자신의 옆에 있는 사람이 자신에게 알리지 않고 아버지인 민서준에게 정보를 전달한다는 게 마음에 들지 않았다. 특히 이번 작업 후 자신만의 계획을 실행할 생각이었는데 이미 그 계획에 대해선 민서준이 반대를 한 상태였다.

한 번은 모를까 두 번 작업하기엔 너무 위험하다는 이유에서였는데 그래서 다음 작전이 그의 귀에 들어가면 곤란했다.

'절대 포기 못 해!'

얼마 전까지 자신의 돈이 될 거라 생각했기에 마치 자신의 돈을 빼앗긴 것 같았다.

"김철! 내게 이빨을 드러낸 이상 무사하지 못할 거야."

김철의 집을 지나갈 때 민종수는 건물을 보며 중얼거렸다.

*          *          *

한국에서 방송된 드라마나 예능 프로그램이 다음 날이면 중국의 인터넷에 자막까지 갖춰져 버젓이 돌아다니는 세상이었다.

그러니 한 번도 다녀와 본 적도 없는 중국에서 나를 광고 모델로 쓰고 싶다는 연락을 한 건 크게 이상할 것이 없었다.

다만 나 같은 캐릭터가 통한다는 것이 신기할 뿐이었다.

─당장 오십시오! 제가 2년, 아니, 1년 안에 A급 스타로 만들어 드리겠습니다. 또한 상상도 못 할 금액을 만지게 해드리겠습니다.

주국동은 잔뜩 흥분해서 얘기했다.

"한국에서 할 일이 많으니 그건 천천히 생각해 보기로 하죠. 조금 전에 하던 광고 얘기나 해보십시오."

―아! 제가 흥분했군요. 두 개의 광고가 들어왔습니다. 하나는 충청 집단, 중국의 유명한 제과 회사에서 김 사장님과 여지민 양을 광고 모델로 쓰고 싶어 합니다. 다른 하나는 의류 관련 회사로 김 사장님을 모델로 쓰고 싶어 하고요.

"그렇군요. 일단 담당자와 상의해 보고 연락드리겠습니다. 관련 서류는 KC로 보내주십시오."

―당장 보내 드리겠습니다.

만일 내가 비자금을 활용해 부자가 되지 못했다면 솔깃하겠지만 평생 써도 다 못 쓸 돈이 있는데 무슨 욕심이 있겠는가? 다만 어느새 인간이 다 됐는지 명예욕이 조금 생기긴 했다.

사실 상의해 보나 마나 이민기 부사장은 두말없이 찬성할 것이 분명했다. 그리고 예상대로 이틀 만에 광고를 찍기로 결정되어 나는 북경행 비행기에 몸을 실었다.


"요즘 드라마 찍느라 정신없지? 북경까지 두 시간 정도 걸리니까 나 신경 쓰지 말고 좀 자."

여지민은 중국에서 광고 찍을 시간을 얻기 위해 어제 무리해 촬영을 했다고 들었다.

한데 내가 옆에 앉아 있어서 그런지 피곤한 얼굴을 하고도 잔뜩 긴장한 채 앉아 있었다.

"불편하면 석훈이랑 자리 바꿀까? 아무래도 네 매니저를 했으니까 좀 더 편할 거 아냐?"

이번 중국행에 나와 여지민을 제외하고 매니저인 임병호와 석도민, 스타일리스트, 동시통역사, 석훈, 이렇게 5명이 함께였다.

석훈은 이번 일과 아무런 상관이 없었지만 미래 중국과 한국 기획사를 잇는 역할을 맡았을 때를 대비해 데려가는 것이었다.

"아뇨. 괜찮아요, 오빠. 왠지 자고 싶지 않아요."

"왜? 해외 나간다니 그리 좋아? 하하하! 앞으로 해외에 나가는 것이 지겨울 거다."

난 여지민의 머리를 쓰다듬어 주며 말했다.

"그게 아닌데……. 근데 오빠 제가 출연하는 드라마 보셨어요?"

"그럼! 누가 나오는 드라만데. 시작하는 날 민주가 연락해서 보기 시작했는데 재미있어서 챙겨 보고 있다."

"괜찮아요?"

"좋더라. 시청률도 꽤 괜찮고. 연기력이 조금 부족하긴 하더라만 첫술에 배부를 수야 없잖니. 지금처럼만 하면 될 거야."

"감사합니다. 헤헤! 근데 민주는 잘 있어요?"

"응. 미래에 디자이너가 되겠다고 목표를 정해서인지 말썽 안 피우고 잘하고 있다더라. 나중에 옷이 후져도 니가 좀 입어줘라."

"당연히 그래야죠! 민주는 아마 굉장한 디자이너가 될 거예요."

"난 그저 말썽만 안 피웠으면 한다."

피곤하지도 않은지 여지민은 1시간 반 동안 쉴 새 없이 떠들었다.

처음 만났을 때와 달리 밝아진 모습이 보기 좋았다. 물론 간혹 아버지 일 때문인지 어두운 표정을 짓긴 했지만 말이다.

"아버지는 안 보고 싶니?"

"……"

"잘 계시니 조금만 참아. 네가 성인이 되고 스스로 설 수 있을 때 볼 수 있을 거야."

아버지 얘기가 나오자 여지민은 입을 다물었다. 아직까진 무리였나 보다.

"잠깐이라도 자렴. 도착해서도 쉴 틈 없이 움직여야 하니까."

피곤하지 않다던 그녀는 눈을 감은 지 1분도 되지 않아 가볍게 코를 골며 잠이 들었다. 그녀에게 이불을 덮어준 후 간단한 인사말이라도 배우고자 중국어 회화 책을 펼쳤다.

연예인은 극한 직업이라고 불릴 만큼 고된 직업임에는 분명했다. 그러나 극한 직업이라 불리지는 않는다. 바쁜 만큼 충분히, 아니, 과할 만큼 많이 일에 대한 대가를 받기 때문이었다.

세상에 편하게 일하는 사람이 얼마나 되겠는가.

행사 한 번에 남들 6개월의 월급을, 광고 한 번에 평생 모을 돈을 버는 이들이 힘들게 일한다고 생각할 사람은 드물었다.

그런 면에서 여지민 역시 마찬가지였다. 개인적으로 안쓰럽긴 하지만 회사 사장으로서는 절대 불쌍하게 보지 않았다.

책을 편 지 얼마 되지 않아 비행기는 북경공항에 도착했다.

입국 심사대까지 가는 동안 나와 여지민을 알아보는 이들과 가볍게 인사를 하고 심사를 마친 후 입국장으로 나갔다.

와아아아아!

순간 귀청을 울리는 커다란 함성이 들려왔다. 순간 긴장했던 마음은 입국장 앞에 붙어 있는 플래카드를 보고 나서야 진정이 됐다.

사랑해, 지민아!

나랑 결혼해 줄래?

김철, 내꺼 하자.


3분의 2는 여지민의 플래카드였고 3분의 1은 내 것이었는데 여지민은 노래하는 모습과 예쁜 모습의 사진인 데 반해 나는 군복을 입고 개고생하는 모습과 웃통을 벗고 있는 모습이었다.

"오빠, 손 흔들어주세요. 오빠 중국 팬클럽에서 나온 분들이에요. 호호! 저기 저분은 자기가 아이를 갖게 해달라고 적어놨어요.

여지민은 경험이 있어서인지 나보다 훨씬 침착했다. 게다가 중국어 공부를 시켜둔 것이 효과가 있는지 중국어를 곧잘 읽었다.

손을 흔들었다. 환호성이 더욱 커졌다.

솔직히 기분이 좋았다. 염의 틀이 깨지면서 몸에 에너지가 차오를 때처럼 묘한 쾌감이 느껴졌다.

난 내친김에 그들의 손이라도 잡아줄 생각으로 팬들 쪽으로 가려 했다.

두 명의 경호원이 막아서며 무슨 말을 했다. 동시통역사가 옆에서 통역을 해줬다.

"위험하답니다."

"괜찮다고 전해주세요. 설마 저들이 날 죽이려 들겠어요?"

"그게 아니라 팬들이 밀려서 크게 다치거나 죽을 수 있다는 겁니다. 앞에 저희를 픽업하러 온 사람이 있으니 따라오랍니다."

열광하는 사람들에 취해 내가 잠깐 미쳤나 보다. 경호원의 판단은 옳았다.

난 손을 흔드는 것으로 만족하고 경호원들을 따라 움직였다.

"김 사장님! 어서 오십시오. 석훈 씨도 어서 와요. 어이구! 지민 양, 오느라고 힘들었죠?"

주국동 사장은 수선을 떨며 인사를 한 후 데리고 온 사람들에게 우리 일행의 짐을 받게 했다.

"오늘 상황을 보니 다음에 올 땐 별도의 출입구로 나와야 할지도 모르겠군요. 일단 공항부터 벗어난 후에 얘기하기로 하죠."

우리 일행은 일곱인데 경호원은 3배는 되었고 거기에 짐을 드는 사람까지 합세하자 서른 명 가까이 됐다.

팬들은 공항 밖까지 계속 따라왔다. 그래서 우리는 중국에 왔다는 걸 느낄 새도 없이 두 대의 차에 나눠 올랐다.

"실감이 나지 않는군요."

난 함께 탄 주국동에게 말했다.

"제가 말하지 않았습니까. 중국 동영상 사이트의 김 사장님 영상이 2억 뷰(View)가 넘었습니다. 그와 함께 인기는 더욱 치솟고 있고요."

"왜요?"

사람들의 환호는 기뻤다. 그러나 그들이 날 좋아하는 이유를 여전히 알 수가 없었다.

"중국인이 좋아하는 스타일입니다. 잘생겼죠, 똑똑하죠, 거기에 강하죠. 누가 봐도 만능처럼 보이죠. 그래서 김 사장님 별명이 첸능, 한국말로 만능입니다."

"전 만능이지 않습니다만."

"능력이 실제이든 만들어진 것이든 상관없습니다. 일단 그렇게 보였으면 그렇게 행동하고 보여주면 되는 겁니다. 왜, 불편하십니까?"

"아뇨, 좀 의아했을 뿐입니다."

사실 누군가가 열렬히 나를 좋아해 주는 것이 정도가 심하다면 모를까 싫을 리가 없었다. 기분은 기분대로 즐거우면서 돈까지 벌 수 있다면 금상첨화 아닌가.

"참! 우당 상하이 지점을 여는 데 도움을 줘서 고맙습니다."

주국동의 도움으로 쉽게 중국 거점을 마련할 수 있었다.

"하하하! 별말씀을요. 김 사장님이 제게 해주신 것에 비하면 별일도 아닙니다. 이제 저희 회사도 물꼬를 텄으니 일이 늘어날 겁니다. 제가 일은 많이 물어 올 테니 아무쪼록 자주 중국에 와주십시오."

"그렇게 하죠. 그나저나 중국의 빌딩숲은 우리나라와 비교도 안 되게 높군요. 뭔가 위화감이 들 정도인데 무엇 때문인지 알 수가 없네요."

차창으로 보는 중국의 건물은 우리나라의 것과 조금 달랐다. 사각 반듯한 모양이라기보단 입체감이 있었고 모양새도 좀 더 다양했다.

"잘 생각해 보시면 이유를 알 수 있을 겁니다. 한번 맞혀보시죠."

주국동의 말에 한참을 바라보니 이상한 점을 찾을 수가 있었다.

"아! 산이 없군요?"

위화감의 정체는 빌딩 너머에 다른 빌딩이 있을 뿐 우리나라에 배경처럼 늘 있는 산이 없다는 걸 눈치챌 수 있었다.

"정확히 보셨습니다. 물론 중국이라고 산이 왜 없겠습니까마는 워낙 넓은 평지에 건물이 서다 보니 그렇게 보이는 거죠."

하루 종일 차를 타고 가도 평지라는 말처럼 대륙의 클래스는 남달랐다.

멀리서 보던 빌딩숲 안으로 들어서자 간판의 글씨가 달랐으며 몇몇 독특한 건물을 제외하곤 한국의 시내와 비슷했다.

"다들 마스크를 하고 다니는군요?"

"공기가 좋지 않아서죠. 폐 질환과 기관지 질환 환자가 매년 수백만 명씩 생길 정도니 실내에 들어가기 전까진 가급적 마스크를 착용하는 게 좋습니다."

공항에서 나올 땐 정신이 없어서 느끼지 못했지만 스튜디오에 도착해 차에서 내리니 숨이 턱 막힐 정도로 공기의 질이 엉망이었다.

'중국 부자들이 세계적인 휴양지의 부동산을 사들이는 이유가 있었네. 그나저나 중국 팬들도 우리나라 극성팬들과 다를 바가 없구나.'

다른 차에 탄 여지민과 일행이 차에서 내리길 기다리고 있는데 공항에서부터 쫓아온 극성팬들이 차에서 우르르 내리며 손을 흔들었다.

나 역시 멀뚱멀뚱 보고만 있을 수 없어 손을 흔들어줬다.

"김 사장님은 보기엔 차가워 보이는데 실제론 꽤 따뜻한 분이군요?"

"제 얼굴 한 번 더 보겠다고 돈과 시간을 투자해서 왔는데 손 한 번 흔드는 게 대수겠습니까?"

"그마저도 귀찮아하는 이들이 많습니다. 태어났을 때부터 자신이 스타인 양 안하무인이죠. 제가 예전에 한국의 유명 여자 아이돌 그룹을 안내한 적이 있었는데 정말 꼴불견이더군요. 공주처럼 행동하고, 제멋대로고, 좋은 선물을 주는 팬에겐 웃으면서 싼 선물을 주면 인상을 찌푸리고. 저도 팬이었는데 지금은 안티 팬이 되었습니다. 하하!"

"저 없을 땐 저 뒷담화하는 거 아닙니까?"

"하하! 그럴 리가요. 제가 다른 사람들 욕은 할지언정 김 사장님에 대해선 절대 못 하죠. 이만 들어가시죠."

스튜디오에서는 상당한 규모로 광고를 찍고 있는 업체가 한두 곳이 아닌지 의상과 물건을 나르는 이들이 연신 어디론가 급하게 왔다 갔다 하고 있었다.

우리가 들어간 제3촬영소는 축구장 절반 정도의 크기로 이미 촬영을 위한 세트가 준비되어 있었다.

"아! 저기 광고주가 와 있군요."

"광고주라면 충칭 집단의 오너 말입니까?"

"예. 인사라도 하시죠. 친해져 두면 KC엔터테인먼트 식구들이 중국 활동을 할 때 많은 도움이 될 겁니다. 참고로 너무 저자세일 필요는 없습니다. 중국은 공산주의의 영향 때문에 실제로는 아닐지라도 일단은 직위의 차이가 있을 뿐 모두 평등하다고 생각합니다."

나는 주국동의 귀띔을 들으며 여지민과 함께 광고주에게 다가갔다.

그는 복장이나 체형으로 봤을 때 성별이 모호한 어린애와 함께 있었다.

"엄 회장님, 안녕하십니까. 이쪽은 김철 씨와 여지민 양입니다."

주국동이 중국 말로 소개하자 동시통역사가 낮은 목소리로 통역을 했다.

"반갑습니다. 엄경필이오."

엄경필은 서툴지만 한국어로 인사했다.

인상은 무표정했지만 나름 우리를 배려한다는 생각에 웃으며 말했다.

"반갑습니다. 김철입니다."

"여지민이에요."

"한국말을 잘하시는군요?"

나는 인사를 하고 그의 한국말 실력을 칭찬했다. 그의 배려에 대한 답례였다. 한데 내 말에 대한 대답은 엄경필의 옆에 있던 어린애가 했다.

"…아빤 한국말 못해요."

거의 완벽한 한국어. 숨을 안으로 들이쉬면서 말해 목소리는 낮았지만 남자애임을 알 수 있었다.

"누구?"

"…엄옥당이에요."

"반가워. 아! 혹시 나이가?"

"열다섯이에요."

많아야 열두세 살쯤 되었을 것이라 생각했다. 한데 열다섯이라니 나이에 비해 너무 왜소했다.

엄옥당을 바라보는 엄경필의 눈에 안타까움이 서려 있는 것으로 보아 병이 아닌가 하는 생각이 들었다.

난 모른 채하고 말을 이었다.

"반말하는 게 부담스러우면 높여줄까?"

"아, 아니요. 저도 그 편이 편해요."

엄옥당은 말을 하면서 꽤나 부끄러워했다. 안절부절못하면서도 연신 흘낏거리는 것이 쑥스러움을 많이 타는 팬의 모습을 보는 것 같았다.

"지민이 팬이냐?"

"…네? 아… 예. 노래를 좋아해요. 그리고… 김철 씨의 팬이기도 해요."

"하하하! 사람 기분도 헤아릴 줄 알고 제법이네. 지민아, 여기 있는 엄옥당이 네 팬이란다. 팬서비스 좀 해줘라."

"네, 오빠."

여지민은 엄옥당과 사진을 같이 찍고 항상 가지고 다니는 사인 CD도 줬다.

"저… 김철 씨와도 같이 찍을 수 있을까요?"

"김철 씨라고 하지 말고 형이라고 부르면 해줄게."

충칭 집단에 대해서 잘 모르지만 중국의 제과업계에서 손꼽히는 곳이라니 어마어마한 부자일 게 분명했다.

중국은 땅뿐만 아니라 13억 인구를 상대하다 보니 회사 규모가 상상 불허였다. 한데 그런 부잣집 아들인 엄옥당이 숫기 없이 구는 것이 귀여워 보였다.

"…형."

"좋았어! 그럼 동생이랑 사진 한 장 찍어볼까?"

엄옥당과 난 각자의 스마트폰으로 사진을 찍었다.

"좀 웃어라. 이건 마음에 안 드니 다시 찍자."

머리보다 훨씬 큰 모자를 눌러써서 눈은 겨우 보였고 얼굴 표정은 떫은 감을 씹은 표정이었다.

어깨동무도 하고 모자도 조금 올려 얼굴을 보이게 한 후 몇 장 더 찍고 나서야 겨우 쓸 만한 사진이 나왔다.

"만나서 반가웠다. 혹시 내가 중국에 있는 동안 시간 되면 밥이나 한번 먹자. 형이 살게."

"…정말로요?"

"내가 동생한테 농담할 사람처럼 보이냐?"

"아, 아뇨."

"난 솔직히 오늘 어디서 잘지도 몰라. 그러니 이 사람한테 설명 들어."

나는 주국동 사장에게 내가 머물 곳을 말해주라고 하고는 여지민과 촬영 준비를 하러 갔다.

광고는 몇 가지 콘티를 여러 장면으로 나눠 장면당 적게는 수십 번, 많게는 수백 번까지 반복했다.

과자 먹는 장면을 찍을 땐 두 번 다시 그 과자에 입을 대기 싫어질 만큼 많이 찍는다는 얘기를 들었기에 마음을 단단히 먹고 있었다.

"오케이!"

한데 몇 번 먹지 않아 오케이 사인이 났다.

　다른 장면들도 마찬가지로 일사천리로 세 시간 만에 촬영이 끝났다.

　몇 번 광고를 찍어봤다고 광고에 대한 내공이 늘어나서 그런 건지 아님 중국의 광고 촬영이 이런 식인 건지 모르지만 빨리 끝나 기뻤다.

　한데 엄경필은 떠났지만 엄옥당이 멀찍이 앉아 우리 쪽을 쳐다보고 있는 것을 보고 짐작 가는 게 있었다.

　난 그에게 다가가 물었다.

　"혹시 밥 같이 먹으려고 기다리고 있었던 거냐?"

　"네, 형. 미리 예약도 해뒀어요."

　그의 대답에 확신이 들었지만 굳이 언급하지 않았다.

　광고주가 됐다는데 내가 뭐라 하겠는가. 오히려 잠깐이지만 여지민이 쉴 틈이 생긴 것에 만족했다.

　"형님, 이 귀엽게 생긴 친구가 이 차 주인입니까?"

　엄옥당의 리무진을 타고 예약해 뒀다는 식당으로 이동할 때 리무진이 신기한지 방방 뛰던 석훈이 이번엔 영화 흉내를 내는지 비딱하게 앉아 물었다.

　"응. 오늘 찍은 광고주의 아들이야."

　"에~ 남자였습니까? 누가 보더라도… 아얏! 왜 그러십니까?"

　"예의 없게 굴지마라. 한국어 잘한다. 그리고 설령 못한다

하더라도 그러면 안 되는 거야."

석훈의 말에 아까완 달리 약간은 밝은 표정을 짓던 엄옥당의 표정이 굳어졌다.

"미안하다. 얘가 생각 없이 한 말이니 이해해라."

"괘, 괜찮아요."

"흠흠! 미안. 내가 좀 솔직한 편이라……. 예전 철이 형님을 처음 만났을 때도 똑같은 얘기를 했다가 엄청 혼났었는데 아직까지 정신을 못 차렸네. 헤헤헤!"

석훈도 상대가 기분 나빠 한다는 걸 알았는지 그답게 사과를 했다.

"…철이 형이 저와 비슷했나요?"

"말도 마라. 한눈에 반해서 사귀자고 고백을 했을 정도였다. 나이를 먹고 계집질도 하다 보니 조금 남자답게 변한 거야."

"계집질이요?"

"흐흐흐! 그건 말이야, 아악!"

"요즘 덜 맞았구나. 미성년자인 지민이랑 옥당이가 있는데 별소릴 다 한다."

"지민이는 자는데 뭐 어때요? 그리고 옥당인 남자 아닙니까. 안 그러냐, 옥당아?"

"네!"

"이리 와봐라. 이 형님이 거친 남자의 세계에 대해 말해주마."

엄옥당은 석훈에게 홀린 듯이 다가갔고 그때부터 두 사람은 딱 붙어서 음식점에 도착할 때까지 뭔가를 속삭였다.

도착한 곳엔 성인 나이트클럽 벽보처럼 생긴 입간판이 서 있었다. 음식점이라기보단 공연장 같았다.

"음식점 같아 보이진 않는다?"

"식사하는 김에 중국 기예단의 공연도 좀 보시라고 이곳으로 했는데…… 싫으면 다른 곳으로 갈까요?"

"아니. 잘했다. 중국까지 와서 광고만 찍고 가는 것도 우습잖아. 들어가자."

공연장은 원형극장 형태였는데 우리의 자리는 2층 맨 가운데에 위치한 특별석이었다. 자리에 앉자 차를 내왔는데 따뜻한 보리차와 비슷했다.

'자신의 모습 때문인가. 너무 숫기가 없구나. 지민이 옆자리를 마련해 줬는데도 굳이 내 옆에 앉다니.'

이때까지만 해도 엄옥당이 여지민의 팬이라고 믿었다. 한데 식사가 나오고 기예단의 공연이 시작되었을 때 연신 나에게 음식을 챙겨주는 그의 모습에 그가 나에게 관심이 있음을 알게 되었다.

나를 마치 대단한 사람인 양 바라보는 그의 모습에 쓴웃음을 지으며 물었다.

"넌 내가 왜 좋냐?"

공연 효과음 때문에 잘 들리지 않아 귓속말로 물었고 엄옥당은 잠깐 내 얼굴을 보다가 주저 없이 대답했다.

"강해서요. 저도 형처럼 강해지고 싶어요."

"강해질 거다. 분명. 나도 예전엔 너처럼 약했었거든. 한데 굳이 날 목표로 삼을 필요는 없어. 나보다 강한 사람은 많아. 중국에도 소림사 무승이 있고 UFC를 보면 무시무시한 사람들이 많잖아. 안 그래?"

우연히 본 내 영상에 꽂혀 선망하게 된 모양이었다. 귀여웠다. 그러나 그럴수록 현실을 직시하게 만들어줄 필요가 있었다.

"제 눈엔 형이 제일 강해 보여요."

"나도 그랬으면 좋겠는데 실제론 그렇지 않아."

"상관없어요! 형이 저에겐 최고인걸요."

아무리 얘기해도 소용없었다. 이럴 땐 어쩌면 시간이 답인지도 몰랐다. 그의 머리를 쓰다듬어 주곤 기예단 묘기를 구경했다.

그들의 묘기는 절로 박수가 나올 정도로 훌륭했다.

"덕분에 즐겁게 먹었다."

엄옥당이 먼저 카드로 계산을 해버려 취소를 하고 내 카드로 다시 긁는 사소한 문제가 있었지만 재미있게 보고 우린 공연장을 나왔다.

"차를 마시면서 북경의 야경을 구경할 수 있는 곳이 있는데……"

"부모님을 걱정하게 만들어선 안 되지. 언제 한국에 한번 놀러 와라. 그땐 늦게까지 신나게 놀아주마."

호텔까지 따라온다고 했지만 어린애는 우리가 아니라 그였다.

엄옥당을 보내놓고 석훈은 술을 마시고 싶다는 신호를 보냈다. 나 역시 그러고 싶었지만 중국 기예단의 공연을 보면서도 꾸벅꾸벅 졸던 여지민을 얼른 가서 재워야 했기에 우리도 일제히 호텔로 향했다.


아침 일찍, 여지민은 드라마를 찍기 위해 한국으로 갔고 난 두 번째 광고를 찍기 위해 움직였다.

수십 벌의 옷을 입고 중국 모델과 함께 자세와 표정을 바꿔가며 8시간을 넘게 찍었지만 촬영을 마무리하지 못했다.

한국이라면 분명 밤새워 찍어댔을 것이다. 한데 같이 찍던 모델은 물론 촬영팀도 오후 6시가 되자 모든 걸 멈추고 퇴근했다.

그런 그들을 보고 어리둥절해하고 있자 주국동이 설명했다.

"드라마나 영화 촬영할 때도 절대 무리하지 않습니다. 일일 노동시간을 준수하는 편이죠."

"중국이 우리나라보다 낫군요."

밤새 찍고 뒷날 쉬는 것이 좋다고 할 사람도 있겠지만 개인적으로 중국의 방식이 훨씬 좋아 보였다.

중국이 한국에 비해 1인당 국민소득은 떨어질지 모르지만 노동 문화를 보면 우리나라보다 성숙한 부분이 많았다.

일찍 퇴근하는 김에 주국동의 안내를 받아 베이징 덕으로 유명한 음식점으로 가서 술을 마셨다. 그리고 기분 좋게 취해 9시쯤 호텔로 돌아왔다.

치익!

호흡법과 수련을 하고 샤워를 마친 난 맥주를 땄다. 운동을 하고 나자 술이 깨버린 것이다.

호텔 바에서 마실까도 생각해 봤지만 귀찮음에 맥주나 몇 캔 마시고 잘 생각이었다.


*당신에게~~ 사랑한다고 고백해도 될까요? 싫다고 말한다 해도 제 맘은 변함없을~*


벨소리로 해둔 여지민의 미니 앨범 타이틀곡인 '고백'이 스마트폰에서 흘러나왔다.

ㅡ지금 어디야?

최정연이었다. 그녀는 드라마를 끝내고 광고 촬영 때문에 유럽에 가 있었다.

"호텔. 일찍 끝나서 저녁 먹고 들어왔어."

ㅡ메리코트 호텔이라고 그랬지?

"응."

—뭐 하고 있어?

"맥주 먹으면서 야경 구경 중이야. 몇 캔만 먹고 일찍 자려고. 넌 뭐 해? 호텔이야? 아니, 시간대가 달라서 일하는 중인가?"

띵동! 띵동!

"잠깐만. 누가 왔나 보다."

방 벨소리에 문으로 다가가 홀(Hole)로 밖을 보았다.

뜻밖에도 통화 중이던 최정연이었다.

"여긴 웬일이야? 파리라고 하지 않았어?"

"이쪽에서 마침 일이 생겼다고 해서 빨리 끝내고 왔어. 안에 여자가 없다면 들어가도 될까?"

"아! 들어와."

"이야! 넓은데? 오늘 여기서 자야겠다. 괜찮지?"

최정연은 너스레를 떨며 안으로 들어왔다. 그러곤 호텔 방을 돌아다니며 꼼꼼히 살폈다.

"머리카락이라도 찾는 모양인데 아무리 찾아봐도 없을 거야."

"그냥 방 구경한 거야. 헤헤헤!"

그녀는 멋쩍게 웃으며 화제를 돌렸다.

"참! 정은이도 북경에 있는 걸 알아?"

"그래? 걘 웬일이래?"

"신규 매장 오픈 때문에. 처음 시험 삼아 오픈한 몇 곳이 대박을 쳤나 봐. 그래서 본격적으로 매장을 확대하기로 했나 봐."

"잘됐네."

"내일 저녁에 만나기로 했는데 같이 가자. 성은이가 널 꼭 만나고 싶어 하더라."

"걔가 날? 잔소리를 못 해 스트레스가 쌓였나 보네."

"너무 그러지 마. 그래도 성은이가 남자 중에 아빠를 제외하고 가장 길게 얘기하는 사람이 너일걸. 걘 다른 남자들과는 업무적인 얘기를 할 때가 아니면 인사도 잘 안 하는 애야."

"쯧! 그놈의 남자혐오증. 그때 고쳤어야 하는 건데."

"응? 무슨 말이야?"

혼잣말을 너무 크게 했나 보다.

"아, 아냐. 어서 빨리 남자혐오증이 나아 남자를 만났으면 한다고."

"어쨌든 생각해 봐. 일단 나 좀 씻어야겠다. 공기가 안 좋아서 그런지 씻고 왔는데도 찝찝해."

"그렇게 해. 난 간단한 요깃거리 시켜놓을게."

"요깃거린 됐어. 도착해서 간단히 먹었거든. …안 씻었으면 같이 씻을래?"

방금 씻었지만 대답 대신 윗옷을 벗었다.

최정연 같은 미인과 함께라면 열 번인들 못 씻을까.

*　　　*　　　*

―촬영이 늦어질 것 같아. 먼저 가서 잔소리 좀 듣고 있어.

한국 촬영팀과 촬영하는 최정연은 약속 시간까지 끝나지 못할 것 같다며 나 먼저 류성은에게 가 있으라고 했다.

"나야 상관없는데 성은이가 먼저 가버릴 가능성이 높으니까 가급적 빨리 끝내고 와."

솔직히 혼자선 별로 가고 싶지 않았다. 잔소리 때문이라기보단 만나서 딱히 할 일이 없었기 때문이었다. 그러나 류성은을 끔찍이도 좋아하는 최정연에게 그렇게 말하는 것도 우스웠다.

어제 거절하지 못한 내 탓이거니 생각하고 류성은과 만나기로 한 청천화장품 북경 3호점으로 갔다.

"사람 정말 많구나."

중국 인구가 13억이라지만 넓은 땅에 흩어져 살고 있어서인지 중국에 와서 딱히 많다는 생각을 해본 적이 없었다. 한데 작지 않은 화장품 가게를 가득 채우고 있는 사람들을 보니 새삼 사람이 많다는 게 실감났다.

다가갈 엄두를 내지 못하고 멀찍이 서 류성은에게 전화를 걸었다.

"도착했다."

—어디야? 안 보이는데?

"가게 건너편이야. 참, 정연이는 좀 늦는다더라."

—전화 받았어. 안에서 일하고 있으니 니가 들어와.

"…그냥 나오지? 굳이 티내고 싶지 않지만 나름 얼굴이 알려져서 사고 날지도 모른다."

—잘난 척 말고 들어와. 아직 일이 안 끝났어. 아! 설마 여자들이 많다고 쑥스러워 그러는 거야?

쑥스러웠다. 그러나 다른 사람이었다면 솔직히 말했겠지만 류성은에게 그렇다고 대답하자니 왠지 자존심이 상했다.

'이게 다 방심하다 져서 그런 거야. 조만간 결투를 신청해서 반드시 이기고 만다!'

속으로 칼을 갈며 내 사진과 여지민의 사진이 덕지덕지 붙어 있는 매장으로 들어갔다.

"꺄아! 찐주어."

"첸능! 첸능! 꺅!"

안으로 들어가자마자 고음의 비명 소리와 함께 내 이름 찐주어(김철)와 내 별명인 첸능(만능)을 불렀다. 다행인 건 지나갈 때 살짝 만질 뿐 과격하게 덮쳐오는 이들은 없었다는 것이다.

"어서 와. 일단 여기 앉아서 커피 마시고 있어."

"…여기서?"

테이블 위엔 커피 말고도 내 얼굴이 박힌 사인지와 펜이 놓여 있었다. 이건 명백히 사인회였다.

"그냥 기다리면 지루하니까. 네 팬들한테 사인이라도 해주든가."

"안 지루하면 안 해도 되는 거냐?"

"당연히 안 되지. 그리고 어차피 우리 둘이 할 것도 없잖아? 정연이 올 때까지 열심히 해."

"싫거……."

"고생해. 난 일이 있어서."

류성은은 내 말을 듣지도 않고 쌩하니 가버렸고 어느새 내 앞엔 긴 줄이 서 있었다.

"…하하, 안녕하세요."

한 손에 쇼핑백을 가득 든 채 초롱초롱한 눈으로 쳐다보는 중국 여성에게 이러저러해서 사인 따위는 못 해주겠다 설명할 수는 없는 일. 그녀에게 가볍게 인사를 한 후 사인을 해주고 같이 사진을 찍었다.

마지못해 시작한 일이지만 열심히 했다. 내가 해주는 사인과 함께 찍는 사진에 세상을 가진 듯 기뻐하는 모습을 보니 허투루 할 순 없었다.

'근데 왜 이렇게 안 줄어드는 거야?'

손이 아플 때까지 열심히 했는데 줄이 줄어들 기미가 보이지 않았다.

결국 한 시간가량을 더 하고 나서야 끝이 났는데 만일 가게 문을 닫을 시간이 아니었다면 계속했을 게 분명했다.

왜냐하면 마지막 사람과 사진을 찍고 나서야 류성은 일이 끝났다고 나왔고 점원들은 퇴근 준비를 서두르고 있었다.

"수고했어. 맛있는 거 먹으러 가자."

"…그게 다냐?"

"바라는 거 있어? 중국용 광고 찍을 건데 그거 너 줄게. 사인회 잠깐 한 것치곤 꽤 괜찮은 조건 아냐?"

"안 줘도 돼. 너희 것 아니라도 광고는 많이 찍고 있거든."

"쳇! 배가 불렀구나? 그럼 뭐? …대결? 알았어. 조만간 한판 붙어."

역시 류성은 앤 사람의 마음을 잘 아는 것 같았다. 원하는 대답을 들었으니 굳이 인상을 쓰고 있을 필요가 없었다. 우린 화장품 가게를 나왔다.

"그나저나 정연인 왜 이렇게 늦지?"

전화기를 꺼내자 앞장서서 걷던 류성은이 말했다.

"고 계집애 아직 안 끝났대. 우리 먼저 먹고 있으래."

"광고가 아니라 작품을 찍나 보네. 한데 얼마나 더 가야 하는 거야?"

"조금만 더 걸으면 돼. 얼른 와."

류성은 나보다 2, 3미터 앞서 걷고 있었는데 내 탓이 아니었다. 난 가급적 그녀와 같이 걸으려 했는데, 내가 그녀를 따라잡으려 빨리 걸으면 그녀도 빨리 걷고 속도를 늦추면 늦게 걸어서 간격을 유지하고 있었다.

"같이 가. 누가 보면 오래된 부부인 줄 알겠다. 아님 싸운 연인이거나."

"누, 누가 부부고 연인이라는 거야!"

"딱 그 꼴이거든. 같이 뒹굴 땐 멀쩡하더니 나란히 걷는 건 안 된다는 거냐?"

"뒹굴다니! 그건 격투기잖아! 제발 남들이 오해할 소리 좀 하지 마!"

류성은은 펄쩍 뛰었고 그사이 난 그녀의 옆에 설 수 있었다.

"봐. 같이 가는 게 훨씬 좋잖아. 안 그래, 친구?"

"…좋긴 개뿔."

"까칠하게 굴지 마라. 그럼 계속 친구 안 생긴다."

"……"

걸음을 내디뎠지만 류성은은 꼼짝도 하지 않고 날 물끄러미 바라보고 있었다.

"팔짱을 끼거나 어깨동무는 하지 않을게. 긴장 풀고 가자."

약속대로 어깨동무나 팔짱은 끼지 않고 그녀의 팔을 잡아 끌었고 복잡한 표정을 짓던 그녀는 가벼운 한숨을 쉬며 걷기 시작했다.

류성은이 안내한 음식점은 금색과 붉은색 일색인 음식점으로 좀 과하다 싶을 정도로 화려했다.

"맛있을 것 같지 않은데?"

"일단 먹어봐."

그녀는 능숙한 중국어로 주문했고 잠시 후 회전 테이블은 음식들로 가득 채워졌다.

"향신료가 과하지 않은 음식들로만 시켰으니까 마음껏 먹어. 괜찮을 거야."

"생유!"

흔히 중국인이 땅에 있는 건 책상다리만, 하늘에 있는 건 비행기만 빼고 다 먹을 만큼 식성이 좋아, 먹거리가 다양하고 산해진미가 많다고 하지만 그만큼 입에 맞지 않는 음식도 많았다.

특히 향신료와 기름이 많아 담백하고 향토적인 입맛을 가진 내겐 중국 음식은 힘겨웠다.

한데 류성은이 시켜준 음식은 기름이 조금 많아 느끼하다는 걸 빼곤 다 맛있었다. 그리고 약간의 느끼함도 도수 높은 백주를 마시자 금세 해결되었다.

"사업은 잘된다고 들었다. 축하해."

밥 먹을 때야 먹는다고 입을 다물고 있어도 어색하지 않았지만 식사를 끝내고 본격적으로 술이 들어가자 너무 조용히 있는 것도 이상해 입을 열었다.

"이제 시작인데, 뭐. 어쨌든 네 덕분이야, 고마워."

내가 밥을 먹는 동안 류성은은 밥을 먹는 둥 마는 둥 하고 술만 열심히 마셨다.

그 뒤로 취했는지 웬일로 내 말에 담담한 목소리로 대답했다.

"근데 궁금한 게 있는데 왜 그렇게 성공하려는 거야? 너 정도라면 편하게 살아도 되잖아?"

"…하고 싶은 게 있거든."

"지금도 못 하는 게 없지 않나?"

"많아. 내 뜻대로, 내 마음대로 하지 못하는 게. 그리고… 아니다. 어쨌든 하고 싶은 게 있어. 그래서 지금과는 전혀 다른 내가 되어야 해."

"힘들게 산다."

"훗! 삶이란 힘든 거야. 내가 취했나 보다. 별소릴 다 하네."

"간혹 얘기하면서 살아. 그래야 스트레스가 풀리는 법이야. 요즘 나만 보면 고해성사하듯 주절거리는 사람들이 많은데 내가 신부님처럼 마음을 편하게 해주는 구석이 있나 봐. 그러니 나한테 고민을 말해봐. 들어줄게."

너무 심각한 것 같아 분위기를 환기시키고자 가볍게 한마디 했다.

"품! 최근 들은 얘기 중 가장 웃겼다. 니가 신부님을 들먹이는 것 자체가 신성모독이야. 뭐, 덕분에 기분이 조금 풀리긴 한다."

다행히 내 의도가 통했는지 류성은은 피식 웃음을 터뜨렸다. 그래서 좀 더 농담을 했다.

"가볍게 남자라도 만나봐. 혹시 알아? 그러다가 나 같은 남자를 만날지? 물론 힘들 거야. 어디 나 같은 남자가 흔해야 말이지."

"…드물겠지? 드물 거야. 아니, 더 이상 없을지도……."

"응?"

워낙 낮게 중얼거려 제대로 들리지 않았다.

"너 같은 애가 몇 명 더 있다고 생각하니 소름이 돋는다고! 으으~ 쓸데없는 소리 말고 술이나 마셔."

류성은은 들뜬 사람마냥 술을 권했다.

이후론 우린 마치 진짜 친구라도 되는 듯 이런저런 얘기를 하며 시간을 보냈다.

그리고 12시가 가까워졌을 때 최정연은 촬영이 새벽에나 끝날 것 같다고 전화를 해왔다.

"뭐래? 지금 온대?"

전화를 끊자 류성은이 물었다.

"아니, 못 온대. 둘이 잘 먹고 널 호텔로 데려다주래. 그리고 내일 아침 같이 먹잔다."

"기집애, 어지간히 바쁜가 보네."

"그런가 봐. 지금도 겨우 짬을 내서 전화한 모양인지 할 말만 하고 끊었어. 늦었으니 우리도 이만 일어날까?"

음식점을 나온 우리는 택시를 잡았다.

"난 괜찮으니까 넌 들어가."

류성은은 택시를 탄 후 말했다. 하지만 난 그녀를 밀고 옆자리에 앉으며 대답했다.

"너 때문이 아니거든. 초보 범죄자가 일생일대의 실수를 할까 봐 데려다주는 거야."

그녀도 인정하는지 별다른 말이 없었다.

류성은의 숙소는 아까 사인회를 가졌던 매장과 멀지 않은 곳에 위치해 있어서 10분도 되지 않아 도착했다.

"난 이 택시 타고 갈게. 오늘 잘 먹었다. 들어가 푹 쉬어. 아까 한 얘기 농담이라고만 생각하지 말고 잘 생각해 봐."

로비로 들어가는 걸 보고 갈 생각으로 쳐다보고 있는데 잘 걸어가던 류성은이 걸음을 멈췄다. 그리고 잠시 서서 뭔가를 고민하더니 돌아서서 내 쪽으로 다가왔다.

"왜? 잊은 거라도 있어?"

"……."

입술을 실룩이는 걸보니 뭔 말을 하려는 것 같은데 쉽게 입을 열지 못했다. 그러다 결심을 했는지 입술을 꾹 한번 깨물더니 말했다.

"김철……. 혹시 라… 라……."

"라?"

"…아, 아냐. 혹시 나랑 동업할 생각 없냐고 물으려고 했어. 매장을 계속 오픈할 생각인데 아무래도 자금이 부족할 것 같아서."

"아하! 그런 말을 뭐 그리 어렵게 하냐? 지난번에도 말했듯이 얼마든지 투자할 수 있어."

"진짜?"

"하늘에 대고 맹세한다!"

쿠웅! 쑤욱!

맹세한다고 말하는 순간 심장이 바닥으로 떨어지는 느낌과 함께 넘쳐나던 에너지가 몸에서 빠져나갔다.

'뭐, 뭐야? …큭!'

숨을 쉴 수가 없었다. 그리고 언젠가 느꼈던 뭔가 손해 보는 듯한 느낌이 100배는 강하게 느껴졌다.

'빌어먹을……!'

강해진 느낌 덕분에 손해 보는 듯한 느낌의 정체를 알 수 있었다.

"그럼 한국에 가서 연락할게. 오늘… 즐거웠어."

말을 끝낸 류성은은 뭔가에 쫓기는 사람처럼 뒤돌아 뛰어갔다.

택시가 출발했다. 그러나 나는 여전히 그녀가 사라진 방향에서 시선을 떼지 못했다.

그리고 홀린 듯이 중얼거렸다.

"꼬맹이, 너였구나. 나를 사라지게 만들 존재가……."

『인생을 바꿔라』 6권에 계속…

# 초대형 24시 만화방

**신간 100%, 샤워실, 흡연실, 수면실(침대석), 커플석, 세탁기 완비**

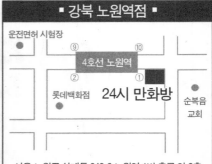

### ▪ 강북 노원역점 ▪

서울 노원구 상계동 340-6 노원역 1번 출구 앞 3층
02) 951-8324 (화용빌딩 3층)

### ▪ 일산 정발산역점 ▪

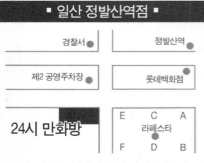

라페스타 E동 건너편 먹자골목 내 객잔건물 5층
031) 914-1957

### ▪ 일산 화정역점 ▪

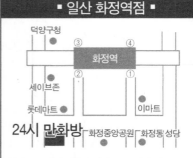

경기도 고양시 덕양구 화정동 984번지 서일빌딩 7층
031) 979-4874 (서일사우나 건물 7층)

### ▪ 부천 역곡역점 ▪

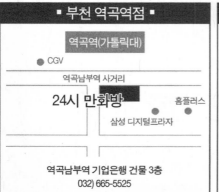

역곡남부역 기업은행 건물 3층
032) 665-5525

### ▪ 부평역점 ▪

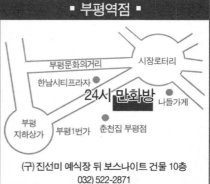

(구)진선미 예식장 뒤 보스나이트 건물 10층
032) 522-2871

이경영 판타지 장편소설

FANTASY FRONTIER SPIRIT

# 그라니트

## 용들의 땅

GRANITE

사고로 위장된 사건에 의해 동료를 모두 잃고 서로를 만나게 된 '치프'와 '데스디아'.
사건의 이면에 장식을 벗어난 음모가 있음을 알게 된 둘은
동료들의 죽음을 가슴에 새긴 채 각자의 고향으로 돌아간다.
2년 후, 뜻하지 않게 다시 만난 두 사람은 동료들의 복수를 위해
개척용역회사 '그라니트 용역'을 설립해 다시금 그 땅을 찾게 되는데……

용들이 지배하는 땅 그라니트!
그곳에서 펼쳐지는 고대로부터 이어지는 운명적 만남,
깊어지는 오해, 그리고 채워지는 상처.

## 『가즈 나이트』시리즈 이경영 작가의 미래형 판타지 신작!

Book Publishing CHUNGEORAM

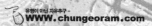

유령이 아닌 자유추구 -
WWW.chungeoram.com

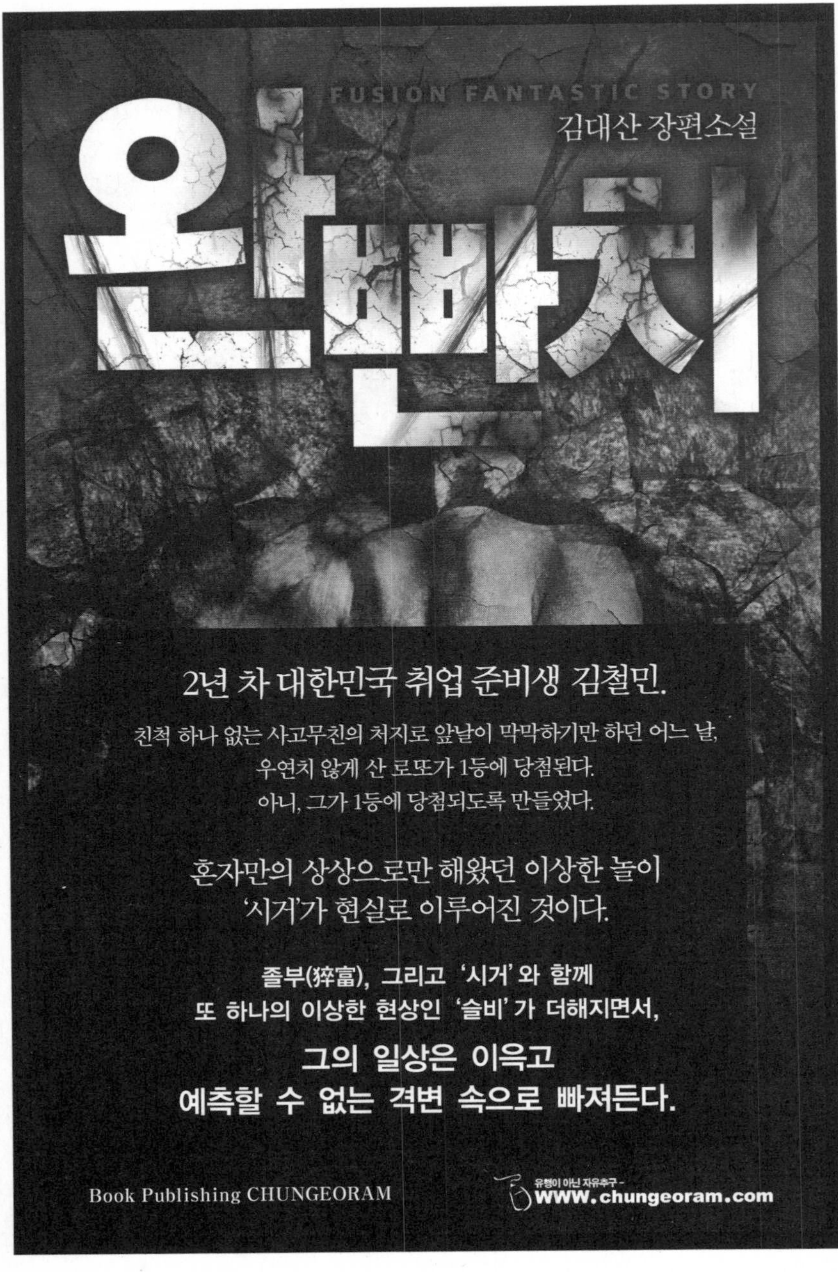
FUSION FANTASTIC STORY
김대산 장편소설
완반치
2년 차 대한민국 취업 준비생 김철민.
친척 하나 없는 사고무친의 처지로 앞날이 막막하기만 하던 어느 날,
우연치 않게 산 로또가 1등에 당첨된다.
아니, 그가 1등에 당첨되도록 만들었다.
혼자만의 상상으로만 해왔던 이상한 놀이
'시거'가 현실로 이루어진 것이다.
졸부(猝富), 그리고 '시거'와 함께
또 하나의 이상한 현상인 '슬비'가 더해지면서,
그의 일상은 이윽고
예측할 수 없는 격변 속으로 빠져든다.
Book Publishing CHUNGEORAM
유행이 아닌 자유추구 -
www.chungeoram.com

박선우 장편소설

FUSION FANTASTIC STORY

*Wonderful*

*Life*

# 멋진 인생

태어나며 손에 쥔 것이라고는 가난뿐.

그러나 내게는 온몸을 불사를 열정과
목숨처럼 소중한 사랑이 있었다.

『멋진 인생』

모두가 우러러보는 최고의 직장이자 가장 치열한 전쟁터,
천하그룹!

승진에 삶을 바친 야수들의 세계에서 우뚝 서게 되는
박강호의 치열하지만 낭만적인 이야기!

Book Publishing CHUNGEORAM

강준현 장편소설
FUSION FANTASTIC STORY
인생을 바꿔라
『복수의 길』, 『개척자』 강준현 작가의
2016년 신작!
자신이 무엇인지 알지 못하는 정신체, 염.
세상을 떠돌며 사람의 몸속으로 들어가
에너지를 얻고 나오길 반복하던 어느 날.
사고로 인한 하반신 마비, 애인의 이별 선언,
삶에 지쳐 자살하려는 김철의 몸에 들어가게 되는데…….
"뭐, 뭐야! 아직도 못 벗어났단 말이야?"
새로운 삶을 살리라,
정처 없이 떠돌던 그의 인생 개척이 시작된다!
"어떤 삶인지 궁금하다고? 그럼 한번 따라와 봐."
Book Publishing CHUNGEORAM
유행이 아닌 자유추구 -
www.chungeoram.com

궁극의 쉐프
Ultimate chef

가프 장편소설
FUSION FANTASTIC STORY

태초의 우물에서 찾은 사막의 기적.
사람의 식성과 식욕을 색으로 읽어내는 능력은
요리의 차원을 한 단계 드높인다.

『궁극의 쉐프』

요리란!
접시 위에 자신의 모든 것을 담아내는 것.

쉐프란!
그 요리에 자신의 가치를 증명하는 사람.

"요리 하나로 사람의 운명도 좌우할 수 있습니다."

혀를 위한 요리가 아닌, 마음을 돌보는 요리를 꿈꾸는
궁극의 쉐프 손장태의 여정이 시작된다!

Book Publishing CHUNGEORAM

철순 장편소설

FUSION FANTASTIC STORY

# 괴물 포식자

지구 곳곳에 나타난 차원의 균열.
그것은 인류에게 종말을 고하는 신호탄이었다.

## 『괴물 포식자』

괴물을 먹어치우며 성장한 지구 최강의 사내, 신혁돈.
그는 자신의 힘을 두려워한 인류에 의해
인류의 배신자라는 낙인이 찍히고 죽게 되는데…

[잠식이 100%에 달했습니다.]
[히든 피스! 잠들어 있던 피닉스의 심장이 깨어납니다.]

불사의 괴물, 피닉스의 심장은
신혁돈을 15년 전으로 회귀하게 한다.

**먹어라! 그리고 강해져라!**
**괴물 포식자 신혁돈의 전설이 시작된다!**

Book Publishing CHUNGEORAM

유행이 아닌 자유추구 -
**WWW.chungeoram.com**